"大榕树"
原创文库

情在历史云深处

海峡出版发行集团
海峡文艺出版社

我生于闽东,长于闽东,近六十年几乎没有离开过这片热土。闽东这一方山水哺育了我,滋养了我。我虽然祖籍福州,但我一直把自己当做闽东人,对这里的山水一直心怀感激之情。

序（原版）

何少川

　　大约在五年前，唐颐同志出版了一本系列散文的作品集《树犹如此》，得到了读者的广泛好评。继后，唐颐同志在报刊上陆续发表一些有关宁德历史文化的另一系列散文，现将其结集出版为《二十八个人的闽东》。前一集主要是以对自然景观的观察、感悟和关怀为专题；后一集主要是以对民族传统文化的采撷、剖析和弘扬为专题，显得十分新颖。《二十八个人的闽东》，内容集中，主题鲜明，构思巧妙，文字跌宕，亦庄亦谐，值得向读者推荐阅览。

　　闽东历史悠久，属东南沿海印纹陶文化系统，早在一至两万年前的旧石器时代，就有人类在此繁衍生息，历朝历代继往开来，孕育出底蕴厚实的传统文化。这里濒临台湾海峡，属中亚热带海洋性季风气候，温暖湿润，适宜人居。境内地形以丘陵山地为主，间以河谷平地，千米以上高峰九百一十三座。宁德全市海域面积四万四千六百平方千米，大小岛屿四百三十四个，港湾二十九个，其中三都澳、三沙港和沙埕港是天然深水良港。可以说是山、海、川、岛、湖、林、洞，一应齐全。由于特殊的地形地貌和复杂的气候类型，造就境内自然景观众多，生态环境多样，有许多闻名海内外的风光名胜。如"天下绝景"白水洋，"人鱼同乐"鲤鱼溪，"海上仙都"太姥山等。二〇一〇年十月四日，在希腊举行的世界地质公园大会上，太姥山、白水洋、白云山摘取了"世界地质公园"的桂冠。这样一个自然景观和人文景观富足且多彩的地方，为作家创作提供了一个广阔的天地，值得作家们深入采访并大书特书。唐颐同志长期生活在闽东，得天独厚。他熟悉闽东，热爱闽东，善于挖掘闽东素材，这正是《二十八个人的闽东》能够成书的重要原因之所在。

对文化的概念有各种各样的解读，但有个共同的认识，文化是由人类在社会实践中所创造的。也就是说，一种文化的形成，离不开人的作为，特别是离不开一些具有代表性人物的作为。民族传统文化，往往体现在各个历史时期有些代表性人物的社会实践和革新创造上，折射出他们的思想光辉。因此，在继承民族传统文化中，研究和宣扬这些历史人物，显得尤为重要。值得赞赏的是，唐颐同志的散文集《二十八个人的闽东》，选取而加以反映的，像正是二十八位与闽东地方传统文化有关的历史人物，揭示他们对闽东地方传统文化形成的因缘和贡献，这不能不说是该散文集的独到之处和可贵之处。

当然，历史传统文化有精华也有糟粕，我们要弘扬的是优秀的传统文化。对传统文化要有鉴别，不能好坏兼收并蓄。目前，各地开始重视本地本族群传统文化的挖掘和传承，做了不少工作，但一定要有科学的态度——既要反对历史虚无主义，又要摒弃只要是本地本族群的都是好的思想，否定一切和全盘肯定，两种不良倾向都不可取。我以为，唐颐同志的《二十八个人的闽东》之所以是值得一读的好书，它选择与闽东有关的人物，都是历史上对国家民族有过贡献的优秀人物。如，"开闽第一进士"薛令之，宦海甘守清贫、死后唐肃宗"敕命其乡曰'廉村'，溪曰'廉溪'"；"以文人之心行武人之事"的郑虎臣，诛杀奸臣贾似道，为天下除奸；"以恸哭闻名天下的宋末诗坛之冠"谢翱，忧国忧民之心，千古留美名。还有明朝爱国将领刘中藻，清朝戍台虎将甘国宝，以及张以宁、林聪、游朴、圆瑛等闽东的英杰。另外，曾在宁德活动过的朱熹、陆游、冯梦龙、戚继光、空海法师，也都是一些杰出的人物，对闽东地方传统文化有过积极的影响。通过对《二十八个人的闽东》各篇章的阅读，跟随作者清新细腻、朴实无华的叙述，人们能够领略到闽东仁人志士不绝于史，忠臣英烈节昭日月，文化源远流长，积淀深厚。该系列散文结集出版，对认识闽东、宣传闽东将起很好的作用，具有弘扬民族优秀传统文化，进行爱国主义教育的现实意义。

一般来说，写这类文章是以史料典籍为基础的，比较容易显得枯燥无味和紊乱冗杂，然而读《二十八个人的闽东》，却让人获得轻松的审美享受。我以为。究其原因大概有三个方面：首先，文章引经据典捭阖自如，简练顺畅，使人不觉得累赘。要做到这种境界，关键在于作者能广览博知，对芜杂的原始资料作认真、严肃的辨析、筛选，去伪存真，去粗取精，灵活应用。其次，文章主题虽然写的是人物，但不限于单纯罗列人物本身的资料，而是有机地与自然和人文景观结合起来，把历史资料与作者感受融会贯通，增加形象性和现场感。同时，妥帖应用历史掌故、轶事趣闻、民间传说、经典名言。如此谋篇布局之文，读来自然显得生动活泼。第三，文章有不少带有思辨性的论述，如对诗人陆游母亲病态心理的见解，对陈靖姑何以辞世短短两年后便被人建庙祭祀的分析，等等，体现出作者观察事物的独特视野，引人想象，给人启迪。

唐颐同志曾上山下乡务农，又经选调到工厂做工。大学中文系毕业后当过教师，而更长的时间则从基层起步，历任乡镇、县、市领导职务，经过多种岗位的磨炼，有较丰富的生活积累和实践经验。他勤于读书，爱好文学。虽然工作繁忙，但在工作之余珍惜宝贵时间，不浮华虚度，而是用心撰写介绍闽东和生活感受的文章，从另一个领域服务社会。唐颐同志其志其行，值得肯定！

逢《二十八个人的闽东》出版之际，写此短文，谨示祝贺。

（何少川，中共福建省委原副书记、福建省炎黄文化研究会会长、中国作家协会会员）

目录

1　黄鞠和霍童溪

15　开闽第一进士薛令之

23　灵祐法师与建善寺

29　空海大师与霞浦赤岸

39　林嵩与太姥山

49　陈靖姑的前世今生

59　一个山村的回眸惊瞥

65　陈桷慧眼识雁溪

73　陆游在宁德的那段日子

81　朱熹避难在闽东

89　琥珀一样的西浦

97　风云柏柱洋

107　恸哭的谢翱

113　东狮山下的武将文臣

123　张以宁·翠屏湖·水下城

135 江南孔裔第一村

143 六百年的眺望

153 林聪和他的故乡

163 戚继光和闽东古城堡

175 古风寿宁，寻找冯梦龙的行迹

185 史可法与刘中藻

189 甘国宝和他的故乡

201 "兰社"领军林滋秀

207 魏敬中的韧劲与功底

213 畲族·畲家村·畲歌王

227 圆瑛法师与和八闽古刹

233 杭州湾畔访大师

239 嵛山岛开发一奇人

247 **后记**（原版）

249 **附录**

情在历史云深处
——读唐颐闽东历史名人系列散文/周安林

黄鞠和霍童溪

霍童溪是宁德的母亲河,是一条堪称大美与奇美的河,沿着这些年刚修通的二级公路宁(德)—屏(南)线而行,犹如踏入一幅长长的山水画卷。大约魏晋以来,道教对华夏大地名山依次排位,素有"三十六洞天""七十二福地"之说。而"奇压神州"的"第一洞天",就在宁德霍童山!在这洞天福地里,有一座中国禅林中唯一用梵语命名的寺庙——支提寺。

一

黄鞠是有史料记载的闽东最早的一位文化名人。

黄鞠还是中国隧道水利工程的先行者。

黄鞠是隋朝人。一提起隋朝，大凡就想起隋炀帝的荒淫无道，历史也确实如此记载，所以隋朝前后才三十七年，传到二代隋炀帝手上便彻底亡国了。但隋朝有个非常显赫的成就：以开凿大运河闻名的水利工程，一千四百年以来始终在华夏大地上昭示着它的丰功伟绩。这功绩的首创者是隋文帝，他统一了纷争三百年的中国，及时修订刑律和制度，避免发生大的战争，尤其是推行厉行节俭的政治（节俭到宫中一次配止痢药，要用胡粉一两竟找不到，一次要找织成的衣领，宫中也没有的地步），他在位二十四年，社会呈现空前的繁荣，《隋书》记载："人物殷阜，朝野欢娱，二十年间天下无事，区宇之内宴如也。"公元五八四年，隋文帝下令著名巧匠宇文恺率水工开凿广通渠，引渭水自大兴城（今陕西西安市），开漕运之先声。到了隋炀帝，这小子凭借着老子积累的巨量的财力和人力，更是大规模发展漕运，动不动投入几十万，甚至百余万人力，开凿贯通南北大运河。隋炀帝在历史上是著名的浪子和暴

霍童溪晨韵 （彭文海 摄）

君，他开凿运河主观上是满足自己穷奢极欲的游乐生活，因此弄得民怨沸腾，各地农民纷纷揭竿而起，最后落得被下属缢死的下场。但客观上说，开凿人工运河这一伟大的工程造福了华夏千秋万代子孙。

黄鞠就是在这样的背景下来到闽东的。他生于公元五六七年，河南光州固始县人。传说担任过隋朝的谏议大夫，因不满隋炀帝的暴虐，举家南逃到宁德县的霍童。

如果说黄鞠最早看上犹如世外桃源的霍童流域，是他慧眼独具，那么，对这块璞玉的精雕细琢则是霍童有幸，宁德有幸。

任何事物都是一分为二的。"楚王好细腰，宫中多饿死"，大兴漕运的隋朝，必定诞生出一大批能工巧匠，尤其是水利专家，必定培育出一大批懂规划、善管理的工程项目官员。我想黄鞠就是此类的专家与官员。当对隋朝的政治、自己的仕途彻底绝望之后，黄鞠就把一生的聪慧与才干都倾注到对霍童溪流域的规划与开发上。

三条从大山深处流下的支流在狮子峰下汇合，形成了霍童溪，并冲积成了一片南北两岸五六千亩三角洲。水之清，地之沃，芳草碧连天。黄鞠的功绩有三：一是斩断"龙腰"山脉，兴修霍童溪南岸水利；二是开凿"度泉洞"，灌溉北岸千顷良田；三是综合治理，构建防洪体系。

霍童溪水资源丰盛，近在咫尺，却因一座山梁的阻挡而无法利用，兴修水利必然要挖断一条名叫"龙腰"的山脉，这当然是大忌，于是就流传出挖断"龙腰"，必"斩断代代官贵"之疑义，但黄鞠的表态掷地有声："只要能发万家香烟，不问代代官贵"。好一个黄鞠，钟情这一方山水，已经到忠贞不贰的境界，对官宦仕途的厌恶，已经渗透到骨髓。据后来好事者统计，在封建科举时代，霍童黄氏后裔真的只出过一县丞，再也没有出过比他大的官员了。黄鞠亲任南岸水利工程的总指挥，竟让两个女儿丹鸾与碧凤任施工队长，历尽八九年的艰辛，终于修成了一条一米宽、一千多米长的引水渠，其中坚硬的花岗岩的"龙腰"仅靠一把锤子、一把凿子开成的。待到水利竣工，这两位姑娘已过了待嫁之年，后来终身不嫁，当地人为她们建有一座姑婆庙，香火延续至今。

完成南岸水利工程后，黄鞠又着手北岸的水利工程，北岸的水渠长八千米左右，这本不足为奇，但令人啧啧称奇的是，水渠通过几处隧道，隧道高两米五，宽一米，总长四百余米，民间称之"度泉洞"。在当时生产力水平低下的情况下，开凿隧道的办法就是将柴火放在岩石上烧，等岩石高温时，突然泼水，使之在热胀冷缩中爆裂，再使用凿与撬拓展，此工艺是公元前二五一年，蜀郡守李冰在兴建都江堰时发明，两岸千仞绝壁的"宝瓶口"就是以此法凿开的。大学者余秋雨对都江堰崇拜得五体投地，说长城的文明是一种僵硬的雕塑，都江堰的文明是一种灵动的生活，于是他的"拜水都江堰，问道青城山"十个大字的广告牌在成都大地到处摆放。如果说李冰是中国最伟大的水利专家，都江堰是他的经典之作，那么黄鞠应该是中国隧道水利工程先行者，"度泉洞"是他的经典之作。

两岸水利修好后，黄鞠又在河堤易冲刷面"沉铁牛""打铁钎""垒土墩"，修建防洪体系。还在两岸植树造林，形成了九里松树林十里桃花洲，并推广当时先进的中原农业技术，使霍童很快形成了周边十里的经济中心。

二

霍童溪是宁德的母亲河，是一条堪称大美与奇美的河，沿着这些年刚修通的二级公路宁（德）—屏（南）线而行，犹如踏入一幅长长的山水画卷。霍童溪上游的山，各自独立，形态殊异，犹如桂林山水，俗称"小桂林"。进入霍

霍童印象

霍童溪上坂堤堰　（彭文海　摄）

童镇后，山势渐连成了一体，浑圆连绵，凹凸跌宕，便形成了"老君捧腹""狮子啸天""双鱼鼓浪"等肖人肖物的风景。尤其是"睡美人"景观，飘逸的长发、端庄的脸庞、丰满的乳峰，犹如一位淡定从容、慈爱吉祥的母亲，呵护着这一方山水。

从屏南、周宁两县流下的三条支流到霍童汇合后，地势趋于平缓，蜿蜒入海，沿溪一串串清澈的水潭像蓝幽幽的眼睛盯着你，让你看到那是一往情深的眼神；一条条浪花四溅的水濑弹奏着欢快的歌曲，让你听到那是活泼欢愉的歌声。九曲十八弯，曲曲惊梦，弯弯销魂。成带的苍松直指苍天，成片的绿竹抛出弧线，古老的榕树记录着岁月的沧桑，笔直的枫林飘着灿烂的红叶。随着季节的更替，杜鹃与荔枝的红，枇杷与龙眼的黄，橘子与甘蔗的青，白的是河滩上的芦荻花，时节一到，真是"枫叶荻花秋瑟瑟"。当渡船缓慢地划过，惊起白鹭，你连惊叹都不敢出声。

霍童溪是游泳爱好者的天堂。那些年，因为工作的关系，我经常走这条路，曾细细数之，沿溪的游泳场所不下二十处。春夏时节，两岸青山如黛，青翠欲滴，十里桃花粉色撩人，此时潜入水里，仰望蓝天，看云卷云舒，什么都可以想，什么都可以不想，如入桃花源中，仿佛听到彭泽县令轻吟"归去来兮，田园将芜胡不归"。秋冬时节，两岸万木霜天，层林尽染，河滩白花花的鹅卵石温润可人，此时潜入水里，冰凉激越，迎面耀眼阳光，极易想起毛主席"自信人生二百年，会当击水三千里"的豪迈诗句。

如此仙居之地，自然是大有来头，那就是中国特有的道教文化。大约魏晋以来，道教对华夏大地名山依次排位，素有"三十六洞天""七十二福地"之说，而"奇压神州"的"第一洞天"，就在宁德霍童

霍童溪上坂堤堰　（彭文海 摄）

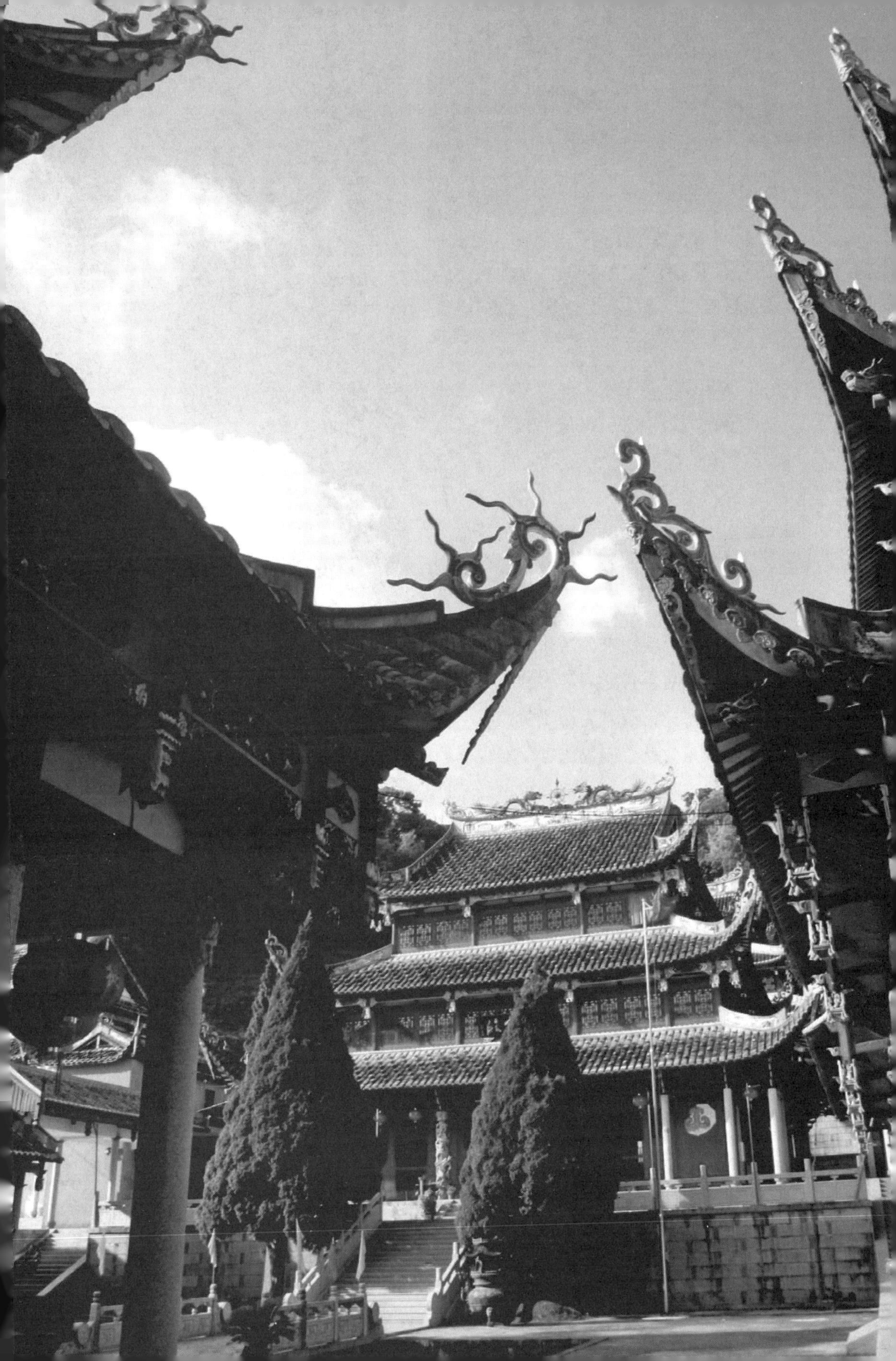

山！据北宋天禧三年（一〇一九）由张君房奉命领校道书，编成的《大宋天宫室藏》（四五六五卷）记载："三十六洞天"即："第一霍桐（童）山、第二泰山、第三衡山、第四华山、第五恒山、第六嵩山、第七峨眉山、第八庐山……"当代著名学者任继愈主编的《宗教词典》和台湾巨流图书公司印行的《道教大辞典》都对霍童是"第一洞天"做了认定。据史料记载，大约比黄鞠早一百年间，霍童村就有座福建省最早也是规模最大的宫观——鹤林宫，宫里光石柱就有一百零八根。唐天宝年间，玄宗皇帝敕赐鹤林宫篆体石碣一面今尚存，长一米一，残宽零点八三米，阴刻篆书"霍童洞天"，题款阴刻隶书"天宝敕封"，现存于霍童文昌阁。

在这洞天福地里，有一座中国禅林中唯一用梵语命名的寺庙——支提寺。一九八三年，国务院六十号文件批复支提寺为全国佛教重点寺院，文中称"……由于佛教华严经有'不到支提不为僧'之说，历代僧侣云游多至此寺"。历史上很长一段时间，支提山的天冠菩萨道场与五台山文殊菩萨道场、峨眉山普贤菩萨道场、普陀山观音菩萨道场、九华山地藏菩萨道场并称五大菩萨道场。支提寺内珍藏有宋明两朝御赐的"千圣天冠"铁佛一千尊，明万历年间皇太后赐给的大毗卢千佛托一尊，明代御赐内府利本《永乐北藏经》六万七千八百一十册，明朱元璋年间御赐

五爪金龙紫衣一件，均为稀世国宝。特别是那件五爪金龙紫衣，近年来有不少权威专家论证，曾经是建文帝朱允炆逃亡时所带之物，这又引发了建文帝最后终老在宁德的疑案。

那年阳春三月，我取道那罗岩窟寺上支提寺，满山红色杜鹃花，白色金樱子，黄色羊踟蹰，可谓十里繁花掩映着深山古刹。支提寺海拔一千一百多米，青苔斑驳，绿荫婆娑，寺前有数株国家珍稀植物——南方红豆杉，其中一株有千年树龄，树干已空，树冠已折，但依然生机盎然，其余的红豆杉都是它的后代。寺里还有种植白牡丹的传统，花如无瑕之玉，国色天香，根可入药，专治跌打损伤。寺院的小师傅告诉我，每年白牡丹的根可收一百多斤，是寺院的一笔可观收入。

特别值得一提的是，支提山栖息着国家二级保护动物——白鹇鸟。此鸟色白尾长，体态秀美，喜爱光明，多在大白天成群结伴寻食于紫竹林间，只有明月皎洁之夜，才成双结对嬉戏于月光之下。邑人宋朝绍熙科状元余复在游支提山诗作中就有"秋风万里一黄鹤，返照半林双白鹇"诗句。

三

大美的霍童溪两岸散落着的集镇与村庄，如今都成了现代人寻寻觅觅的世外桃源了。古遗址、古渡口、古民居、古寺庙、古树名木等等，似乎见证着古往今来的故事。

古香古色的霍童镇，至今保留着连片的明清古民居。这些古民居的墙基，垒得很高，都是取于霍童溪的溪石。这些石不知经历了多少世纪溪水的冲刷，圆滑光洁，民间称之为鹅卵石，有的硕大无比，其大如猪、如牛，其状各异，其色斑斓，能嵌出别具一格的图案花纹。墙基如此，围墙如此，村庄的道路也如此，让你感觉村庄是河流的延续，是河流的孩子。

坐忘霍童

走进霍童镇老街，还依稀可见明清时代商业街的痕迹：江南建筑风格的老铺和精雕细刻的石木门楼，都似乎在诉说着往日的繁华。街头有一座潘氏宗祠，红砖碧瓦，雕梁画栋，十分抢眼，二十世纪中叶，闽东才女潘玉珂曾栖身于此十年光阴。潘玉珂，一九〇八年生于霍童镇，一九二八年考入上海美专，师从潘天寿，业成留校研究所，任国画研究员，继受业黄宾虹，抗战期间在涪陵、丰都、重庆等地举办个人书画展，丰子恺先生曾赠漫画以赞之。一九四六年胞弟不幸去世，她从此归隐家乡，以羸弱之躯支撑一家老幼，终身未嫁。党的十一届三中全会后，她解脱了身上的羁绊，重新焕发了艺术青春，二〇〇四年结集出版《潘玉珂书画作品集》。她一生淡泊名利，心静如水，其人品画艺堪称"兰馨素心，幽谷溢香"。

霍童线狮堪称中华一绝，前些年已被列入国家级非物质文化遗产名录。它起源于每年农历十月十四日纪念黄鞠的诞辰之日，发展到今天，仍以黄家线狮为正宗。一九八九年曾被国家旅游局邀请到广州参加"中国旅游艺术节暨广州欢乐节"，演出二十七场，观众达二十三万人次。《羊

城晚报》曾以《靳羽西游东方》报道：由十位演员表演的"线狮舞"，通过头索、尾索、腮索，架上三头狮子做出坐立、蹲卧、摇首、舐毛、抢珠等动作，靳羽西和同行的丈夫连声赞叹："这是真功夫，没有半点疵瑕，人们可以从中领略华夏民俗风情，欣赏到民间艺人的艺术才华，这些具有民族气派民间特色的节目在国外很难看到。"

霍童溪两岸，竟有六个省级历史文化村。蕉城区与周宁县的交界处有一个村叫"外表"，因为屏南县、周宁县两溪在这里相汇，每遇洪水期间，渺渺茫茫，顾名思义"外渺"，后衍称为外表。该村山水秀雅，为"小桂林"风景最经典之处。村中有一座建于乾隆年间的风雨亭，骑在古官道中，而不远处，则是始建于元朝的"登云桥"，相传是明朝时本省举子进京赶考的必经之道。而让村民引以为豪的更有一幢占地九百二十一平方米，有一百二十个房间的林家大厝。此厝建于光绪年间，保存尚好，足以让你透过岁月的沧桑，领略百年前的辉煌。

外表村还是"武术村"。相传，该村林氏世祖林梅在乾隆十年（一七四五）受传于河南嵩山少林寺武僧仕源，习得正宗的"少林鹤桩拳"。该村习武成风，到道光年间，就出了一个武举人，六个武庠生。

离霍童镇两三千米的邑坂村有着丰富的古人类遗址。二〇〇〇年，福建省博物馆在该村霍童溪岸的芦坪岗考古挖掘，出土器物四十七件，其中陶器四十二件。考察报告中这样写道：从这些遗物看，芦坪岗可能有西周时期墓葬，在更新世晚期的地层内可能有旧石器时代文化遗物埋藏。瓦窑岗可能是商周时期聚落遗址，在晚更新世红土层可能有旧石器时代遗存。由此，将闽东地区的历史推前到至少一到两万年以前，填补了本区域旧石器时代考古的空白。

邑坂村西南的溪坂处有一片三百多亩的次原始森林，是参天古木的伊甸园。这里有相拥相抱的"情人树""姊妹枫""榕包楠""蛟龙附凤"等奇异风景，有珍贵树种一百多种，老树树龄达一千四百多年，高的达四十多米。临溪一段绵延四百多米的五百多株枫树林，秋高之时，红遍河滩，倒映在清澈的溪水中，堪称一绝。原始森林中还有一块神奇的墓碑，碑上刻"东昭定国明王"字样。据说，历史上每一次洪水都不曾淹没这块石碑，村人以香火供之。

邑坂村还以保留相对完整的古村落建筑而闻名遐迩。据说该村是先人彭邑公根据"天人合一"的思想建造起来的，村落在中心位置布置了"太极水陆阴阳鱼"，将路网按"八卦阵"布局，具有防御性、通风性和亲自然性。相传古时流经邑坂的霍童溪水会顺八卦流动，水流进村后，绕村一圈后又倒流回去。专家认为，从该村落的民居风格可追溯唐末"八姓渡江"的先民迁徙史，大抵从中原河南一带迁居而来。后人纪念彭邑，故将村子取名"邑坂村"。

石桥村则是黄鞠祠堂所在地，在霍童溪的南岸，岸边五株径大十围，树荫覆盖十多亩的大榕树，相传有一千多年的历史，是黄鞠后人为纪念自己的祖先所种，它们在祠堂前倍显肃穆沧桑。

位于霍童溪中游北岸的贵村，传说古时有三十六村，后归于一村，名归村，后衍化为贵村。古树参天的"风水林"和元明清时期留下来的古民居自然很值得一看，特别是建于明朝

黄菊故里（林四五 摄）

万历四十一年（一六一三）的文昌阁，阁高二十多米，四周古树环绕，登楼四眺，霍童溪南岸，远山近水，一幅耕读传家的文化画卷尽收眼底。贵村后山还有个神秘的蝙蝠洞，据说有十多个洞，洞洞相连，有水帘洞，有深潭洞，洞中集结不计其数的蝙蝠，大者展翼一米多。

值得一提的是，霍童溪的上游，位于蕉城区与屏南县的交界处，有个"古瀛洲"之称的莒洲村，瀛洲古镇、独木冲浪、飞舟击水被誉为"三绝"。古镇以沿溪的吊脚楼闻名，而"独木冲浪"，则是青少年站在圆滚滚的单根木头上，拉开弓步，手撑竹篙，轻轻一点，一会儿似箭，擦石而行；一会儿像艇，击水冲浪；一会儿如鱼，潜身隐体，让游客看得目瞪口呆。"飞舟击水"，则是乘小木船漂流，因河道险要，惊险有加，所以当年大作家冰心女士在渡口崖石上题字"惊水瀛洲"。据说莒洲村人姓谢，与冰心女士攀上了亲戚，求得如此珍贵的墨宝。

但十分遗憾，瀛洲三绝在前些年洪口水库的蓄水之日，全淹没在浩渺的水中了，如今唯有品味着李白的名句"海客谈瀛洲，烟涛微茫信难求"，留下亦真亦幻罢了。

情 在 历 史 云 深 处

霍童溪发源于福建屏南县西北和政和县东南部的鹫峰山脉，上游为棠口溪和后垄溪，在宁德县柏步村汇合后，流经霍童、九都、八都等乡镇，注入三沙湾流入东海。霍童溪流域包括屏南、政和、周宁、宁德市的各一部分，流域面积二千二百四十四平方千米。霍童溪干流长一百二十六千米，水系呈扇形排列，地势西北高东南低，流域内的政和县峰岭高度多在海拔一千到两千米，香炉尖海拔一千五百九十八米，是闽东沿海水系与松溪支流的发源地和分水岭。流域内以屏南县的东峰尖为最高，海拔一千六百二十七米。霍童溪中上游两岸为中山和低山区，河流流经长达三十千米峡谷，多陡崖且落差集中。中下游以低山丘陵为主，九都乡以下，为花岗岩高丘陵，坡度较大，顶面崎岖，直逼海岸。霍童镇至贵村一带，是宁德最大的河谷冲积平原，柏步村以下为下游，潮水可回溯到八都以上。霍童溪支流众多，主要有金造溪、白玉溪、岱溪、咸溪、赤溪、底溪等。

开闽第一进士 薛令之

福安市溪潭镇有两个"八闽第一":一是省级自然保护区——瓜溪桫椤山,面积九十六万平方米,大小桫椤总计三千六百株以上,最大的一株,高达六米多,号称"桫椤王";二是廉村人氏薛令之,于唐朝神龙二年(七〇六)进士及第,乃福建历史上第一个进士。

廉山苍苍,廉水清清,廉岭漫漫,廉村寂寂。廉,是这里的山水精灵;廉,是这里的文化底蕴;廉,是这里独特的魅力。

福安市溪潭镇有两个"八闽第一"：一是省级自然保护区——瓜溪桫椤山，面积九十六万平方米，大小桫椤总计三千六百株以上，最大的一株，高达六米多，号称"桫椤王"；二是廉村人氏薛令之，于唐朝神龙二年（七〇六）进士及第，乃福建历史上第一个进士。

一

瓜溪桫椤山是一九九五年底福安师范学校的两名生物教师发现的。之后，福建省、宁德市有关部门组织了几次科考活动。我国珍稀植物专家鉴定后，得出结论：瓜溪桫椤山是目前福建省桫椤数量最多、生长最好、生态环境最佳、分布纬度最高、垂直分布最广的集生地，为福建独有、全国少有。

桫椤是现今蕨类植物中最高大的种类，被国家列为二级重点保护的濒危珍稀植物。大约在两亿八千万年前，它是当时地球上最繁盛的植物，是恐龙的食物。如今，恐龙早已绝灭，桫椤却成了"活化石"。

那年阳春三月，江南草长，我们慕名前往，正逢春雨潇潇。溪潭镇党委书记小施对"桫椤王国"了如指掌，如数家珍，为我们导游。桫椤山的核心部分是两条溪流形成的两个大峡谷。走进谷内，满目青山，叠翠欲滴，磐石卵珠，溪流跌宕；三级瀑布，飞流直下……雾蒙蒙、雨蒙蒙，远离尘世，回归自然，探寻桫椤，如同神游远古，不知今夕是何年。

渐入佳境后，便可在小路边见到一株桫椤了，那桫椤形如棕榈，顶端的叶片，为羽状开裂，如孔雀开屏，优雅绰约；隔年的叶片，垂将下来，似披发少女，临风沐露。我们一路寻去，那桫椤，有的长在杂木林中，孑然独立；有的与竹林为伍，形影相依；有的栖身芭蕉丛内，鹤立鸡群。在鸳鸯潭边，有几株桫椤临水而立，犹如垂钓的蓑笠翁，烟雨斜风中默默相对，仿佛心有灵犀。

为了一睹那株"桫椤王"的风采，我们一路披荆斩棘。在那艰难的行程中，小施告诉我，当地村民多次目睹体重百余斤的国家一级保护动物巨蟒在此出没，我想，它或许是"桫椤王"的守护神。大家在神秘的氛围中，手脚也变得利索起来，终于在一片杂木林中找到了"桫椤王"。"王者"果然名不虚传，高达六米多，胸径十七厘米，树形古朴儒雅。大家围绕之、赞叹之，不断换角度与之合影，喜哉幸哉！

查阅资料，才知目前我国仅在南方六七个省（市）发现桫椤的踪迹，它是研究植物演化，地球、地理、气候变化的稀世之物。桫椤对生态的要求极其苛刻。它的用途十分广泛，茎含淀粉，可供食用；树心可切片入药，中药中的"龙骨风"即此，能祛风除湿、活血化瘀；树干耐腐性极强，千年不化。称桫椤为高洁之物不为过。

二

也许是几亿年的桫椤山养育了一方好水土，山下有个福建省首批历史文化名村——廉村。该村原名石矶津，因薛令之清廉，唐肃宗嘉其高风，而赐名。

薛令之，号明月（据说是农历八月十五所生），取得进士之后，在唐玄宗开元初年，升左补阙兼太子侍讲，曾与那位写了"少小离家老大回，乡音无改鬓毛衰"的贺知章同侍奉皇太子李亨，为其讲授经史。村里人告诉

桫椤（陈恭 摄）

桫椤山

17

廉村全景

我，相传薛令之与大诗人李白交往甚密，经常一起谈诗论文，介绍闽越胜景。李白那首著名的《梦游天姥吟留别》长诗，就是因为听了薛令之介绍其闽东家乡海上仙都太姥山之胜景，而心驰神往所作的。我曾研读此诗，愈加信服村人所言极是。

开元后期，唐玄宗已从一代明君蜕变为一个只顾与杨贵妃卿卿我我而荒怠政事的皇帝，大权旁落到"口蜜腹剑"的李林甫手中。李林甫与皇太子李亨矛盾甚深，因此东宫官员也受排挤冷落，甚至被克扣伙食。薛令之感慨时事，题诗曰："朝日上团团，照见先生盘。盘中何所有？苜蓿长阑干。饭涩匙难绾，羹稀箸易宽。只可谋朝夕，何由度岁寒？"该诗实则对皇帝进行讽谏，由此得罪了唐玄宗，不得不"告老还乡"。事后，

玄宗觉得过意不去，又得知薛令之家境贫寒，便诏令长溪县岁赋资助使用，但薛令之只酌量受之，决不多取。直到皇太子李亨继位，念及老师教诲之功，下诏薛令之回朝重用，可惜薛已病故。李亨惋惜不已，感其廉洁高风，便下诏封其家乡为"廉村"，家乡的溪流为"廉溪"。这两个名称一直沿用至今。

  我已是第三次造访廉村了。我以为，廉村的特色在于"古"：古码头、古城堡、古官道、古民居、古文化……那一溪绿水徐徐缓缓绕村而过，飘飘逸逸汇入赛江。溪旁村口，两株苍老稳重的古榕，千百年来踏实地守候着古码头。码头的遗迹唯有历史风雨冲刷下硕大无朋、光洁如玉的鹅卵石，它证实了《福安县志》所记载的繁华与气派景象："海舟鱼货并集，远通建宁府诸县，近通县城及各村落，明设巡栏，复改官牙，以平贸易……"

沿古码头石阶而上，周遭是由鹅卵石垒砌的古城堡，它那尚存数百米、条石构筑的拱顶城门巍然屹立，古藤杂草攀缘而生，清幽古雅。史料记载城堡乃明代为抵御倭寇而修筑的，弥足珍贵。

古城堡内古官道纵横，大都宽达五六米，中间并排两条或三条精雕细刻的条石，其间镶嵌多种花色的鹅卵石，造型独特，古朴雅致。登高俯视，那纵横全村的古官道，竟是一个繁体的"风"字。据说当年，文官武将衣锦还乡时，古官道铺上红地毯，鼓乐齐鸣，乡亲们夹道恭迎。但我想，薛令之当年返乡时，一定是微服而至。

廉村现存的古民居有二十六幢，多是二进建筑，悬山屋顶，穿斗构架，门楼砖雕、窗棂木刻无不透着明清建筑的风韵。保存最好的应是几座宗祠与宫庙。位于村口的后湖宫，门楼连接着古戏台，颇具特色。正殿里摆着明代的石香案，峨冠博带的薛令之神像享受着千年香火。

距薛令之故居遗址不远，有一口井，井壁用鹅卵石砌成，苔藓斑斑。传说，薛母怀上令之后近井汲水，水突涨至井口，薛母俯身连吸三口，水位便回落原处，不久，便生下令之。村民告诉我当年的传说：此乃风水井，每逢有贤人出，水必涨溢，其母俯身可吸，连吸三口，贤人必出。如今，一千三百年过去了，井貌如初，井水清洌甘甜。说这话的

廉村（黄俊 摄）

情 在 历 史 云 深 处

开闽进士第一村——廉村

　　廉村被喻为开闽进士第一村,位于福安市溪潭镇穆阳溪中游西岸,旧名富溪津、石矶津,因里人薛令之是开闽第一进士,且为官清廉,被御赐"廉村""廉水""廉岭"之名。南宋以后,因水陆交通便捷,出现经济繁荣、文化发达的景象。明嘉靖三十九年(一五六〇),筑城墙以御倭寇,称廉村堡。堡平面略呈椭圆形,周长一千二百五十八米(现存八百五十米)。墙面用鹅卵石垒砌,中为泥土夯筑。墙基厚四米。东、西尚存三个城门,用花岗岩条石叠砌。城堡内面积达十万平方米。有明代官道,中用鹅卵石拼花、纵向平铺三条条石,长五百米,横贯城堡东西。官道两侧尚存大型明、清时期民居二十六座,清代祠庙四座。不少家庭大厅迄今仍完好地摆放着当时造型古朴、雕镂精致的大型木屏风。城东有明代古码头两座,用鹅卵石砌筑,宽约三米五,曾是通往大海的内河港口,也是沟通闽东北和浙南的水陆枢纽和物资集散地。沿溪是用鹅卵石铺就的古道,路旁并立几方石碑。廉村历代人才辈出,自唐至清,获取各种功名者共五十多人,宋大观三年(一一〇九)到南宋宝祐三年(一二五五),一百四十六年间,有进士二十三人,出现(陈雄)一门五进士,父子兄弟三代俱登高第的奇迹。宋代朱熹与其父朱松都曾到廉村讲学。

　　村内主要文物古迹有:明清时期的廉村城墙、陈氏宗祠、陈氏支祠、后湖宫、妈祖庙、陈树安宅、陈住松宅、"聪明泉"、薛令之故居、薛令之读书处(灵谷草堂)、古码头等。

村人底气很足,因为"我祖上"确实人才辈出,灿烂光辉过。自薛令之到清代,全村获得功名的有五十多人。从宋大观三年(一一〇九)至宋宝祐元年(一二五八)的前后一百五十年中,连续出现十七位进士,平均每十年就有一人,占宋代全县进士的五分之一。甚至有一门五进士,父子兄弟俱登高第的荣耀显赫。据史料记载,大学问家朱熹、朱松曾到廉村拜谒过薛令之的故居,朱熹还在廉村讲过学。由此可见当年明月先生之声望,廉村文化之鼎盛。

廉村古道

廉村古城堡

细细观看宋、明两代的廉村全景图,西北角有一山高峻挺拔,大约是桫椤山的方位,不知古人进山考察过否。村人告诉我,廉村往福安城区方向,步行需登一条长长的山岭,此岭也因薛令之名望,改称"廉岭";岭头有唐代古树一株"百尺无枝,霜皮溜雨",名曰"廉岭孤树"。我想,以桫椤之高洁,桫椤山也应是"廉山"了。

廉山苍苍,廉水清清,廉岭漫漫,廉村寂寂。廉,是这里的山水精灵;廉,是这里的文化底蕴;廉,是这里独特的魅力。

情 在 历 史 云 深 处

自 悼
〔唐〕薛令之

朝日上团团,照见先生盘。盘中何所有?苜蓿长阑干。饭涩匙难绾,羹稀箸易宽。只可谋朝夕,何由度岁寒?

灵祐法师与建善寺

霞浦县城北的建善寺,是福建省现存年代最为久远的一座佛寺,始建于南齐永明元年(四八三),至今一千五百多年,历史如此悠久的风水宝地,在开山两百多年之后,孕育出沩仰宗的创始人灵祐。

霞浦县城北的建善寺，是福建省现存年代最为久远的一座佛寺，始建于南齐永明元年（四八三），至今一千五百多年，历史如此悠久的风水宝地，在开山两百多年之后，孕育出沩仰宗的创始人灵祐。

灵祐（七七一—八五三），俗姓赵，唐代长溪县（今宁德市霞浦县）人，大历六年（七七一）出生，中国佛教禅宗五宗之一的沩仰宗的创始人。十四岁时，灵祐依法常律师出家于长溪县建善寺，后在浙江杭州龙兴寺剃发受戒，并在寺中广究大小乘经律。贞观九年（七九三），灵祐参谒百丈怀海，并成为参加学佛者的首领，后来又被选为所居洪州（今江西南昌市）百丈山典座。灵祐敷扬佛教凡四十余年，著有《沩山警策》和《潭州沩山灵祐禅师语录》。

一般认为，佛教传入中国是在东汉明帝时（五八—七五）。汉明帝不仅派使臣去西域，迎来了摄摩腾和竺法兰两位高僧来中国传教，还在洛阳首建第一座寺庙——白马寺，开始了佛教在中国的正式传播。

任何宗教的成功传播，总要寻求广大的社会基础。在中国，佛教是舶来品，这就产生了如何与固有的本土文化相适应的问题。唐朝是中国佛教发展的高峰，也是禅宗极盛的时代，禅宗又分顿悟与渐悟两支，俗称南顿北渐，禅宗盛于南方，南顿派至唐末，衍为五宗：即沩仰宗、曹洞宗、云门宗、临济宗、法眼宗。今天看来，作为南顿派五大禅宗之首沩仰宗的创始人灵祐法师，矢志不渝地遵循这条宗教传播的规律。

我原先认为禅宗自然是高深莫测的学问，直到阅读了季羡林大师主编的中国禅学丛书，自认为禅宗可以通俗地理解为两个方面的内容：定和慧，即通过"定"的手段，达到"慧"的目的。

建善寺有一块平坦光滑的大石头，前些年大石头上面多了一个亭，亭匾曰"灵石亭"，石旁刻有《灵石记》："佛教五大禅宗之一的沩仰宗创始人灵祐祖师，我县南乡人，年十五在本寺出家，后人将其勤修苦行，晨昏用于行坐的石头尊称为灵石。"

这块石头自然是沧桑的缩影、历史的见证。当你踏入这座千年古刹时，不少这种缩影与见证足以让你肃然起敬：大雄宝殿前那一株木棉树和灵祐祖师堂旁的银杏树，传说是灵祐法师所植，春来木棉红似火，秋至杏叶灿如金。它们用年年的生机盎然和那块同样具有生命力的灵石，

建善寺（彭文海 摄）

见证着古刹千年的兴衰。一九三七年，住持释碧松法师书撰对联："狮窟震玄风，教普闽峤，灯传沩水；鹫峰承法脉，山开齐代，地辟南天"，道出了沩仰宗与建善寺的渊源。

建善寺现存有唐大中四年（八五〇）宣宗皇帝李忱御赐"大中建善"匾额，宋建隆四年（九六三）威武军节度馆驿巡官儒林郎吴慎辞撰写的牌铭，清康熙年间总镇吴万立的《东关观音阁碑记》《崇斌阁碑记》，清乾隆年间福宁知府李拔题写的"月满南天"的石匾，"比礼比乐、序宾序贤"的府衙石屏，清光绪年间总兵侯名贵书写的"狮山筑垒御敌碑记"，还有民国期间萨镇冰、邱峻等达官名流书写的"浚河诗碑""有秋路碑""府前护榕碑"等历史珍贵碑刻二十多面。寺内尚保存十四个宋代复盘莲花式柱础石。二十世纪末，当年闽东"三大才女"之一的游寿教授回到故乡霞浦，考证出了日本空海大师入唐求法登陆赤岸的史实，惊动中日两国。一九九三年，她以八十七岁高龄在此立碑:"空海法师远航扬胜地,建善古刹紫气满山门",附跋:"唐贞元二十年,日本空海大海漂抵赤岸时,曾到建善寺参拜,因书从志盛事。"也在同一年,国务院原秘书长、霞浦人杜星垣,旧地重游后欣然提笔写下"古刹逢春",也留下碑刻。

作为禅宗沩仰宗一代宗师的灵祐,在世八十二年,一生的成就自然是聪慧的胚胎与百般历练而成的。传说他十一岁时,就有得道的异兆,十五岁在建善寺出家,三十年后到杭州龙兴寺受具足戒,研究大小乘经律,后入天台山,偶遇寒山和尚,访国清寺,适逢拾得和尚。寒山、拾得两人,在当时的丛林中,均是声望弥高的大师,他们对年轻的灵祐都有过指教奖掖。二十三岁那年,灵祐云游江西,参谒百丈怀海法师,从此留在他身边参修。灵祐四十九岁那年,天降大任于斯人,百丈怀海法师推荐他赴沩山开法。灵祐没有辜负丛林大德们的希望,在沩山开创了当时规模最为宏大的道场,成为中国禅宗史上沩仰宗的创始人。

沩山地处湘中偏北处(今湖南宁乡西),当年地理位置十分有利于接应四方禅众,但开山之前,沩山却荒无人烟。据《沩山语录》载,灵祐至此结茅为庵,自修苦行,与猿猴为行,以橡栗充食,先后六七载,但无来访者。唐宝历初(八二六),百丈怀海法师命弟子懒安率数僧来沩山辅佐灵祐。不知是不是老法师有意安排,这位懒安也是霞浦人,既不懒又安分。懒安上山时与灵祐说,我尽力辅佐你,等到僧众达五百人时,你一定要放我下山。但后来他一直辅佐灵祐至其圆寂,继任沩山法席。

沩山鼎盛时期僧众达一千五百人,而且得到了地方和中央政府的积极支持。史料载,沩山的梵宗建成时,"襄阳连率李景让统摄湘潭,愿预良缘,乃奏请山门号同庆寺"。而且,当时身为宰相的裴休对灵祐也十分亲善,更加提升了沩山和灵祐在丛林中的声望。但接踵而来的却是更加严峻的考验,唐武宗搞起了史上闻名的"会昌法难",即会昌年间全国废寺院四万余所,令僧尼还俗二十六万余人,逼得灵祐只得"裹首为民"。唐宣宗即位,重兴佛法,裴休亲自迎请灵祐再度出山,沩山迅速恢复了元气,成了当时中国丛林中规模空前的大道场。

这期间流传一个有趣的故事:宣宗乃宪宗第四子,为穆宗异母弟,武宗惮忌之,欲置之于死地,被宦官暗中救护,宣宗只好削发为僧,云游四

方，曾在百丈山与香严智闲看瀑布，智闲吟诗二句："穿云透石不辞劳，地远方知出处高"，巧妙地拍了宣宗的马屁，宣宗当即续吟二句："溪涧岂能留得住，终归大海作波涛。"不愧是当皇帝的料，逆境中如此志气高远，所以他登基后，马上复兴佛教也就不奇怪了。值得一提的是，那个"善拍马屁"的香严智闲可以说是灵祐的徒弟，他后来和仰山慧归葬一处，在仰山（今江西宜春南）把沩山禅宗发扬光大，所以称沩仰宗。

就如前面所说，禅宗中的"定"只是修行的手段，而"慧"是目的，是思想之花，沩仰宗的思想之花自然是绚丽多彩又博大精深。现试着采摘几朵如下：

　　沩仰宗认为万物有情，皆具佛性，人若明心见性，即可成佛。它的精妙还在于，把农、禅两者圆满地结合起来，施教于日常农事杂务之中，灵祐法师亲力亲为，参加摘菜、泥壁等等，师徒在共同劳动场合中实施方圆默契。如今，他流传下来的著作，多是这类教化弟子的生动案例。灵祐法师禅学思想的独到之处还在于提出以"镜智"为宗要，何谓"镜智"？即如同一面大铜镜如实映照一切影像一样，如实映现一切佛法的智慧。所以后人认为："沩仰宗者，父慈子孝，上令下从；尔欲捧饭，我便与羹；尔欲渡江，我便撑船；隔山见烟，便知是火；隔墙见角，便知是牛……"这大约就是方圆默契的沩仰宗的智慧所在了。

　　当我沿着建善寺门前城垛式的城墙，穿过五株古榕树群，仰头回望刻在石壁上"八闽第一古寺"六个大字时，我似乎感觉到了禅宗的某种磁场，我不禁打开手机，前些日，一位友人发来的信息，说是星云法师送给大家的祝福："春天，不是季节，而是内心；生命，不是躯体，而是心性；人生，不是岁月，而是永恒；云水，不是景色，而是襟怀；日出，不是早晨，而是朝气；风雨，不是天象，而是锤炼；沧桑，不是自然，而是经历；幸福，不是状态，而是感受……"我想，这便是中国禅学的智慧与魅力吧。

情　　在　　历　　史　　云　　深　　处

　　灵祐（七七一-八五三），俗姓赵，唐代长溪县（今宁德市霞浦县）人，大历六年（七七一）出生，中国佛教禅宗五宗之一的沩仰宗的创始人。十四岁时，灵祐依法常律师出家于长溪县建善寺，后在浙江杭州龙兴寺剃发受戒，并在寺中广究大小乘经律。贞观九年（七九三），灵祐参谒百丈怀海，并成为参加学佛者的首领，后来又被选为所居洪州（今江西南昌市）百丈山典座。灵祐弘扬佛教凡四十余年，著有《沩山警策》和《潭州沩山灵祐禅师语录》。

空海大师与霞浦赤岸

如今的赤岸，被日本真言宗信徒和许多学者称为"空海漂着、受难的圣地""开运、出世的圣地""报恩、谢德的圣地""真言密教、日本佛教的圣地"。

霞浦县一位对空海颇有研究的朋友告诉我，空海大师在日本的地位堪比孔子在中国的地位。

空海（七七四—八三五），原名真鱼，七七四年出生于日本香川县的一个豪门世家，十四岁跟随舅舅阿刀大足到奈良求学。他舅舅是位大学者，对汉学造诣颇深，乃恒武天皇太子的侍讲。这样的舅舅，当然帮助少年的真鱼打下了扎实的汉学功底。四年后，青年真鱼又进入日本大学继续深造，此时他博学经文，酷爱佛经，为了探索佛学真谛，毅然放弃本可以飞黄腾达的仕途，二十三岁那年在奈良东大寺戒坛院接受"具足戒"，正式成为僧侣，接着又立志西渡唐朝留学。奈良时代的日本社会正处在奴隶制瓦解、封建制确立和巩固的时期，日本天皇和封建主对唐朝的繁荣昌盛极为赞赏，不断派遣使者、留学生和学问僧到中国取经求法。空海整整等候和准备了九年，于八〇四年以学问僧的身份随日本第十七次遣唐使乘船起航，但在海上遇到台风，同行四艘船漂散，空海和大使所乘的第一艘船在海上漂流了三十四天，九死一生，于八月十日漂流到当时福州长溪县的赤岸镇，并在此得到救援且停留了四十一天。

在赤岸登陆之后，空海跟随遣唐使辗转北行，又历尽艰辛，半年后才到达目的地长安。在长安，他历访诸大寺，终于在青龙寺拜惠果法师为师。惠果何许人也？乃唐代宗、德宗、顺宗三朝皇帝的国师。但神奇

空海大师纪念堂　（彭文海　摄）

的是，这位国师一见到空海就说："我早即知你将来，盼望已久，今日相见太好了，太好了！极命将终，叹无传法之人，请速献香花，入灌顶坛。"于是真言密教之法从第七代的惠果法师传到第八代的空海大师，犹如一缸水注入另一缸一样，全部传授过去了。半年之后，惠果法师放心地圆寂，享年六十岁。

空海大师跟随遣唐使一行一到长安，唐德宗在麟德殿接见他。两年后学成回国时，唐宪宗特赐予他菩提宝念珠（此珠今存日本京都市，系日本国宝）。空海大师还带走了许多佛教经典以及诗文集、书法作品、绘画作品、雕塑、佛像、法器等珍品。这些对日本文化事业的发展产生了深远的影响。临行时，空海大师留下一首大唐风韵十足的七绝《留别青龙寺义操阿阇梨》："同法同门喜遇深，随空白雾忽归岑；一生一别难再见，非梦思中数数寻。"

空海大师回国后，开始在京都东寺（即教皇护国寺）建立真言宗，称之为"东密"，成为日本佛教真言宗的开山祖。后来他又在高野山创建专门道场进行传播，日本的佛教从此开辟了新领域，深受日本的皇室和贵族的崇信。真言宗也成为日本奈良时代最有势力的教派。空海也被称为弘法大师，这个教派至今拥有信徒三千万之众。

日本著名小说《平家物语》"临幸高野"一节中干脆把空海大师神化了：嵯峨天皇（八〇九—八二二年在位）临朝，邀集佛家各派高僧讲解各派要旨，当弘法大师手结密印，心念佛法，宝相顿现，嵯峨天皇急忙离座行礼，臣下卿相全部跪下礼拜，终于四宗归伏，门派交融，整个朝廷的信仰才归于法流一统。

一千两百多年弹指一挥间。如今，日本大阪歌山县海拔一千多米的高野山中有寺院一百多座，围绕着一座有一千两百多年历史的"金刚峰寺"。还有一座佛学院，叫高野山大学，二〇〇四年，这一大寺院建筑群被联合国教科文组织列入世界物质文化遗产。一位去过高野山的霞浦朋友告诉我。高野山之于日本，如同五台山或拉萨之于中国。那里的寺院禅意浓浓，洁净而又朴素，寺中均设佛堂并挂达摩祖师画像，院外流水潺潺，街景安然，宛如灵山街市、人间净土。寺院的尽头，有一大片古杉林，这里的每棵树下都石碑林立。不远的"奥之院"是空海大师圆寂之地，所以，这一带也成为人们死后安身的向往之地。既有丰臣秀吉、德康家族等显赫名字，也有松尾芭蕉的俳句碑文，更多的是无名之士的简朴碑铭。行走此间，古树苍然不带一丝的恐怖，倒是一种清静的氛围透过奥之院的诵经声，让人神清气爽。

二

　　如今的赤岸，被日本真言宗信徒和许多学者称为"空海漂着、受难的圣地""开运、出世的圣地""报恩、谢德的圣地""真言密教、日本佛教的圣地"。如此之高的定位和评价，源自二十世纪八十年代初的研究成果。这其中关键的一位人物是二十世纪三十年代被誉为"闽东三大才女"之一的游寿教授（一九〇六——九九四）。她是霞浦人，是我国著名的古文字专家、历史学家、诗人和书法家。一九八一年春节期间，在哈尔滨师范大学任职的她回到家乡，三次到赤岸村考察，并查阅大量史料，经多方论证、比对，最后确认长溪县赤岸镇，就是今天的霞浦县松港街道属下的赤岸村，是日本第十七次遣唐使船和空海大师入唐求法的登陆地。此重大成果，在学术界引起大轰动。于是，尘封一千两百多年的故事浮出了水面。

　　唐贞元二十年（八〇四），学问僧空海跟随日本国第十七次遣唐使藤原葛野麻吕入唐求法，船队四艘船离港不久就因台风袭击而漂散，无法驶向原定的扬州口岸，在海上"随浪升沉，任风南北"，"出入生死之间，掣曳波涛之上"三十四天，但庆幸的是漂泊到了"福州长溪县赤岸镇以南海口"登陆获救，"镇将杜宁、县令胡延沂等相迎"。他们被善良淳朴的霞浦官民当作客人一样接纳进大唐的土地，损坏的船只得到修复，伤病员得到救治，给养得到补充。由于遣唐大使的文书印信是放在漂散的副使的船上，大家的身份无法证明，此时精通汉语、汉文的空海发挥了突出的作用，他在赤岸写的《为大使与福州观察使书》乃一篇情深意切、华美委婉的外交美文（此篇美文如今被装裱悬挂在赤岸"空海大师纪念堂"中），正是此"书"促使新上任的福州观察使阎济美热情地

空海坊

邀请遣唐使和空海一行到福州办理北上长安的一切手续。

因为福州观察使新老两任交接的原因，空海在赤岸滞留了四十一天。这段日子里，年轻的学问僧空海一定遍访长溪县城周遭包括当年就闻名的建善寺，领略和汲取了"海滨邹鲁、地灵人杰"的长溪古县风貌和沉淀厚实的大唐文化。

今天看来是许多意外使空海和赤岸扬名中日。因为是一场风暴使空海一行漂泊到赤岸，因为到赤岸后，精通汉文的空海发挥了才干，才被大唐朝廷允许进入长安。事实上，第十七次遣唐使船队在前一年，即八〇三年就受遣入唐了，也因遇到风暴，船破人亡，只好延期，而空海就是替补淹死者缺额而加入遣唐行列的。如果不是这些意外，年轻的空海既无缘和惠果相遇也无缘来到赤岸。正因为如此，日本真言宗与霞浦赤岸才有了千年不解之缘，真言宗的信徒才尊赤岸为"四个圣地"。

一九八四年，日本中曾根首相访华，当时高野山真言宗的阿部野龙正管长，请首相转呈致中国国家领导人的信函，请求将霞浦县对外开放，

33

时任中共中央总书记的胡耀邦同志见信后即批转给国务院宗教局和中国宗教协会等，又委派佛教协会会长赵朴初赴福建商量有关事宜。不久，国务院特区办批准霞浦县为对外开放县之一。一九八四年，也是空海大师圆寂一千一百五十年，高野山真言宗委派由静慈园教授任团长的空海大师入唐求法足迹参拜团一行八人，从赤岸到长安，历时三十天，体验考察空海之路的旅程。一九八六年，高野山真言宗总会管长阿部野龙正任团长，率领七十一位僧侣参加的友好访中团到赤岸访问，掀开了中日友好与中日佛教文化交流的新篇章。

据时任福建省旅游局副局长的张木良先生回忆，二十世纪八九十年代，福州到霞浦县两百五十千米的一〇四国道，山道弯弯，时逢改建，往往要走一天，但来访的日本团员，都没怨言，个个均十分虔诚和礼貌，对赤岸村民、对中方陪同和接待人员，总有说不尽的友好、感谢的话语。访问团成员不顾旅途劳顿，到赤岸村海边一定要换上黑色的僧衣、和服，头戴富士笠帽，足踏麻耳草鞋，振响铃铎，在沙滩上点起洁白的小蜡烛和清香，面对碧海蓝空，虔诚而庄重地诵经，仿佛与立于海空之间的空海大师作心灵的交流。大家列队踏浪，以体验空海大师渡海登陆之艰辛，诵经毕，总要从怀里掏出精致的小布包，将有空海大师足迹的海沙装入小包，像宝物似的携带回国。

一九九二年底，在张木良先生的谋划下，赤岸村村民主任向日本六十多名访问团的成员提议，由赤岸村提供土地，村民出工出力，请高野山真言宗总本山提供资金，中日双方在赤岸合建空海大师纪念堂。此建议得到日方热烈呼应。从提议到竣工，前后仅一年半时间，一九九四年五月二十一日，高野山真言宗僧众和眷属一百八十三人组成访问团，前来参加落成庆典。一座出自西北建筑设计院院长张锦秋女士（张锦秋乃我国建筑大师梁思成之高足）精心设计的仿唐建筑风格，并由赵朴初大师题名的"空海大师纪念堂"在福宁湾海边的赤岸村落成，成了中日友好交往的见证。

如今，日本僧众在纪念堂前所植的榕树、红枫等已华盖如亭，堂内正中央矗立着空海大师全身雕像，檀香木所刻，还有精细的供桌，悬挂着振铎、古老的法器和做工考究的帆船——当年空海学问僧所乘的遣唐使航船船模……它们都是从日本国"请"来的。二十多年来，共有一百四十多批日本访问团五千多人次到赤岸朝拜、采访、观光。二〇〇六年，在空海纪念堂右侧的遍照阁落成后，高野山真言宗总本山派来僧侣中岛龙太郎，他来时三十岁，四年来就住在遍照阁，每周都到霞浦县职业高级学校和赤岸小学当义工教授日文，还定期到福建师范大学中文系进修，能讲一口标准的汉语。赤岸村成了一个独特的名胜景区。

十多年前，福建省旅游局还和陕西、河南、江苏、浙江等地协商，编排了佛教文化旅游线路——"空海大师入唐求法之旅"：从赤岸空海大师纪念堂开始，到霞浦建善寺，福州开元寺，浦城仙霞关，杭州灵隐寺，宁波天童寺，镇江金山寺，苏州寒山寺，开封相国寺，洛阳白马寺，西安青龙寺等惠果、空海纪念堂等二十八个重点参拜寺庙和周边旅游景点。

三

距离霞浦县城六千米的赤岸是闽东著名的历史文化名村。南宋著名学者叶适在撰写的《长溪修学记》中说长溪"邑宦游满天下"，"赤岸尤盛"。宋淳熙《三山志》载：唐神龙之后两百二十三年，州（相当于福州、宁德二市），擢进士三十六人，赤岸一人。宋代霞浦进士两百一十一人，赤岸四十八人，占百分之二十二，唐、宋、元三代官至知县以上的文官二十三人，武官有将军两人，其中在国史、方志中宣传的就有十九人，列入《中国名人大辞典》的有十人。一个村庄出现如此大量人才，在八闽大地尚属少见。

赤岸的古代文化名人主要集中在王、林两姓中，从武周长安二年（七〇二）至唐天宝元年（七四二）改称长溪县前的四十年中，霞浦称温麻县。曾有太原郡四十五世王怀铎，被朝廷派任温麻县令，任满后，不知当时县令是否也可以世袭，反正他的儿子务琨继位。从此父子把家眷从北方接来，和仪卫人员一起都定居赤岸，王氏后世最有名的应该是元朝的王都中，他从世祖到顺帝的十一朝中担任要职达四十多年，还两度被任命为行省参知政事，成为所有在元朝当官的"南人"中最有作为的一名官员，正如《元史》所说的："当世南人以政事之名闻天下，而位登省宪者，唯都中而已。"王氏家族留有一名胜古迹留耕堂，为宋朝资政殿学士王伯大所建。他自称"留耕道人"，自题《四留铭》："留不尽之巧还与造化，留不尽之财还与百姓，留不尽之禄还与朝廷，留不尽之福还与子孙。"读罢令人感慨。如今的留耕堂是一九八六年王氏后代集资修建的，并列为赤岸史迹纪念馆，纪念王氏历任乡贤。

林氏家族最有名的当是林嵩，他出生于唐宣宗大中二年（八四八），也就是空海大师漂着赤岸四十四年后出生的，我们有理由相信，家乡如此的大事记，一定烙刻在他的心中，林嵩二十五岁那年考中进士，接着又被当局考核为"禀山川之秀气，闽中之全材"予以表彰，所以长溪县令特在他老宅旁建桂枝亭，以登科如月中折桂之喻，荫佑子孙，后来子孙果然代代为官。他的曾孙林特历任太宗、真宗、仁宗三朝工部、刑部、户部尚书等要职，有史料记载，他在外地为官时，曾派员回乡检修桂枝亭，还写有《桂枝亭记》。而今赤岸村的桂枝亭乃一九八六年林氏后人集资修建的。

庆元五年（一一九九），南宋理学家朱熹因"伪学"之禁，避难闽

霞浦城东海滩 （彭文海 摄）

空海大师雕像（彭文海 摄）

东，两次来到赤岸，并在他好友林湜请求下，在当地讲学近一个月。朱熹还手植两株桧树（明代后，被移到县城朱公祠，即今霞浦法院处，现还剩一株枯桧，属县级文物）。

明嘉靖四十二年（一五六三），为抗击倭寇，乡民项禄、王德浩发起倡议，集资修建赤岸城堡，周长三百二十丈、高两丈，四个门、两个敌楼，现大部分已成断垣残壁，唯有遗迹可寻。古迹还有林湜凿的湜然井，光绪年间盖的林王二公祠、忠臣庙、王右军祠等等。当年游寿教授考察时，以"赤岸拾翠"的题词，来赞赏赤岸历史文物随地可见、随手可得的广博奇观。

村的背后有一座狮山，登临之，可站在中法战争时福宁府总兵侯名贵修筑的炮台残基上，回首摩崖，上刻有"当思来之不易"六字，旁有碑，篆铭"巍巍狮山，五师雄踞，岛夷胆寒，福宁永固"（碑现移到建善寺），面临福宁湾浩浩东海，千帆点点。

村口有一条清水潺潺的赤岸溪，溪上有一座石桥，桥头竖有两块碑刻。一块是一九八四年霞浦县政府公布为文物保护单位的石刻："宋皇祐五年（一○五三）建，代有重修，唐贞元二十年（八○四）日本空海大师在此以南海口登陆。"另一块是黄寿祺教授书写的碑文："唐贞元二十年日本空海大师在此以南登陆，一九八四年三月一日以静慈圆为团长的日本高野山真言宗空海大师入唐求法足迹参拜团在此朝拜。"桥头还有多宝佛塔塔刹、石翁仲、石兽等文物。一株老榕树垂荫亩余，覆盖溪面，远远眺望，俨然一幅老树、古桥、流水、人家的经典画面。

林嵩与太姥山

　　林嵩努力的结晶体现在他此时写下的《太姥山记》。此文只有三百四十多字，但是现存关于太姥山的最早文献之一。文中对几条入山路线的介绍，虽简明扼要，但极有次序而科学，而许多景点描述，既可以领略经典传世，又可以看到历史演变。如"九鲤朝天""一线天""观音洞""半云洞""牛背石""望仙桥"等等；又如秀拔二十峰，如今却多达四十六峰，"仙童玉女"成了现在的"情侣峰"或"母子峰"，"曝龙石"可能就是现在的"乌龙岗"，等等。

林嵩应该是历史上最早一位钟情和研究太姥山的重量级人物。

林嵩应该还是历史上最早一位宣传和推介太姥山的形象代言人。

被誉为"八闽之全材"的林嵩，于唐宣宗大中二年（八四八）生于长溪赤岸，他自幼天资聪颖，好学有大志，唐僖宗乾符二年（八七五）赴考长安，一举考中进士。唐朝考中进士极难，尤其是远离政治文化中心的八闽子弟，更是难上加难。据史料记载，自唐神龙到后唐天成两百二十三年间，今福州、宁德两地区仅中三十六名进士，"开闽进士第一人"的薛令之就是唐神龙二年（七〇六）及第的，一百六十九年过去后，林嵩是继薛令之之后闽东最负盛名的及第者。

林嵩的故居面临东海的松山港湾，原是一幢单层六间大厝，可惜大部分建筑毁于清末战火，原厝前的一对华表，一座桂枝亭（喻其登科进士，如月中折桂之意）也已无存，唯一块刻有"劝儒乡擢秀里第二都"字样的石碑犹在。故居的背后，就是连绵起伏的太姥山脉，而林嵩的一生与太姥山结下了不解之缘。

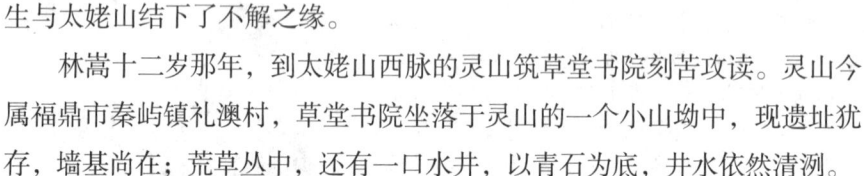

林嵩十二岁那年，到太姥山西脉的灵山筑草堂书院刻苦攻读。灵山今属福鼎市秦屿镇礼澳村，草堂书院坐落于灵山的一个小山坳中，现遗址犹存，墙基尚在；荒草丛中，还有一口水井，以青石为底，井水依然清洌。

因林嵩在灵山筑草堂读书，所以后人又称灵山为草堂山，此山山势延缓，站在草堂书院遗址上，可仰望太姥山岳诸峰，巍峨挺拔，气势雄伟，云蒸霞蔚，犹如仙境；而俯视周遭，山峦起伏，绵亘宽阔，晴川海湾，水天一色。如此奇美的山色风水相伴林嵩于草堂书院读书十三年，自然孕育了灵气，拓展了胸怀，激发了心智，培养了才情。于是，千古一名联"大丈夫不食唾余，时把海涛清肺腑；士君子岂寄篱下，敢将台阁占山巅"就在此时脱口而出。可以说，是太姥山赋予了年轻的林嵩远

林嵩草堂书院所在地草堂山俯瞰（冯文喜 摄）

大的志向、开阔的襟怀和不俗的情操。这副名联成为中国最早的楹联之一，亦成为中国楹联的经典之作，中国楹联学会会长马萧萧在一九九一年三月为祝贺福建省楹联学会成立而作的对联"林嵩题序，陈蓬书户，章钜丛话，少穆百川，早领千年传统；武夷玉女，泉州石桥，三山摩崖，厦门鼓浪长讴八闽风光"，肯定了林嵩此联的"奠基"地位。

在这样的地方潜心读书，文思精进不在话下，而考中进士似乎也没有什么悬念。更难能可贵的是，林嵩登第后，翌年循例荣归故里，除叩拜高堂，欢会亲朋，还带头以赴考节余旅费为基金，率众在其灵山读书时曾目睹"河流湍急，一雨成灾"的蓝溪之上建桥，方便乡民往来。于今蓝溪桥遗址犹在，桥头有碑，现桥为民国时重建，仍是通往太姥山的路径之一。

　　蓝溪是一条从太姥山流下的充满诗情画意的溪流。相传尧帝年代，才山下有一村姑，为避战乱逃至山中，以种蓝草为生，还栽培了人类最早的白茶，蓝草的果可作食粮，叶可作染料，白茶可治病，人们叫她蓝姑，晚年尊呼蓝母。后来她骑上七色龙马升天了，被奉为太姥娘娘，才山也因此更名太姥山。相传每年八月，据说是太姥娘娘在山上染衣，此时蓝溪水会变成蓝色，溪边的居民可直接汲蓝溪水来沤蓝染布。

　　建蓝溪桥应该是林嵩热爱故乡、钟情太姥山的第一次回报。虽然这仅是一件不算大的善事，却足以说明二十七岁青年俊才的品学兼优，难怪福建省观察使李晦以林嵩"禀山川之秀气，闽中之全材"上报朝廷，奏请敕改乡、里旧名，以旌表贤良。我想，一千两百多年前的李晦大约

太姥群峰争奇　（施永平 摄）

是个典型的环境决定论的领导,他大大宣扬了闽东山海川岛不仅秀美,而且还富有灵气,是造就人才的藏龙卧虎之地。而皇帝也听得入耳入脑,乾符五年(八七八)唐僖宗即降旨:授予林嵩秘书省正字的官职(乃掌管书籍校刊的官员);改赤岸乡为劝儒乡,改故里为擢秀。劝儒乡下辖五个里,除擢秀外,为望海、遥香、育仁、廉江四里。这四个里在清乾隆四年(一七三九),单独设县,就是现在的福鼎市。福鼎建县,虽在林嵩身后的八百年,但饮水思源,福鼎人民应该感谢林嵩。

林嵩到长安任职三年便弃官回乡,又回到灵山草堂书院,过上或吟诗作赋,或垂钓蓝溪,或游览太姥的日子。弃官的原因,与那年黄巢的农民起义军攻入长安肯定是有关系的,不知林嵩是因为不愿与起义军为敌;还是因为唐僖宗带少数人逃亡四川,让一些官员返乡,原因不得而

知。但林嵩为此曾写下："一任旁人谈好恶，此心愿不愧苍生"的诗句，足以说明当时的情境与心迹。但不管如何，太姥山有幸让他返乡再一次回报了故乡。

如果说太姥山下十三年的刻苦攻读，林嵩对太姥山的认识是感性的，那么此番重返草堂书院，则是理性地全面考察和研究这座东南名山了。

此时的太姥山已经名声在外，说来十分有趣，在林嵩考中进士的后两年，唐僖宗敕建国兴寺，似乎让人猜想很可能与林嵩有关系。太姥山寺庵不少，但规模最大的数国兴寺，单石柱就有三百六十根，至宋代焚毁，今寺前旷坪上尚有许多石柱横卧草丛之中，很有沧桑感。而造化所赐之太姥山峰险、石奇、洞幽、雾幻的"四绝"美景也引起世人的瞩目。林嵩努力的结晶体现在他此时写下的《太姥山记》。此文只有三百四十多字，特全文录下，以作印证：

山旧无寺。乾符间，僧师待始筑居于此，乃图其秀拔二十二峰。游太姥者，东南入自金峰庵；东入自石龙庵，即叠石庵；又山外小径，自北折而东，亦入自石龙庵；西入自国兴寺，寺西有塔；北入自玉湖庵，庵之东为圆潭庵。国兴寺东有岩洞，奇石万状，曰玉笋牙签，曰九鲤朝天，曰石楼。楼下有隐泉，曰观音洞，曰仙童玉女，曰半云洞，曰一线天，石壁夹一小径如委巷，石罅中天光漏而入，仅容一人行，长可半里。蹑登而上，路中曰牛背石，石下曰万丈崖，崖上为望仙桥。桥西曰白龙潭，有龙伏焉。雷轰电掣之时，洞中韸韸如鼓声，天旱祷雨辄应。潭之西曰曝龙石。峰上曰白云寺，又上曰摩尼官。室后有顶天石，石有巨人迹二，可长二尺。此摩霄顶，太姥山巅也。山高风寒，夏月犹挟纩。山木无过四尺者，否皆骳瘃。秋霁望远，可尽四五百里，虽浙水，亦在目中。

这是现存关于太姥山最早的文献之一。文中对几条入山路线的介绍，虽简明扼要，但极有次序而科学，而许多景点描述，既可领略经典传世，如九鲤朝天、一线天、观音洞、半云洞、牛背石、望仙桥等等；

太姥山一线天洞　（施永平 摄）

又可看出历史的演变,如秀拔二十二峰,如今却多达四十六峰,仙童玉女成了现在的情侣峰或母子峰,曝龙石可能就是现在的"乌龙岗",等等。除此,《太姥山记》还为我们认识太姥山文化提供了极有价值的线索,尤其是关于摩尼教的记载:"摩尼宫距白云寺约百米,石构仅丈许。"正因为宫小,所以,林嵩先称之为"摩尼宫",紧接着又说"室后有顶天石",而不说"宫后有顶天石"。摩尼教是波斯古宗教之一,公元三世纪中叶由波斯人摩尼创立,提倡清净、光明、大力、智慧,又称明教。有人认为,位于摩尼室左侧的白云庵,是当年摩尼教信徒进行宗教聚会及隐居的地方。首先,摩尼教宣称宇宙间有光明之神(即善神),而庵名"白云"正暗合"清净光明"之意;其次,宋以前所谓"庵",并不是后来人所说的尼姑庵,而是指隐世修行者所居的圆状茅屋,这种草庵也是民间摩尼教惯用的屋宇。二〇〇二年,摩尼宫被公布为福鼎市第三批文物保护单位,专家认为,它是我国现存最早的摩尼教建筑遗址之一,也是研究摩尼教在我国东南沿海活动的珍贵实物资料。

太姥山风光 (施永平 摄)

林嵩对太姥山感性与理性的结合，已经超出一般意义上的熟悉和热爱了。在《太姥山记》中，他几乎以主人或导游的身份在如数家珍，这在所有古人的太姥山游记中极为罕见。试想，如果没有至少几十次的踏勘、分析和总结，能有这么完美的宣传与推介吗？

林嵩在太姥山下闲云野鹤又充实繁忙的日子不知不觉又过了三年，唐僖宗中和四年（八八四），福建道观察使陈岩为稳定社会秩序，广募人才，聘林嵩为团练巡检官，不久转为度支使，掌管军队财权。黄巢起义军撤出长安后，时局较为稳定，唐僖宗还都京

太姥之恋 （陈昌平 摄）

太姥风光之擎天一柱 （夏林涛 摄）

九鲤朝天峰　（夏林涛 摄）

城，又记起了林嵩，召他为《毛诗》博士，后官至金州（约今陕西安康市辖境）刺史。在职期间，林嵩勤于吏治，"政声感人"，但生不逢时，此时，大唐已进入晚期，国力衰退，宦官专权，农民起义，军阀割据，民不聊生。一向高蹈廉洁、正直有为的林嵩，虽掌一州军政大权，终无法挽回如江河日下的政治局面，只好急流勇退，借故奏请提前退休回乡。

晚年的林嵩，先在离家不远的岱村，以整理旧籍为主，后迁梨溪畔，种梨树，筑草堂，取名"梨花草堂"。梨溪在今霞浦县杨家溪风景区的龙亭村，也属于大太姥山风景区内，林嵩就在这样秀美的自然环境中过着悠闲清淡、与世无争的隐居生活。

值得一提的是，林嵩享年九十六岁，于五代后晋开运元年（九四四）逝世。这样的高寿，于今看来，也是罕见，况且在唐朝，简直是奇迹。我想，这与他早年乐山、晚年乐水一定有很大的关系，仁者与智者的林嵩似乎以此来诠释那句话——"禀山川之秀气"。

据说，耄耋之年的林嵩，还时不时攀爬钟爱一生的太姥山。

陈靖姑的前世今生

陈靖姑，受历代帝王敕封甚多。南宋淳祐元年（一二四一），理宗加封陈靖姑为"崇福昭惠慈济夫人"，亲颁"顺懿"新额；淳祐六年（一二四六），复由福州知事徐清叟奏请，加封"天仙圣母青灵普化碧霞元君"。元元统初年（一三三三）追封"淑靖"；清雍正七年（一七二九）皇后宣封"天仙圣母"；咸丰年间加封"顺天圣母"等。民间俗称"临水夫人""临水奶"等等。清道光皇帝因皇后难产求女神灵验，直呼再生父母，故民间又有"陈太后"之称。

出古田县城，向东南省会福州方向行三十余里至大桥镇中村，这里山势虽重叠起伏，但明显平缓圆润许多；溪流水波不惊，且歌且行，一派和谐雅致情境。就山势水行处有一庙宇，乃为临水宫祖庙，内主祭临水夫人。

山不在高，有仙则灵。临水宫香火自唐贞元八年（七九二）燃起，绵延一千二百多年，紫霞笼罩中国东南数省，远飘东南亚各国，海内外信仰者达八千多万。

一

临水夫人，乃"妇幼保护神"陈靖姑之大众称呼。综合各方资料，一般认为陈靖姑生于唐大历二年（七六七），卒于贞元六年（七九〇），娘家在福州，十八岁嫁与古田临水（今大桥镇）刘姓人家为妻。史上最早记述陈靖姑信仰文化形成过程的当属元末明初古田籍达臣学士张以宁。他的《临水顺懿庙记》堪称宣传陈靖姑信仰文化的经典之作，为后人广泛传颂和引用，因此张以宁被称之为推广陈靖姑信仰文化第一人。

该记中说，陈靖姑二十四岁那年，"孕数月，会大旱，脱胎往祈雨，果如注"，而自己却"因秘泄，遂以产终"。陈靖姑在生死弥留之际高呼："吾死后，不救世产难，不神也"，此后果然"灵迹显著"，以至贞元八年（七九二）"邑人建庙临水祀陈靖姑，其神迹遂流传八闽"，继而"英灵著于八闽，施及于朔南"。

缘何陈靖姑辞世短短两年时间，就会有人建庙祭祀，且很快在南方形成信仰圈？我认为，这与中国封建社会人口发展历史有很大关系。

我们上小学时，就常听老师说，中国地大物博人口众多，但在封建社会地大是事实，却非人口众多，直到一九一一年宣统皇帝溥仪退位时，中国的人口也无非只有三亿四千万人。致使中国人口发展缓慢重要原因是由于医疗技术落后，产殇和幼殇严重。清廷自定鼎北京直至退位，经历十位君主。除同治、光绪、宣统三帝没有子嗣外，其他七个皇帝总计生有子女一百四十六人，平均每人生育二十一人，其中十五岁以前夭折的竟有七十四人，占半数以上。有据可查的中国历史上子女最多的皇帝是清朝的康熙皇帝，他一生共有三十二子二十女，就有十二子九女幼殇。在非常注重香火传承的封建宫廷，幼殇尚且如此多发，估计产殇更加频繁。清朝医疗水平在封建社会当然已经不算低下，就连皇族都难以幸免于难，如果追溯到陈靖姑"灵迹显著"的唐朝寻常百姓人家，毋庸置疑，因产殇和幼殇死亡的更是不计其数。

人们期盼有一位法力无比的神来拯救这种灾难，这一神圣的使命便落在了陈靖姑身上。信众们普遍认为：只有经历过某种痛苦的神，最理解这种痛苦，也就对深受同类痛苦的人们最具保护力。

还有一个重要原因是战争对人口的大量灭杀。陈靖姑来到人世前三年（七六三）"安史之乱"刚刚结束。历时近八年的战乱，中国人口从战前五千两百九十二万下降到一千六百九十九万。南方虽未直接经历"安史之乱"战火肆虐，但未必能够躲过兵灾。据《古田县志》记载，早于陈靖姑出生二十六年的唐开元二十九年（七四一）古田已经建县，是福建较早开发的地方，战争的补给线必然会延伸至此。古田注定已是各种赋税徭役的重灾区，加之"会大旱"之类的天灾，民不聊生的境况可想而知。如何摆脱困境，当然首先要做到人丁兴旺。这是陈靖姑信仰呼之欲出的一个重要时代背景。

当然，陈靖姑信仰产生还与唐朝相对宽松的政治环境及对道教的极度尊崇有着密不可分的关系。唐朝建立以来，一直实行的是适度宽松的政治政策，民间的思想禁锢得到充分解放。甚至出现"李白斗酒诗百篇，长安市上酒家眠，天子呼来不上船，自称臣是酒中仙"，身处皇城的臣子都不把皇帝老儿放在眼里，执政者岂能容不下在偏远的闽越出现一个女神？而且众所周知陈靖姑是道教女神，何况唐朝最尊崇的宗教是道教。唐朝建立初期，人们对李渊家族的汉族血统产生过怀疑，李氏统治者为"漂白"自己，就认老子（李耳）为自己先祖，进而尊崇道教。虽然后来武则天当政，为降低李唐王朝的影响力，开始抑制道教尊崇佛教；但唐玄宗当政时，又下令僧尼还俗，打压佛教，尊崇道教，以擘肘周武。李唐王朝的尊崇道教的情结，无疑为陈靖姑信仰的产生和发展提供了广阔的空间。

二

早在春秋战国之前，我国古人就有优生优育的理念，可是在古时候根本没有条件像现在一样在全国大范围落实妇检、婚检、胎检和妇幼保健措施。人们只能把生儿育女的希望寄托于神灵，以解"不孝有三，无后为大"之大事难事。

在男权主宰的封建社会，女人的地位是十分低下的，"母以子为贵"不仅是妇孺皆知的俗语，也是衡量女人的价值标准。婚后不孕怪女人，生产不顺怪女人，产后子不能成活怪女人，生女不生男更要怪女人，甚

情　在　历　史　云　深　处

"陆上女神"陈靖姑之祖殿——古田临水宫

临水宫坐落在古田大桥镇中村，距古田县城三十九千米。临水宫是一座风格别致的仿唐代宫殿建筑，始建于唐贞元八年（七九二），后经元明清历代重修扩建，至今已有一千二百多年的历史，是分布国内外各地临水宫的祖殿，被福建省人民政府列为省级文物保护单位。

至产下的幼儿怪异还是怪女人。女人生产不顺，须在保大人还是保小孩之间做出选择时，大都会选择保小孩。难怪白居易会感慨地说："人生莫做妇人身，百年苦乐由他人。"

就此而言，陈靖姑这一女神的产生，无疑闪烁着人类文明进步的光芒。她术有所专，专护产难；更难能可贵的是把妇女和幼儿摆上同等重要位置，给予育龄妇女无限的抚慰和力量。

元代无名氏在《湖南新闻夷坚续志》记述了一则陈夫人救产事，经明嘉靖《建宁府志》、明万历年间何乔远《闽书》、明万历版《古田县志》收录确信，当属为陈靖姑救产事迹中流传最为广泛，也为载入史册最早、最多的故事：

> 建宁府徐清叟子妇怀孕，十有七月不产，举家忧惧。忽一妇女踵门，自言姓陈，专医难产。徐喜，留之，以事告陈。妇曰："此易耳。"置产妇于楼，陈妇同居焉。陈令备数仆持杖楼下，候有物坠地，即捶死之。陈妇以吹呵按摩，但见产一小蛇，长尺余，自窍而下，群仆捶杀之，产妇平安，全家举手相庆。重以礼物谢之，拒不受，但求手帕一方，令其书"徐某赠救产陈氏"数字。

读这则故事最让人眼睛一亮的是陈靖姑作为救产神，不仅有求必应，而且主动服务，不受回报。故事折射出人们对待妇女的态度，即便"十有七月不产"，徐清叟作为福州知府这样的封建礼教何等森严的家庭，也只是"举家忧惧"，毫无责备孕妇；纵然产下是一条小蛇，"全家举手相庆"的是"产妇平安"。

在福建许多地方，妇女从知道自己怀孕起，便在房中供奉陈夫人神位，或挂陈夫人神像，每逢初一、十五都要焚香礼敬，以祈胎安、产顺。一旦临盆，做婆婆的就不断地在神位前诵念，祈求奶娘保母子平安。在民间，陈靖姑被百姓们敬称之为"大奶""奶娘""娘妈""夫人妈"，所有的敬称都跟母亲有关。在孩子的心目中母亲是伟大而且万能的，只有在"母亲"的护佑下，才不受任何侵害。

古田是我的家乡。生于斯、长于斯，我从小耳濡目染，对"夫人妈"的信仰尤感亲切。我的一个舅舅少年夭折，由此外婆一生信奉天主教，但十分有趣的是她对"夫人妈"颇有好感，关于陈靖姑"寄胎祈雨""勇斩蛇精""智斗长坑鬼"等故事都是她讲给我听的。印象最深的是，我儿时眼睛爱长"麦粒肿"，大约是贪玩不讲卫生所致。有好几次邻居大姨从水缸里舀满一碗清水，供奉于"夫人妈"神位前，而后用此"神水"帮我清洗红肿眼，外婆竟也默许。

随着陈靖姑信仰在民间逐渐勃兴，坐落于古田县大桥镇中村的临水夫人祖庙——临水宫自然是祭祀陈靖姑香火最旺的地方。据《古田县志》记载，祖庙始建于唐贞元八年（七九二），经宋、元、明、清历代重修扩建，清光绪元年（一八七五）毁于火，翌年城乡募缘重建，历三年而成，规模宏伟，视昔有加，留存于今。

现在呈现在信众和游客面前的临水宫依山建筑，红墙绿瓦，参差错落，气势恢宏。全宫占地八千多平方米，山门前的台阶，第一段为十八阶，第二段为二十四阶，据说那是人们对陈靖姑生平的纪念：因为她十八岁出嫁，二十四岁死去。因此古田及其周边一些地方，女子年龄十八岁和二十四岁，绝对不嫁，要么提前，要么推后，因为她们不愿意与陈夫人犯冲。这个"原则"至今仍在坚守。

临水宫正门嵌有"敕赐临水宫"匾额，宫内分前后左右四分殿：前殿南墙设两重仪门，越数级台阶达大院，院内存有古戏台、钟鼓楼、拜亭和正厅，以精雕细刻的廊柱、雕梁、画栋、斗拱扶摇而上，形成大小藻井。正厅中间供奉着相传以陈靖姑真身所塑造的神像。民间在史载的基础，对陈靖姑牺牲的故事做了进一步加工。说是白蛇精原来就住在临水洞中，经常出没，并化为美女伤害百姓。临水夫人斩杀白蛇精后坐蛇头而羽化，从此白蛇精再也无法出洞伤害人间了。邑人感其恩德，将其肉身用炭布捆扎，外敷细泥，塑成一尊神像于临水洞口，外设神龛供奉。虽然历经风风雨雨，临水宫内许多神像重塑过，但陈夫人的一尊神像向来只作外层整修，至今仍是当年旧物。由此我们可以作如下推理：先有陈靖姑斩蛇羽化，而后才有陈靖姑塑像，接下来才有临水宫。这恐怕在中国所有庙宇中是绝无仅有的，同时更加奠定了古田临水宫乃陈靖姑祖庙的地位。

妈祖金身巡游（余新星 摄）

　　临水宫左殿是太保殿；右殿塑有三十六婆官像，据说她们都是陈靖姑"救产护胎佑民"大业的追随者。后殿由陈母葛夫人殿、梳妆楼、三清宫组成。如此构建，是否蕴涵着"母以女为贵"的含义，能否作为中国女权萌芽的象征？我们不得而知。临水宫周围还散存着与陈靖姑身世相关的白蛇洞、百花桥、梳妆桥、顺天府宫、夫人潭等十多处遗迹。宫内、宫外几乎所有庙堂和遗迹都与"救产护胎佑民"有关，就连钟鼓楼虎、马二将军神像旁都分别书写着"辅弼除邪功不朽，保婴救产佑黎民"和"身赴云端佑产妇，莅临凡间保婴儿"的楹联，可见两位身材威武的将军也是为此职责而垂幸临水宫的。

　　如此浓郁的救产护胎佑民氛围，自然会引来无数信众的膜顶崇拜。来的最多的当然是婚后多年不育的夫妻。他们先向陈靖姑祈祷，然后从神像前请一只小鞋回家放在枕头下，来年如果生了孩子要来还愿，必须再做一双新鞋放到神像前，就这样，人世间的生命来来往往。千百年来这里气氛最热烈的时间，当属每年农历正月十五（陈靖姑诞辰）和七月二十八（陈靖姑升天之日）。当年的气氛有多热烈，我们今天很难猜想，与陈靖姑神像咫尺相对的古戏台，或许是最好的见证。

古戏台正面阔一间，进深三间四柱，上覆八角形藻井；柱子四面向外悬挑，上加卷棚杆，下饰挂板、牛腿，形成三面通透的表演空间。戏台四面出橡三米，老角梁之上加支戗柱，檐口起翘达两米六六，使整个戏台的屋面曲线呈现出极度夸张的伸向天际的表现力，是国内仅存的四座同风格的戏台之一，堪与当年紫禁城慈禧太后看戏的戏楼媲美，以其独特的建筑艺术特点被收入《中国戏剧志》。几经沧桑，久历风雨，老戏台依然光彩照人。

陈靖姑受历代帝王敕封甚多。南宋淳祐元年（一二四一），理宗加封陈靖姑为"崇福昭惠慈济夫人"，亲颁"顺懿"新额；淳祐六年（一二四六），复由福州知事徐清叟奏请，加封"天仙圣母青灵普化碧霞元君"；元元统初年（一三三三）追封"淑靖"；清雍正七年（一七二九）皇后宣封"天仙圣母"；咸丰年间加封"顺天圣母"等。民间俗称"临水夫人""临水奶"等等。清道光皇帝因皇后难产求女神灵验，直呼再生父母，故民间又有"陈太后"之称。

据不完全统计，近年来每年到古田临水宫进香、旅游的信众和游客多达十余万人次；全世界有临水夫人庙五千多座，信众八千多万人，遍布二十六个国家和地区。2008年6月，临水夫人陈靖姑信仰习俗被国务院批准列入"第二批国家级非物质文化遗产名录。"与众不同的是古田临水宫各地分临宫庙，不仅保持着神缘同属的关系，同时还一直与境内各地分临宫庙保持着密切联系，这也是临水夫人信仰最大特色所在，在全国当属罕见。保持联系的方法则是各地分临宫庙每年或三五年（视远近而定）正月十五到古田临水宫祖庙"请香火"。相传该习俗始于南宋，盛行于明清，至今保留。过去由于交通不便，加之又有抢头香的习俗，闽东福安、福鼎和浙江温州、瑞安一带的宫庙就在古田临水宫建起了驿站，专供香客栖息。

在官方历次加封的推动下，明代对陈靖姑的信仰主要集中在以福州方言为中心的闽北和闽东两大区域。到清代，对陈靖姑信仰的传播北至浙江南部的平阳、瑞安、温州、丽水、青田等地，南至台湾以及东南亚地区。

三

在东南亚国家和地区中，陈靖姑信仰影响最大的当属台湾。据不完全统计，台湾现有专祭临水夫人的宫庙达四百多座，陪祀的有三千多座。

陈靖姑信仰漂海过台是与福州地区（古田原属福州管辖）百姓移民台湾分不开的。明末清初，福州、闽县、侯官、长乐、连江百姓追随郑成功渡海戍台，在宝岛定居扎根。康熙二十二年（一六八三）清朝廷统一台湾后，福州又有大批的人入台谋生，垦荒种植。乾隆年间，入台的限制进一步放宽，确定淡水的八里垒与福州的五虎门作为两岸对渡口岸之一。这样，福州地区百姓举家入台更加便利。随着福州人入台定居数量增多，临水宫在台湾各地应运而生。台南白河镇南台临水宫建于清初顺治年间，被认为是台湾开基临水宫。此后，临水夫人作为扶胎保育女神的信仰在台湾岛逐渐传播开来，渐渐也为当地百姓所普遍信奉。一九四六年，国民党退守台湾，又带去大批福州籍的军民，其中古田达三百零一人，大都在岛内定居。从二十世纪六十年代开始，陈靖姑信仰在台湾得到进一步宣扬，许多临水宫重建或修葺一新，台南白河镇南台临水宫、台南市临水夫人奶庙、台北市临水顺天堂等香火鼎盛。特别是八十年代建成的台北碧潭观光临水宫最为壮观，已成为台湾五大观光庙宇之一。

陈靖姑文化已成闽台民俗交流的重要纽带。每年正月十五日陈靖姑

巡游台湾

诞辰，各处临水宫都举行隆重庆典，鼓乐阵阵，信徒蜂拥而至，焚香祈愿。福州乡亲和台胞共同献资修复了古田临水陈太后塔亭祖庙和龙潭角陈靖姑祈雨处。这两处千年古迹的修复，对弘扬陈靖姑文化，加强闽台两岸民俗交流，增强民族的亲和力，都起到积极的推动作用。

近年来随着两岸交流日趋密切，许多台胞不辞辛劳，怀抱陈靖姑像跨海到古田临水宫祖庙进香分灵。二〇〇八年七月五日，以妈祖经贸联谊会理事长陈雪生为总顾问，副理事长曹尔忠为团长的进香团，一行三百一十八人，首次以直航的形式抵达福建宁德港，而后奔赴古田临水宫祖庙祭祀，开启了闽台陈靖姑信仰文化交流的新纪元。

二〇〇九年十月二十三日，古田县临水宫管委会与台湾顺天圣母协会联合举办古田临水宫祖庙陈靖姑金身巡游台湾活动。二十三日一早，临水宫祖庙举行了盛大的起驾仪式，欢送顺天圣母陈靖姑金身出巡台湾。福建省、宁德市、古田县有关部门领导、当地信众以及来自浙江、福州、长乐、美国、东南亚等地的信众数千人到现场送行，台湾顺天圣母协会理事长彭来也赶到古田迎接。在起驾仪式上，举行了隆重的敬神请神舞，舞蹈展示国家级非物质文化遗产陈靖姑信俗的核心内容请香接火仪式，表现了陈靖姑民俗文化的丰富内涵。同时还举行了隆重的道教礼仪活动和表演大型送神舞《临水情》——"三十六宫婆"身着雍容华贵的盛唐礼服载歌载舞给陈靖姑送行，顺天圣母陈靖姑金身乘坐八抬大轿，在声势浩大的仪仗队的护驾下，徐徐步出临水宫。巡游活动还在古田城关举行绕境游，全城数万群众在大街两侧列队欢送，或焚香朝拜、或燃放鞭炮，或挥舞鲜花，祝愿顺天圣母陈靖姑金身巡游台湾活动顺利成功。

那次巡游活动环游台湾全岛十五个县市和十五座宫庙，一百二十九个宫庙前来分香敬香，受到百万信众的朝拜，前后历时十二天，绕岛行程达一千七百多千米，沿途成千上万信众敬香献果、顶礼膜拜、盛况空前。尤其是二十四日十一时，临水夫人金身抵达台北松山机场时，数千信众冒雨接驾，不少信众激动的热泪涕零，并在机场跳起了迎神舞蹈，许多国际游客被现场气氛感染，纷纷拍照留念……

在羽化一千两百多年后的今天，陈靖姑信仰能够成为闽台两岸文化交流的重要纽带，这恐怕是陈靖姑生前怎么也想不到的。

一个山村的回眸惊瞥

这是一个极其普通的山村，几乎在历史中沉睡了三百余年。

山村地处霞浦和柘荣交界，背靠海拔一千两百米的目海峰，风景独秀，水丰地肥，全村一百余户五百多人口过着桃花源般的生活；最使他们骄傲与自豪的是，滋养着五十多万霞浦人的杯溪、西溪和杨家溪三大溪流皆由此发源。

这是一个极其普通的山村，几乎在历史中沉睡了三百余年。

山村地处霞浦和柘荣交界，背靠海拔一千两百米的目海峰，风景独秀，水丰地肥，全村一百余户五百多人口过着桃花源般的生活；最使他们骄傲与自豪的是，滋养着五十多万霞浦人的杯溪、西溪和杨家溪三大溪流皆由此发源。悠然自得的生活使得山村人对历史有所淡忘，他们或许只是依稀记得祖上是唐朝由莆田阙下迁到这里，又有数脉由此迁往柘荣、福鼎和浙江苍南、平阳等地；不知哪朝哪代曾因官方在该村筹钱筹粮上万，故而得名上万村而已。

上天注定不再让上万村沉寂。二〇〇八年八月，在外经商的村民林鋆回乡省亲。溶溶月光之下，阵阵稻花香中，林鋆与父亲林奶安小酌几杯米酒后，品着家乡的目海毛峰茶，畅谈流年往事。无意间父亲给林鋆提到，上万村祖上曾经出过一位声名显赫的大人物，相传曾是宋代宰相，村里至今仍留存其当年用过的旧物。出于好奇，次日林鋆登门拜访掌管旧物的户头。由于林鋆先生乐善好施，乡馨颇佳，户头打破成规，将素不示人的旧物拿给林鋆过目。林鋆深深为之震撼，凭多年走南闯北的见识，当即断定此旧物意义绝非一般。接下来，林鋆便是近半年的奔走呼吁。在他的热诚感召下，二〇〇九年一月以来，省市县有关部门领导和业内人士来了；故宫博物院副院长吴亚明、中国社科院世界宗教研究所所长卓新平、书记曹中建、副所长金泽和陈进国博士来了；浙江苍南上万林氏后裔、历史文化研究专家林子周来了；中央电视台《探索·发现》栏目组和省内各大媒体来了。经过严密的查证和田野调查，他们没有发现宋代宰相的蛛丝马迹，却得到一个令人意想不到的结论：上万村曾在世界宗教史上有过浓墨重彩的一笔，如今已在全世界灭绝的摩尼教遗迹在此惊现！专家称这是世界宗教史上的重大发现。

摩尼教，又称牟尼教（Manichaeism），产生于公元三世纪中叶，由波斯人摩尼创立。教义的核心是说，世界之初，就有光明和黑暗两个王国并存着，光明占据北、东、西三方，黑暗占据南方，最终光明能够战胜黑暗，建立光明、善美、和平、秩序、洁净的统一王国。由于摩尼教具有强烈的末劫思想与拯救世人的思想，创立后即在波斯境内广为传播，并迅速进入北非、欧洲、小亚细亚、中亚一带。

据说，摩尼本人在游历中亚时曾到过中国西北地区，但摩尼教正式传

龙首寺浮雕 （张凤 摄）　　　　　　　飞路塔 （张凤 摄）

入中国则是在唐武则天时期(七世纪末)。到宋代，教义被简明地归纳为"清净、光明、大力、智慧"八个字，提倡素食、戒酒、裸葬，讲究团结互助。教众中有农民、秀才、吏员、兵卒、绿林好汉、江洋大盗等。教徒白衣乌帽，秘密结社，尊张角为教祖，共同尊奉明使为教内尊神。在历史上因为多次组织农民起义，屡次被当权者封杀，教名也有了多种别称，除浙江称摩尼教、福建称明教外，据陆游《渭南文集》卷五《条对状》，淮南称二桧子，江东称四果，江西称金刚禅，福建又称揭谛斋等。

　　此前，作为全国重点文物保护单位的摩尼教遗址，只有晋江市草庵一处。摩尼教何时传入闽东，一般只是依据林嵩于唐乾符六年（八七九）写就的《太姥山记》里的文字"潭之西曰曝龙石，峰上有白云寺，又上曰摩尼宫"，认定至迟晚唐时期，太姥山脉的霞浦一带便有了摩尼教。现上万村发现的众多文物进一步佐证了这一观点。它不仅填补了我国无宋代摩尼教实物的空白，又把摩尼教在福建遗址创建时间往前推了数百年。

　　金庸的武侠作品《倚天屠龙记》写到明教，蜚声一时。其实早在《倚天屠龙记》中描写故事发生的三百年前，上万村已经成为明教的重要据点，领军人物却非《倚天屠龙记》中的张无忌，而是上万林氏第八代孙、孙绵的得意门徒林瞪。相传林瞪座下弟子数十人，就连他的两个女儿，也像金庸小说中描写的明教圣女小昭一样，终生未嫁，成了父亲事业的追随者，只是她们不叫圣女，而被称为龙凤姑婆，乐山堂附近至今还建有姑婆

61

林瞪用过的法印及角端　（张凤　摄）

宫。虽然林瞪没有小说中张无忌那样的飞檐走壁、乾坤大挪移的身手，但相传他有缩地成寸、呼风唤雨的大神通。

据考，宋天圣五年（一〇二七），二十五岁的林瞪"乃弃俗入明教门，斋戒严肃"，潜心钻研摩尼教，成为集大成者，并将瑜伽、佛教、道教等精华融入其中，促使摩尼教进一步"脱夷化"，从而演变为一个具有地方特色的"明教门"。上万村现保存是林瞪当年用过的神圣器物，足见其地位之高。比如，青铜角端，目前全国除故宫太和殿尚有一对外，就存在上万村这只了，且上万村这只早于故宫。它主要用于焚香，从脚踏蟒蛇的设计看，亦显见使用者具有相当高的身份。还有青铜"圣明净宝"印章和银质"五雷号令"印章，显然是"明教门"教主级专用的权威印章。有趣的是印章之上的狮子钮并非中国传统的曲毛狮子造型，而是来自波斯的直毛狮子。历年来，林氏家族只有在宗祠祭祖时才使用这些神圣的器物，而宗祠所祭之主神即是林瞪夫妇。

林瞪还是"明教门"传播的先驱。据霞浦县长春镇吕峡村南山岛的当地人讲述，并经专家实地考察，该岛屿尚存留着林瞪修行的遗迹和传说。林瞪传播"明教门"最远到过哪里，无史料可查，但至少覆盖到福州。据日本藏明代万历《福宁府志》记载："嘉祐间，闽县前津门火，郡人望空中有人衣素衣，手持铁扇扑火，遂灭。遥众告曰：'我长溪上万林瞪也。'闽人访至其墓拜谒，事闻敕书'兴福真人'。"

曾以极其辉煌的架构呈现在上万村历史深处的龙首寺，创建于北宋初年，又经元明清历代重修，先后更名为乐山堂、盖竹堂，"文革"期间被拆毁过，后来又补盖了木屋顶，二〇〇六年坍塌，尚保存着明代正德年间三佛塔的石头构件，辉绿岩质地，原塔有三座，单层四角造像塔。现余留塔片三十二块，分别镌刻十一座佛像，塔檐四个、塔刹三块，刻有花纹塔底座等。其中，带有摩尼教特性的石刻像多块。远离上万村数十千米的霞浦县盐田畲族乡北洋村公路边上的飞路塔，始建于明代洪武七年(一三七四)，四角形花岗岩质地单层造像塔。塔前石楹刻"清净光明，大力智慧"八字。而福建"清静光明，大力智慧"碑石，尚有两处，皆系元代的石刻。专家认为霞浦的明代石楹联，表明从北宋至明代数百年间，"明教门"一直在闽东霞浦一带活动不辍。

吴晗是明史研究的专家，依据他的观点，明朝两百多年的历史，均从明教而来。朱元璋靠明教起家，因而国号中不得不带一个"明"字。登上皇位之后，他深知秘密教派的厉害，便下诏严禁白莲教、明教等教派，并把取缔"左道邪术"写进《明律》，用法律形式固定下来。值得关注的是，自明朝以来缘何不仅上万村的龙首寺一而再再而三得以重建，而且尚有其他明教遗址不断出现？一般有两种解释：一是明教门在霞浦极其兴盛，一时难以打压下去；二是上万村地处偏远山区，官方一时难以觉察。但有关专家认为此两种理由均比较牵强。按照朱元璋的暴烈性格，要做绝的事情，根本不存在打压不下去的问题；上万村因为官方筹粮筹钱上万而得名，虽然地处偏远山区，官方触角必然延伸至此，绝非难以察觉。于是有专家认为，福建明教门这方天地，其实是朱元璋有意存留下来的，如同大明朝在闽西南山区建造的土楼群一样，出于政治的目的：一旦有朝一日大明江山不保，朱元璋或者他的后世子孙，可以玩弄"翻手为云覆手为雨"的政治伎俩，以明教门的名义号令天下勤王，并凭借福建进可攻退可守的有利地势，还有坚固的土楼为工事，重整河山；即便残局到了难以收拾的地步，又可出海逃亡。

朱元璋这一招是高明的。据传，"靖难之役"后，大明朝的第二位皇帝朱允炆就曾经出亡闽东，并凭借明教门的号召力和福建有利地形，发动了所谓的后"靖难之役"。可惜朱允炆最终失败了，怀着满腔愤懑，长眠于宁德上金贝村那片青山绿水之中。

虽无直接证据表明，明教门何时在上万村销声匿迹，但由龙首寺更名乐山堂、盖竹堂，足见上万村的明教门曾经历过重大动荡。关于上万林氏族谱中所记清代对龙首寺的重修，很可能是当时的明教门余脉"天地会"所为。"天地会"很多会员本身就是巨商，有的是钱。他们连秘密联络点"船屋"都能建得别有造型，对于他们始祖重地的重建就更不在话下了。当然，上万人对明教门以及林瞪是怀有深厚感情的。明教门消亡

古桧树（张凤 摄）

于世后，上万林姓人家每年推选八户可靠人家，如同珍宝一般保管林瞪用过的法器，至今依然如此。

　　霞浦上万村摩尼教遗址大白于天下，或许神奇的自然界已有预兆。那颗陪伴龙首寺上千年的桧树，干枯已有数十年，然而就在前些年居然老树发新芽，长出一枝新绿来，令人叹为观止！

陈桷 慧眼识雁溪

　　雁溪系赛江的源头，全长三十多千米，其中具有此典型地貌的风景游览段三点五千米。其奇特之处还有，雁溪流域溪水为"倒流"。一般情况下八闽的溪河都向东流，但雁溪流域却是呈"S"形向西流，并和旁边的陆域形成了一个"太极"的图形。

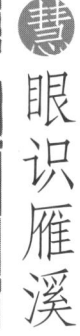

福鼎市管阳镇境内的雁溪，是一处奇特景观。近年来，随着山村休闲旅游的兴起，这个长期沉寂的独特景点似乎一夜之间被人发现，越来越受到远近游客的青睐。

从管阳镇往西南十五千米，便是溪头村。这里山清水秀、绿树成荫、鸟儿啁啾、生机盎然。溪头为溪之头，溪，就是雁溪。该村是一个陈姓族人的聚居地，全村两千六百多人。陈氏宗祠前的旗杆石就有八对之多，古色古香的民居保存尚好的还有五六座。据介绍，这个村明清两代贡生就有十几位。

越过村口雁溪中长长的碇步，就进入溪滩。所谓溪滩，其实唤作"石滩"更为贴切，因为真正夺人眼球的是那些河岸中形状各异的石头，如马奔、如鸟飞、如船行、如旗展……一波紧挨着一波，宛如一条石头的河流。

随着"石流"的延伸，你还将看到清澈的流水、碧绿的深潭、险隘的峡谷、宽阔的石床……其中有一个天然的游泳池堪称鬼斧神工：石床上游是整齐划一高达十多米宽五六米的石壁，几条瀑布，旱季时如白练

雁溪石滩

般悠然飘落，雨季时排山倒海如黄河壶口之气势；石壁之下，水潭有标准游泳池一般大小，水深两三米，清澈见底，潜入水中，有成群结队的小鱼伴游。

河床内的冰臼是雁溪的精华与魂魄。据统计，它拥有大大小小上百个冰臼，大的直径两米左右，小的有碗口大，深一至三米不等，形状以椭圆形、圆形和斗形居多。二〇〇七年四月，当地政府邀请地质专家来此勘察，专家们发现了约一亿三千万年前的火山岩浆流泻痕迹，如火山喷射而形成的俘虏体、石英脉、火山岩等（其火山口在管阳西昆境内）。同时，在雁溪内又找到了羊背石、擦痕、U形谷地貌，专家推测，那之后的很长时间里（估计是几十万或几百万年），此处又是冰川覆盖之地。长达数十里的"U"形溪谷里，还有冰川漂砾、冰碛砾石、冰蚀洼地和冰溜槽等，具有鲜明的古冰川遗迹特征。

雁溪系赛江的源头，全长三十多千米，其中具有此典型地貌的风景游览段三点五千米。其奇特之处还有，雁溪流域溪水为"倒流"。一般情况下八闽的溪河都向东流，但雁溪流域却是呈"S"形向西流，并和旁边的陆域形成了一个"太极"的图形。

山水观形胜，慧眼能识珠。

该村的《陈氏宗谱》告诉我们，"雁溪陈氏鼻祖"陈桷是发现这块宝地的第一人。这里还流传着一个美丽的传说：宋朝名臣礼部侍郎陈桷曾梦一神仙嘱其跟着雁群走，必得一福泽之地。某日，陈侍郎果见雁群，紧随数日，大雁在一溪边杳无踪影，于是择址筑庐而居，遂将此命名为雁溪。

陈桷何许人也？他乃唐进士广东太守陈臣、福建推官陈显后裔，也是柘荣乡土人物中唯一一位在中国正史上立有传记的名人。陈桷，字季壬，号存隆，宋元祐五年（一〇九〇），生于柘荣县双城镇溪坪潭头坪，他的一生业绩，《宋史》传记有详细记载，福鼎市溪头村、柘荣县湄阳村《陈氏宗谱》也有部分记述。

幼年的陈桷在父亲陈懿（以通直郎致仕）的教导下努力读书。政和二年（一一一二），二十二岁的陈桷中了进士，而且是廷对第三名，即俗称的探花。从此，陈桷走上了仕途，历任冀州兵曹参军、太学正博士、

冰臼群

冰刨犁沟

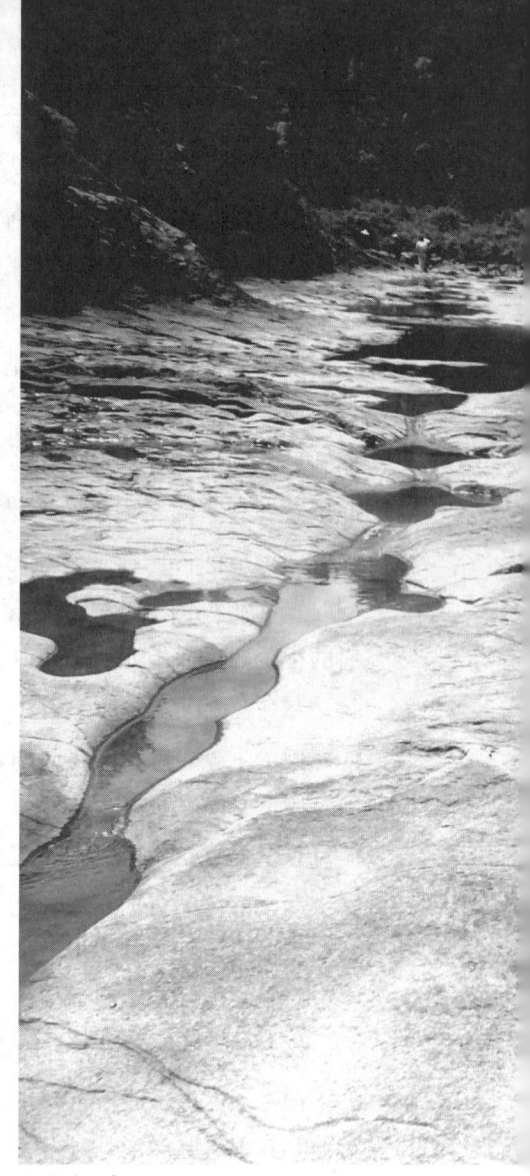

雁溪风光

秘书省校书郎、著作佐郎、礼部郎中……到绍兴十一年（一一四一）他已是"赐三品服"的礼部侍郎……绍兴十三年（一一四三）后开始起起落落，二十四年（一一五四）改知广州，充广南东路安抚使，未到任而卒，享年六十四岁。

读《宋史·列传第一百三十六·陈桷》，全文不过一千一百多字，但对他的为官品德、政治智慧、才干胆略评价颇高。文中有段这样的记述：

宣和七年（一一二五），提点福建路刑狱。福州调发防秋兵，资粮不满望，杀帅臣，变生仓卒，吏民奔溃，阖城震骇。桷

入乱兵中，谕以祸福，贼气沮，邀桷奏帅臣自毙，桷诡从其请，间道驰奏，以前奏不实待罪，朝廷以桷知变，释之。叛兵既调行，乃道追杀首恶二十余人，一方以安。

兵变由福州知州克扣军粮激发矛盾引起，多少有点"官逼民反"的色彩。当时宋朝外有强敌，如果再加内乱，后果亦不堪设想，从社会矛盾和国家利益考虑，陈桷平息这场兵变，应该肯定其历史功绩。值得一提的是，三十五岁的陈桷在平息兵变中表现出了超人智慧和果敢胆略。

纵观陈桷一生仕途，所任官职繁多，让人看了眼花缭乱，时而升迁，时而贬谪；时而供职朝廷，时而外放地方任职。但不管官居何职，这位老兄都是精忠报国认真干活。在朝廷之时，每每奏章切中时弊，胆识过人；任地方官时，敢于兴利除弊，为民请命。

《宋史》这样评价陈桷：

> 桷宽宏蕴藉，以诚接物，而恬于荣利。当秦桧用事，以永嘉为寓里（按：秦桧一度充任温州知府），士子夤缘攀附者无不躐等显要。桷以立螭之旧，为人主所知，出入顿挫，晚由奉常少卿，擢权少宗伯，复以议礼不阿忤意遽罢，其气节有足称。

原来如此。看来陈桷一生的宦海沉浮，关键在于两个大人物，一个是权倾朝野的奸相秦桧，一个是只想偏安一隅的赵构皇帝。当时秦桧力主议和，深得赵构信任，飞扬跋扈，结党营私，多少朝中人士巴结投靠，以求荣显；但陈桷能出于公心，敢于对抗，因此得罪秦桧，只是由于陈桷素来贤良，德望见重朝野，赵构心中也自然明白，所以陈桷才几次化险为夷，几次被罢职之后又被起用。

但陈桷累了！

于是，他在某一次罢官回乡时，不知道是否有仙人指点和大雁引领，总之他跨越千山万水，来到了他故乡的邻县长溪，选择了雁溪作为自己退隐后的居住地，并且还在邻近的广化村马鞍山选择一块作为自己百年之后的永久安息地。

溪口村现存的《陈氏宗谱》中，有《雁溪鼻祖护国礼部侍郎陈桷公志略》一文。文中记述陈桷去世后，"御笔扎仰各州衙衙哀迎送，起倩车夫运送灵柩，沿途开路，遇水造桥，逢州州接，逢县县迎，安葬于福建省长溪县二十四都广化寺后马鞍山。敕差福州二衙军一千人，车夫数百人，敕命送葬官员三十二位：礼部尚书左侍郎吕成、礼部尚书右侍郎刘谦、兵部尚书左侍郎云福存、刑部尚书左侍郎陈铎……"

当你逐字逐句认真研读这段文字后，唯有惊奇惊叹。真难以想象，八百多年前，闽东如此偏僻的山村出现这么盛大的场面，不是空前可能也是绝后。赵构皇帝这是怎么啦，是他有愧于陈桷这位肱骨大臣，为之哀荣一番，还是想借此礼贤忠荩旧臣，以凝聚人心？

陈桷墓坐落在管阳镇广化村那个被称为马鞍山的小山峰的半山腰，坐北朝南呈"凤"字形布局，简朴庄严，正对着前方一组笔架形山峰。墓旁遗存石将军、石虎、石马各一，草木葳蕤，石虎、石马几乎没入草木之中，石将军只露出上半身，但依然威武。

墓的脚下，就是著名的广化寺遗址。广化寺始建于隋开皇二年（五八二），是福鼎最早的寺院之一，几度兴废，现已无存。遗址上零落的石块，一只长数米的石槽，让人想象寺院当年的繁盛。

据说，陈桷在罢官隐居溪头村的一段日子，亲手修复了破落的广化寺，并经常

石雕像　（马英杰 摄）

在游览雁溪后投宿寺中。他自号"无相居士",著有《无相居士文集》十六卷,可惜已散佚;目前流传的作品只有两首诗,其中一首就是《广化寺》:"山高不受暑,秋到十分凉。望外去程远,闲中度日长。寺林投宿鸟,山路自归羊。物物各有适,羁愁逐异乡。"诗作传达了一种深深的怀念故乡之情,诗中悠然南山超然物外的心境跃然纸上。

陈桷墓前石雕 (陈昌平 摄)

那年,我游历了雁溪,凭吊了陈桷墓,又读了《宋史》中有关陈桷的记述和《陈氏宗谱》,总觉得陈桷是个谜。他真是罢官期间慧眼识珠发现了雁溪?他为什么要选择溪头村和广化的马鞍山为最后的归宿地?赵构皇帝真的或者为什么会为他举办了一场如此盛大的葬礼?我似乎明白了,经历了官场大风大浪的陈桷,面对一方青山绿水定能慧眼识珠、钟爱无比。

情 在 历 史 云 深 处

悼陈桷

〔宋〕叶 适

生死悲欢地,长嗟复短吟。北门晨鹊趁,西甸晚鸦寻。
三品官名重,千年墓色新。广东正相忆,泪激海潮音。

石将军 (马英杰 摄)

陆游在宁德的那段日子

那年春夏之交，他大约是乘一叶扁舟，逆霍童溪而上，两岸青翠，一溪碧水；登霍童山，远眺十里"小桂林"；夜宿支提寺，与高僧"共话不知红烛短，对床空叹白云深""欲识天冠真面目，鸟啼猿啸总知音"。又笔记："支提山有吴越王钱弘俶紫袍一领，寺僧升椅上，举其领，而袍犹拂地，两肩有汗迹。"诗人提及的天冠道场的"千圣天冠"铁佛（现存九百四十七尊）和越王紫袍至今仍是这座唐朝古寺的镇寺之宝，寺庙住持轻易不肯示人。

宁德城区的南漈公园内，有一尊陆游塑像，他纶巾博带，面朝东北方，背靠巍巍白鹤峰，旁有淙淙泉瀑飞溅。那是宁德人民为纪念八百五十年前在此任县主簿的伟大爱国主义诗人而建的。

　　南宋绍兴二十八年（一一五八），暮冬初春之际，三十三岁的陆游从山阴（今浙江绍兴市）取道浙南，水陆兼行，一路风霜，就任宁德县主簿。何谓主簿，即"典礼文书，办理事务"，大概有点类似于现在的办公室主任或秘书长的角色，还兼管财政、民政、司法之类的具体事务，杂是杂了些，但也算是班子成员吧。当年宁德邑中人口不到两万户，约四万人。地广人稀，也没有什么围垦征地、旧城改造、招商引资之类的事。就如诗人自己所描绘的"民淳簿领闲"，社会风气与工作环境无比的好。在这样的风气与环境里，他待了一年的时间就调任福州决曹。

　　乾隆版《福宁府志》记载："陆游，绍兴二十八年授宁德县主簿，有善政，百姓戴之"，"其设施经济、体用兼备"，寥寥数语，具体有哪些善政，没有述说。我想，诗人辅佐县令仅一年时间，哪能有什么大的善政，即使有一些，也应归功于那个县令吧。至于"百姓戴之"，大约是大家慕其诗名才气之缘故吧。但从诗人留下的有关宁德的诗文笔记，可以一窥已过而立之年的陆主簿当年的行迹和心路。

　　当然，面对繁杂的公务，总是要恪尽职守。比如，朝廷要举孝廉，陆游积极推荐邑人陈嗣光，且立孝廉坊以旌之，还发表了一通勉励有加的重要讲话。又如，陆游可能协助重修了宁德县城隍庙，并为之洋洋洒洒做了一篇《城隍庙记》，虽是应景之作，但也十分贴近平民心理。在文中诗人教育百姓，正因为城隍正直大家才祭奠他，即使祭祀之礼微薄，城隍也不会介意，因此无须谄媚神明以求福。

　　诗人是有血有肉、有乐有苦的一个性情中人，来宁德的时候是否也像十多年后赴四川任职"衣上征尘杂酒痕"那样落拓不羁，我们不得而知。然而在他初任宁德的前三年，与前妻唐婉在沈园不期而遇，写下了那首让人柔肠寸断的《钗头凤》。因而诗人此时的心境是可以想见的。宁德的山水素有美名，于是流连山水、娱情遣兴便成为诗人在宁德一年生活的重要内容之一。那年春夏之交，他大约是乘一叶扁舟，逆霍童溪而

上,两岸青翠,一溪碧水;登霍童山,远眺十里"小桂林";夜宿支提寺,与高僧"共话不知红烛短,对床空叹白云深""欲识天冠真面目,鸟啼猿啸总知音"。又笔记:"支提山有吴越王钱弘俶紫袍一领,寺僧升椅上,举其领,而袍犹拂地,两肩有汗迹。"诗人提及的天冠道场的"千圣天冠"铁佛(现存九百四十七尊)和越王紫袍至今仍是这座唐朝古寺的镇寺之宝,寺庙住持轻易不肯示人。

而《出县》和《还县》两首律诗,是诗人对宁德田园风光的讴歌,民俗特色的描绘,对淳朴古风的慨叹,以及对自我形骸的调侃,写得很有意思。全文抄录如下:"匆匆簿领不堪论,出宿聊宽久客魂。稻垄牛行泥活活,野塘桥坏雨昏昏。槿篱护药才通径,竹笕分泉自遍村。归计未成留亦好,愁肠不用绕吴门"(《出县》)。"霁色清和日已长,纶巾萧散意差强。飞飞鸥鹭陂塘绿,郁郁桑麻风露香。南陌东村初过社,轻装小队似还乡。哦诗忘却登车去,枉是人言作吏忙"(《还县》)。实际上,这两首诗还是下乡调查研究过程的写照,是主簿认真检查春耕生产的总结。

诗人在宁德期间,竟然还游历到福州去,他的那首《渡浮桥至南台》的律诗,钱钟书先生认定是他在任主簿期间写的。诗曰:"客中多病废登临,闻说南台试一寻。九轨徐行怒涛上,千艘横系大江心。寺楼钟鼓催昏晓,墟落云烟自古今。白发未除豪气在,醉吹横笛坐榕阴。"当年宁德属福州郡所辖,南台是福州的名胜古迹。诗人不知是入郡公干还是专程访古抑或是两者兼之呢?看来又是水陆兼行:诗人沿着白鹤峰侧的古官道前行,那至今犹存的古官道青石滑亮、阶梯宽敞,蜿蜒直上青天,古道旁巨大的柳杉遮天蔽日,而崇山峻岭,犹如诗人所述"其高摩天,其险立壁,负者股栗,乘者心掉",极目远眺,"官井之水,涛澜汹涌,蛟鳄出没",好不奇绝瑰丽。当经过罗源走马岭时,天赋极高的诗人

霍童秋韵

出 县

〔宋〕陆游

匆匆簿领不堪论,出宿聊宽久客魂。
稻垄牛行泥活活,野塘桥坏雨昏昏。
槿篱护药才通径,竹笕分泉自遍村。
归计未成留亦好,愁肠不用绕吴门。

还 县

〔宋〕陆游

霁色清和日已长,纶巾萧散意差强。
飞飞鸥鹭陂塘绿,郁郁桑麻风露香。
南陌东村初过社,轻装小队似还乡。
哦诗忘却登车去,枉是人言作吏忙。

"见荆棘中有崖石，刻'树石'两个大字，奇古可爱。即令从者剃除观之，乃'才翁所赏树石'六字，盖苏舜元书也。因以告县令项膺服，善作栏楯护之云"。游山玩水，独具慧眼，发现了古迹，又采取措施予以保护，这分明是一项善政。

诗人一生好酒、纵酒，酒是他的知己，酒是他的灵感。在宁德期间，与班子成员们诗酒相乐的日子，过了半个世纪后他还念念不忘，有他八十一岁时写的两首诗为证："白鹤峰前试吏时，尉曹诗酒乐新知。伤心忽入西窗梦，同在埔村折荔枝。""昔仕闽江日，民淳簿领闲。同僚飞酒海，小吏擘蚝山。梦境悠然逝，羸躯独尔顽。所嗟晨镜里，非复旧时颜。"

诗序写得更有意思："绍兴中，予初仕为宁德主簿，与同官饮酒，食蛎房，甚乐，后五十年，有饷此味者，感叹有赋。酒海者大劝，杯容一升，当时所尚也"。

可见那一年，宁德诸如"黄家老酒"此类的糯米酒他喝了不少。当年，绝对没有假酒，生态又极好，远近闻名的蕉城海蛎竟可活剥生吞，还随手摘些红彤彤的晚熟荔枝醒酒。所以，像这样的美酒、海鲜、佳果吃多了对身体没有什么伤害，根本不会得痛风、糖尿病之类的现代病。诗人活到八十六岁就是一个例证，直至死时，头脑非常清楚，诗作"气吞残虏"，大呼"死去原知万事空，但悲不见九州同"。

文人好酒，在中国历史上算是通病，风流人物，不胜枚举，但像陆游这样好出水平，好到极致，好到无所顾忌，可能屈指可数了。他五十三岁那年，在成都因为纵酒被弹劾，朝廷以"燕饮颓放"的罪名罢了他新任的知嘉州官职。官是可以免的，但酒却不能不喝，他并不以此为戒，反以此为荣，干脆自号"放翁"并为之注释："人讥其颓放，因自号放翁。"也可以解释为"我就是一个放荡不羁的老酒鬼"。这不是公开和朝廷叫板吗？

诗人好酒、纵酒，其实与他的人生屡屡失意是分不开的。他出生于官宦兼学者的家庭，"年十二，能诗文"。后来，进士会试和礼部考试都名列第一，只因秦桧要让他孙子秦埙取得状元，不愿让诗人第一名及第，又因诗人在礼部试中"喜论恢复"，更触投降派之忌，遂遭秦桧黜名。我们今天看来，陆游最终以他的诗词确立了他在中国文学史上的伟大地位。可这位诗人一生的夙愿其实只有十个字："上马击狂胡，下马草军书。"也就是一方面金戈铁马，冲锋陷阵，直捣黄龙，恢复九州；另一方面，草拟檄文，慷慨陈词，疾书捷报，酣畅淋漓。长剑与诗书相伴，马革裹尸无憾。但是，即使秦桧死了，诗人似乎熬到头了，却也不过到远离政治中心的小县任个主簿。这与他的夙志相去太远了。就如后来，他为自己纵酒所坦言："平生嗜酒不为味，聊欲辞中遗万事。酒醒客散独凄然，枕上屡挥忧国泪。"更何况，当年除了政治失意，诗人爱情上受母亲压制，情场也失意，酒更成了红颜知己了。还好宁德民风淳朴、田园秀美、领导班子协调、同僚们志趣相投，诗酒相乐，也算一抚失意的人生了。诗人一生仕途不坦，但在宁德任职期间，他曾遇到过知音。据诗人《老学庵笔记》记述，他的上司樊光远曾主动提出要写奏状推荐陆游，可惜诗人"不求闻达""竟不投也"。

与唐婉爱情悲剧可谓郁积于诗人一生心头之块垒，我一直以为诗人的母亲是个心理病人。她肯定是个知识女性。据说生诗人的前夜，她梦见秦少游。秦少游乃北宋典型的婉约诗人，那个苏东坡死活要把妹妹嫁给他的情种，写了一大堆爱情诗，诸如"两情若是久长时，又岂在朝朝暮暮"之类的句子就十分煽情。陆游的母亲绝对是秦少游的铁杆"粉丝"，干脆让儿子与心中的偶像同名。就是这个知识女性，逼着儿子如不"出妻"，她便"出家"，活生生拆散了这对恩爱夫妻，而唐婉还是她嫡亲

情 在 历 史 云 深 处

支提寺大雄宝殿 （卢雄 摄）

访僧支提寺
〔宋〕陆游
高名每惯习凿齿，
巨眼悉逢支道林。
共夜不知红烛短，
对床空叹白云深。
满前钟鼓何曾忍，
匝地毫光不用寻。
欲识天冠真面目，
鸟啼猿啸总知音。

侄女。据说主要罪状是，小夫妻终日如胶似漆，爱得一塌糊涂，全然不顾母亲的感受。而年轻的诗人也全然不知"爱情是两个人的事，而婚姻是很多人的事"这般道理。最终抵抗失败，母命难违，只好违心"出妻"。

沈园意外重逢，唐婉已改嫁他人了，诗人饮了一杯前妻红酥手端上的黄藤酒，百感交集，除了指桑骂槐一句"东风恶"外，唯有万分的痛苦、万分的后悔、万分的无奈。诗人赴任宁德前后那些年是否已得知唐婉去世的消息，我们不得而知。但有一点肯定的是，客居临海小县，当天潮潮、雨湿湿，水滴芭蕉叶的春日；当风瑟瑟、月冷冷，长天孤寂的秋夜，《钗头凤》中的那"一怀愁绪，几年离索，错！错！错！""山盟虽在，锦书难托，莫！莫！莫！"的悲怆一定萦绕在他的心头，挥之不去。他是否后悔，就是这首词，成了爱人的催命毒药；他当然更想不到，爱人生命的代价成就了本为一吐为快的《钗头凤》为不朽之作、千古绝唱，千百年来呜咽之声犹闻在耳。十分有趣的是，诗人耄耋之年，沉湎于"初仕情怀"写下两首"诗酒相乐"诗的同时，也写下了《沈园两首》："伤心桥下春波绿，疑是惊鸿照影来""此身行作稽山土，犹吊遗踪一泫然"。莫非初仕情怀与失恋情怀在宁德这片世外桃源中有机地交织在一起，分不出彼此了吗？

噫吁呼！白鹤峰峦何苍苍，官井洋水何泱泱，诗人情怀何荡荡，诗人遗风何绵绵。陆游有幸，宁德有幸。

朱熹避难在闽东

闽东承接了一段与朱子结缘的岁月，令人欣慰与自豪的是，在这危急的关头，朱子闽东的门生、讲友不畏权势，不当叛徒，不做落井下石者，个个伸出援助之手，与朱老夫子风雨同舟，患难与共。

疾风知劲草

朱熹是中国古代文化史上继孔孟之后最为著名的哲学家和教育家，朱熹理学在元明清被提到儒学正宗地位。他从儒家经典中精心节选出"四书"（《大学》《中庸》《论语》《孟子》）刻印刊行，这是教育史上的一件大事，影响深远，七百多年来，左右着上层建筑的意识形态。

朱熹的地位也越来越吓人。元朝确立朱子儒学取佛道二教而代之，诏令文官考试均不出朱学之界限；明朝通称先儒朱子，后来干脆称大贤朱子；清朝康熙年间诏升大成殿配享，位列十哲之次；乾隆年间，又在大成殿东南专门建了朱文公祠。

正所谓人必身死而后贵矣！死后享尽无尽荣光的朱子生前却总是坎坎坷坷，屡陷困境，尤其是晚年。他十八岁在建州（今南平市）中举，十九岁登进士，历仕宋高宗、孝宗、光宗、宁宗四朝，先后任地方官九年，到朝廷任侍讲官四十天，官至秘阁修撰等职。朱子所处的年代，正是南宋偏隅临安、风雨飘摇的多事之秋，北方的金兵对江南虎视眈眈，他登第前七年，岳飞被以"莫须有"罪名陷害于风波亭。抗战与和谈始终是贯穿南宋王朝最敏感又不可回避的主题，朱子是个坚定的爱国主义者，始终坚持抗战，但作为一个哲学家和教育家，在那样的世道，集大成的理学在上层建筑中又有多大的生存与发展的空间呢？庆元元年（一一九五），南宋朝廷内部党同伐异的斗争白热化，发生了历史上著名的"庆元党

杉洋村全景

禁"。朱熹好友赵汝愚被罢相，奸雄韩侂胄大权独揽，朱熹遭落职罢祠，其时黑云压城之势，有欲问斩朱子之说，朱熹被贬后回到武夷山冲佑观。庆元二年（一一九六），朝廷"攻伪"不断升级，先是斥朱子等人为伪党，继而定逆党直至死党；列入党禁计五十九人，朱子列第五名，规定"四书"为天下禁书，并对全国官员和科举考生全面政审，凡与"伪学"有牵连者，考生取消考试资格，官员则罢贬。在此高压下，朱子不少门生学子"更名他师，过门不入，甚至变易衣冠，狎游市肆，以自别其非党"。此时，贫病交加，仇怨相攻的七十六岁的朱子，只能选择遁避了。

于是，闽东承接了一段与朱子结缘的岁月。令人欣慰与自豪的是，在这危急的关头，朱子闽东的门生、讲友不畏权势，不当叛徒，不做落井下石者，个个伸出援助之手，与朱老夫子风雨同舟，患难与共。据福鼎名士周瑞光先生考据，朱子在闽东的门生、讲友有资料可查者共十八人，分布在古田、福安、霞浦、福鼎、宁德五地，其中古田最多，占九人。而古田的江山先生在《朱熹与古田》一文中，所列举的朱子在古田的门生远不止九人，多达几十人。

朱子于闽东对古田的缘分最深，他的父亲朱松，年轻时曾经到过古田，与古田名士林芸斋结为至交，以后经常在儿子面前提及，给朱子留下深刻印象。大约在乾道初年（一一六五），朱子为"访老君子之旧游"特地造访古田。朱子第二次来古田是淳熙十一年（一一八四）春夏之交，应门生林用中和余隅等之邀，一方面来关心和察看自己的门生在古田开办的溪山书院和蓝田书院的情况，另一方面也来游历古田的山川秀水。

林用中，古田西山村人，只比朱子小两三岁，年轻时，就与弟弟林允中慕名到崇安五夫里（今南平武夷山市）求学，投入朱子的门下，深得朱熹理学的精髓，其时与"闽学干诚"蔡元定齐名，成为朱子最得意的门生，他"从文公游最久"，曾跟随朱子参加了宋代理学界大事的长沙"岳麓会友"、江西"鹅湖论辩"、庐山"鹿洞讲学"。他们的师生关系已升格为师友关系。党禁时，他们互相慰藉，朱子在危难中很思念他，特去信："秋冬间能同扩之（林台中）一来慰此哀苦否？"并告诫："切不可与人往来，至如时官及其子弟宾客之属，尤当远避，勿与交涉，乃可自安。"在"朋从零落，道学寡助"之时，朱子想起古田的余隅，致信要他"冬间能枉路一顾"。古田门生还有林夔孙、林大春，他们或跟随朱子自始至终，或在朱子最艰难的时候伸出援助之手。

就是在这险恶的环境里，庆元三年（一一九七）初，朱子在林用中、余隅等门生侍陪下，从建阳来到古田，古田城郊的溪山书院就成了朱子避难的第一个立足点，在此设帐讲学。当年古田可谓书院林立，附近便有浣溪书院、螺峰书院、魁龙书院等，朱熹都曾前往讲学，他依然受到学子们的欢迎与尊敬。但考虑到县城毕竟离闽北较近，目标太大，朱子便应余隅等门生邀请，转移到离县城一百多里的杉洋蓝田书院。杉洋是当时较发达的山乡，人口万余多，重文重教，又地临五县，慕名前来听课的人络绎不绝，据《古田县志》等记载，多时达千人。此段时间，朱子的原先门生，也纷纷聚集到他的身边。

在古田约半年时间，朱子又应门生林湜、杨楫、高松等人邀请，前往长溪等多个县。蕉城、福安、寿宁、霞浦、福鼎等地的地方志书都有记载。

朱熹与林湜的关系当为讲友。林湜，今宁德霞浦县赤岸村人，是唐朝名宦林嵩之后裔。宋绍兴三十年（一一六〇）考中进士，任富阳县尉起，官至直龙图阁学士，在韩侂胄专权之时，辞官回乡。去世后，宋理宗皇帝还特下旨在赤岸村为他建祠表彰。朱子致林湜的信中云："慕仰高风，固非一日……"该书信洋洋千言，侃侃而谈，推心置腹。朱熹离开古田后，曾到赤岸讲学。他们的志向与情谊愈加坚定与牢固，当朱熹离开赤岸时，林湜和诸门人依依不忍别，特塑朱熹之像以志之。

福鼎的朱熹门生和讲友有三人，杨楫、高松和孙调。杨楫，南宋淳熙十五年（一一八八）进士，首任莆田县尉，历经仕途坎坷，累官司农寺簿。朱子归隐建阳考亭讲学时，杨楫也赶赴考亭侍学，朱子忧虑事事，无以畅诉，乃为《楚辞》作注，借古人酒杯，浇心中块垒，杨楫为之作跋。由此可见，他们关系非同寻常，当朱子理学被斥为"伪学"，杨楫因"伪学之党"被削了官职时，杨楫在"跋"上加注："时朝廷治党人

朱熹石湖书院旧址（冯文喜 摄）

方急，丞相赵公（赵汝愚，理学支持者）谪死于永，公忧时之意，屡形之色，因注《楚辞》以见志。"足见杨楫"威武不能屈"之风骨。杨楫曾亲往赤岸接朱子到自己的家乡——太姥山下的潋村，在石湖观（后称石湖书院），陪同朱子讲学。朱子还在此留下："溪流石作柱，湖影月为潭"一联，镌于石，杨楫还和福鼎桐山人高松一起，陪同朱子登上今福鼎城关双髻山龟峰一览轩，朱子在此做了闽东之行的最后一次讲学。

此时的朱子，年逾七旬，白发苍苍。一览轩中，师生济济一堂，窗外乌云压城城欲摧，轩内人间大义君自强。时隔六百多年后，清代福鼎著名画家陈九苞仍对那一幕心仪不已，挥墨作下《龟峰讲学图》一幅。此画至今犹存，弥足珍贵。

过化留胜迹

朱子避难在闽东，所到之处，如今都成了名胜古迹。他当年从闽北沿闽江乘舟而下，夜泊古田县水口，写下《水口行舟》两首诗："昨夜扁舟雨一蓑，满江风浪夜如何？今朝试卷孤篷看，依旧青山绿树多。""郁郁层峦夹岸青，春溪流水去无声。烟波一棹知何处，鹧鸪两山相对鸣。"

借景抒情中，有惆怅和无奈，但仍有憧憬。水口镇在宋太平兴国时曾设县治，后改设巡检司，并设有驿站，是著名的文化古镇，二十世纪七十年代末，我在福州读书，暑假回家乡，曾乘船逆流而上，夜泊水口江边，可看到沿江一排乌瓦木板墙的吊脚楼和青石磊磊、榕树苍苍的古渡口，还可听到月光下的捣衣声。如今，随着闽江水电站的建成，千年古镇已沉入水中了。

古田老城区的溪山书院，临溪洲而建，山清水秀，朱子挥毫题下"溪山第一"，镌刻于石上，可惜一九五八年建水库时没入湖底，二十一世纪初，古田县委在翠屏湖湖心岛上重建溪山书院，古风犹存，已成为翠屏湖一胜景。

朱熹在古田城区附近留下不少诗文、墨宝和轶闻逸事。林用中家乡西山村的魁龙书院至今保存尚好，院内还有朱熹"鸢飞""鱼跃"的横批，相传该村的两口井和一条玄字形的石板条路，还是朱熹为之造风水所设计的，朱子的女婿黄勉斋在螺峰书院讲学，朱熹去看望，女儿因家境贫困，只能以麦饭葱汤招待，朱子见女儿面有愧色，即吟诗安慰："葱汤麦饭两相宜，葱补丹田麦疗饥。莫道此中滋味薄，前村还有未饮时。"朱子还到过离城区二十多里的平湖镇富达村"蓝洞"游览，写下著名的《蓝洞记》。

古田县杉洋镇的蓝田书院，朱熹题写的院名刻至今保存完好，还有他写的两副对联："春报南桥川叠翠，香飞翰苑野图新"和"雪堂养浩凝清气，月窟观空静我神"。书院附近有一泉水池，池边石壁上有朱子所题"引月"二字，署名茶仙。杉洋镇邻近的卓洋乡廖厝村有一片原始森林，风景秀美，相传朱子曾到此，在石壁上题诗而返，至今此地还叫"题诗林"。前些年，宁德市委办公室挂钩扶贫廖厝村，开发出原始森林旁的一脉温泉，如今林间中的温泉小木屋、温泉游泳池和森林公园相映成趣。

蕉城区虎贝石堂村有一座宋代古廊桥，桥面四十八根柱子，桥屋可容纳一百多人避风雨。相传朱熹路过，见桥边有泉眼，喝之泉水竟有墨香味，断定："石堂后数十年必出异人，读天下书十有八九。"此时，廊桥正在建造，朱熹拿起竹笔和墨斗，在一横梁上写了"紫阳诗谶石堂名彰千古"便走了，木匠师傅以为小孩在此涂鸦，拿起刨刀刨了许久，越刨字越明晰，所以此桥又名沉字桥。几十年后，石堂村果然出生一个名叫陈普的后生，他精通经史，学识超群，成了名闻闽浙的理学名士。

福鼎太姥山月湖附近有一处元代摩崖石刻，记述了朱熹在山中璇玑阁讲学之事，《太姥山志》记载山中曾建有朱子草堂，现尚存遗址，遗址旁一大石刻有"林下相逢"四字，

蓝田书院摩崖石刻

蓝田书院

盖纪念朱熹与其门人之情谊也。武夷山和太姥山素称八闽姊妹山，看来，八百多年前，朱熹已有切身体会了。

霞浦县城有朱文公祠，相传朱熹避难讲学于赤岸乡，离开时，讲友林湜不忍别，塑像建祠以祀之。在国家级风景名胜区杨家溪，有十几株八百年树龄的老榕树。当地传说是朱子手植，这一片中国纬度最北的榕树群，遮天蔽日，四季常青。霞浦有个文星明村，据说朱熹避难于此，仰观天象，一声长叹：文星其复明乎？于是就留下了这个村名。

福安市龟仙山，朱子到此，乡人请他吃饭，朱子赠之句："水云深处神仙府，禾稻丰时富庶家。"寿宁县武曲镇有朱氏大宅，朱子访之，留有漆书："文章华国，诗礼传家。"不少类似的记载，在地方志中均可查阅，

87

而在民间中，更有许多生动的传说。

文脉传千秋

朱熹确实是福建人的骄傲，他生于斯，死于斯，一生大部分时间在八闽倡导理学，授徒讲学，其努力的结果，使得处于东南一隅文化落后的八闽一跃成为宋末元初中国思想学术的中心，即朱子创立的"闽学"。据《朱子门人》一书作者陈荣捷先生统计：其门人有籍可考者计三百七十八人，其中福建一百六十人，其他分布在浙江、江西等十个省。由此可见，近半数的朱子门人是八闽人，"闽学"如何不繁荣鼎盛？当年的"文化强省"毫无疑问是空前的。仅在八闽普通人家的古民居中，多可以看到厅堂上挂有朱子手体的"行仁义事，存忠孝心""忠孝持家远，诗书处事长"等楹联，可见其影响之深远。余秋雨先生统计过封建王朝两千年，科举出十万名进士，有人统计福建占六千多名，尤以南宋以后居多，仅此一例可见朱子对福建功不可没。

闽东对"闽学"的贡献，除了朱子闽东门人皆在域中对"闽学"努力倡导和积极从事文化教育事业外，还有一个特殊的贡献，朱子在福鼎的门生高松，少时从学于永嘉学派的一代宗师陈傅良。永嘉学派在南宋时独树一帜，是影响颇大的学派，有诸多博学多识的鸿儒硕士。十分有趣的是高松中途转学，而老师陈博良还赋《送长溪高国楹从学朱子》相送："落学今无恙，东南属此翁。从游虽已晚，趋向竟谁同？一第牧良易，遗经语未终，归期定何日？我欲叩新功。"看来陈博良还是高松从学朱熹的介绍人，诗中他对自己的学生寄予厚望，对饱学之士朱熹推崇备至。果然，高松不负导师教诲，成了朱熹的高足，学成之后，曾到浙江任台州教授，"与诸生更进迭问，疑难交发，满意而后退"。即采取启发式教学，谆谆善诱，使得台州诸生学问大进。

圣人学无常师，作为理学传承者高松，不囿于门户之见，不仅消除闽学与永嘉学两派之间学术上的分歧，还善于博采众长，团结协调，真可谓见闻高远。

琥珀一样的西浦

西浦村的确兼备琥珀的色彩与神韵：她通透而又红润，耀眼而不妖娆，沉稳而又富有灵性；蜡封其中的凝重而又多彩的千年历史，十分耐人寻味。

逐渐声名鹊起的寿宁西浦村近年来使不少人流连忘返。那天，我从西浦归来之后总想琢磨给她一个自以为满意的比喻，苦思冥想之后，脑海里闪现出"琥珀"两个字时，竟有些按捺不住的得意。

　　可不是吗？西浦村的确兼备琥珀的色彩与神韵：她通透而又红润，耀眼而不妖娆，沉稳而又富有灵性；蜡封其中的凝重而又多彩的千年历

西浦村状元廊　（康元亮　摄）

史，十分耐人寻味。

琥珀一样的西浦村，外在的美当然还是自然风光。村口那棵需三四人合围的樟树，千百年风雨使它盘根错节，虬枝叠生，粗粝嶙峋。任凭朝霞浸染暮霭笼盖，挺拔的树干永远保持着凝重的褐色色调，华盖也不张扬，犹如一位饱经沧桑仍精神矍铄的老人站立在村口，守望和包容岁月世相。柳树则婀娜多姿，在这片燕窝形的村落里，三步一株五步一行，恣意生长，无拘无束，形态各异，大有无心插柳柳成荫之势。村内村外两种树木相互辉映，亦表现出君子内外兼修之美。

流水尽显西浦天然之美，亦是它滋养之本，无水何以有浦？村前西溪河面宽阔，清澈见底，自西往东环绕如带，在水尾与自北而来的犀溪（俗称北溪）交汇成潭，形成"Y"字形，水深面阔，水流漫漫，阳光照射下，水光潋滟，倒映出两岸空蒙山色。春江水暖之时，白鹅戏波，点点如雪，使得西浦充满灵动与和谐，更加诗意盎然。

因为水便有了桥，而桥更衬出水的灵动。西浦之美，美在"三步一柳，十步一桥"，在人口聚居的不到两千米长的河段上，各式各样的桥有十三座之多，其密度堪为闽东之冠。桥有单孔、多孔，有古代、近代和现代，有石板桥、石拱桥、木拱桥、马蹄桥、现代钢筋混凝土"T"形桥……形式多样，年代各异，点缀得西浦别具一番风光。桥中王者当属福寿桥，它又名坝头桥，是座木拱古廊桥。三十二点八米长的拱架是数十根鸿梁巨木穿插叠架而成，不曾用得一根铆钉。最富有诗情画意是三条琴桥。何谓琴桥，即选择溪河浅处，每隔一小步，立方石一块，称碇石，碇石之间水流潺潺。碇石如琴键，千百年来西浦人晨出晚归从此过往，他们不管行迹如何匆忙，想必也不会觉得劳累——足蹈旋律，心生乐章，与流水声激荡回旋，悠然自得也。琴桥、琴桥，朗朗上口，余香流溢。

地灵必人杰。睿智的缪氏先祖，是西周胄裔，从古西岐一路东进南行，入齐鲁，赴会稽，转长溪，袭卷阿遗风，掠鲁滨豪气，携吴越灵秀，泽长溪之福，经数千年迁徙跋涉，最终落脚寿宁西浦，充满神奇美妙。冯梦龙在《寿宁待志·都图》记述，一年冬日，在缪家务工者清早牧牛，牛一出栏，便狂奔而去，牧者穷追莫及，只见群牛涉过大溪，径奔宅底。牧者赶到时，眼前顿现奇观：漫天大雪纷飞，四野白雪皑皑，唯独这块形似燕窝之地不见半点积雪，并且热气升腾，草木丰茂。他当即回去禀报，随后，主人欣然前往察看，果真是一处天造地设风水宝地。于是就携家带口迁入此地。

传说多少有几分缥缈，缪氏宗族的成就却如木屐落地，留下一行又一行难以磨灭的印记。从北宋神宗起，西浦和由此迁徙闽东各地缪氏男儿共十七世，走出"特赐状元"缪蟾；特奏名缪昌道、缪守愚；进士缪从优、缪正叔、缪梦弼等近二十人，举人、贡生、太学生等不计其数，且有"同科二进士""祖孙三代四进士"等诸多美谈。在如此众多的杰出之士中，无疑缪从龙和缪蟾在缪氏族谱中留下最为炽烈的笔迹。

据福安旧志记载：缪从龙，字云叟，号东皋，福安西浦人（今寿宁西浦），宋绍兴三十年（一一六〇）进士，官为国子监直学，兰溪县尉。其因有感于当时朝政腐败，弃官云游，遇异人授其秘诀。宋绍熙四年（一一九三），年逾六旬的缪从龙携一身仙风道骨，入福安白云山修炼，在此舍资启建"临云宫",兴教讲经,积善为民,其道徒遍布闽东各县。二〇〇一年中国道教协会确认缪从龙为"闽东道教奠基人"。如今,那里有以他名字命名的福安第一高峰——缪仙峰。

如果说缪从龙只是在闽东名垂千秋,而他的后辈侄孙缪蟾却在外界声名远震。缪蟾生于一二一三年,卒于一三〇三年,九十年风雨人生承载了太多的辉煌:南宋理宗绍定二年(一二二九)特奏名文科第一,赐琼林宴;绍定五年(一二三二),理宗皇帝为皇姑临安公主择婿,招赘为驸马;其一生先后官授修职部,曾任绍兴府府学教授,转儒林郎、武学博士,累官至太子太傅、礼部尚书等职。缪蟾一生,仅留三首诗作传世,其中,《琼林赐宴》最能表达他的心志。诗曰:

  答谢丝纶出凤帏,龙头独占姓名魁。
  三千礼乐林中会,五百英雄背后随。
  席列绮罗陈玉食,花簪冠帽映金绯。
  情知宝富荣华处,深沐天恩雨露肥。

当然,缪蟾的状元身份古往今来也颇受争议,其焦点在于特奏名第一的"含金量"到底如何,加之三百年后赫赫有名的寿宁知县冯梦龙说了句"有司不察而为建状元坊"(《寿宁待志·坊表》),人们便疑虑窦生。据查,特赐奏名制度形成于宋朝,到南宋孝宗乾道二年(一一六六)其条件改为:"诸路进士八举,年四十以上;五举,年五十以上。也就是说,连考进士八举(约二十四年),年龄四十岁以上;或连考进士五举(约十五年),年满五十岁以上的落第学子,才有机会获恩赐特奏名。仅此而言,缪蟾年龄不足二十岁就被特奏赐第一,确属"法外开恩"。那缪蟾究竟有何过人之处?理宗皇帝在诏文中如是说:"桂林瑞器,昆山宝玉。年少登科,羡龙头之首占;才貌冠世,抒输忠之勤渠,实临风之玉树,照乘之明珠也。"这个被后世评价为昏庸无能、怠于政事、重用奸相的宋理宗,对缪蟾的评价应该是相当中肯的。缪蟾能在有据可考的由唐至清八百三十九个文武科举状元中,继唐会昌二年(八四二)壬戌科状元郑颢第一个被招赘驸马之后,以特奏名第一的身份成为历史上第二个驸马,足见整个朝野对缪蟾才学人品的认可,宋理宗很有可能是这个评价的"发言人"。史书虽然对缪蟾的功绩记述甚少，据收入《两浙金石志》出自绍定五年（一二三二）缪蟾之手的《宋绍兴府进士提名碑》记载，缪蟾在任绍兴府府学教授期间，仅绍定六年绍兴府参加殿试的举子就有二十二人，由此可见缪蟾为官勤勉、颇有建树。值得注意的是，绍定五年正是缪蟾被招赘为驸马那年。如此成就是缪蟾被招赘为驸马的前提条件，还是被招赘为驸马后的锦上添花，史无佐证。当今思之，其前其后并不重要。重要的是缪蟾的确是搞教育的一把好手，在他调教下，他的两个儿子缪君谟、缪君宝相继考取宋度宗咸淳进士。至于冯梦龙责怪"有司不察而为建状元坊"很可能与明朝科举逐步规范有关。冯梦龙他老人家担心人们把殿试状元与特赐奏名混为一谈，多少有些看不起特奏赐名，为大明王朝的状元正本清源的意思。

我以为，缪蟾当年被列为中央级后备干部，他的德才兼备是没有问题的，但最为族人津津乐道的是被招赘为驸马一事。这富有戏剧性的情景，平民百姓只有在舞台上欣赏到，今天奇迹般发生在自己家乡，居然还是邻家子弟，试想当年的轰动效应该是何等热烈。当然，缪蟾还必须具备另一个重要条件，即品貌出众。皇帝老儿阅人无数，恐怕看品貌比看德才更具"火眼金睛"。细品宋理宗诏文："才貌冠世""临风之玉树，照乘之明珠"，对其品貌莫不赞誉有加。看来缪蟾绝对是当朝"貌比潘安"的美男子了。因此可以得出一个结论：闽东不仅出美女，还出美男子，这是人灵地杰的又一

（缪长钻 摄）

（卓仕尉 摄）

(卢雄 摄)

种诠释。

缪蟾得中状元后八百多年来，在他的家乡人们把"状元文化"做到了极致。长溪县衙外率先修建了状元坊，此后有几任寿宁知县及缪氏后裔分别在寿宁县城、犀溪、西浦为缪蟾建状元坊或状元桥，就连曾经对缪蟾状元身份颇有微词的冯梦龙，在任期间也重修了一回西浦状元坊。明正德五年（一五二六）寿宁知县尹衮为其在县城直街（今寿宁县解放街）南建状元坊并作《状元坊记》，同时将穿越县城之溪流更名蟾溪；寿宁县城取名鳌阳镇，一说其形酷似鳌鱼，另一说则与缪蟾独占特奏鳌头有关。明嘉靖二十一年（一五四二），寿宁知县熊治又在县衙前建状元桥，并撰《状元桥诗引》和《状元桥》五律诗二首。在西浦更是处处皆"状元"：村口的古樟树被称之为"状元树"，村内依依垂柳被称之为"状元柳"，就连昔日寻常农家菜肴也被冠以"状元宴"，取西溪之水酿造的米酒，则名曰"状元酒"……

西浦村钟灵毓秀，不仅古代名人辈出，近现代也是英才济济。在第二次国内革命战争时期，从西浦村走出的英烈就达四十位。其中缪洪记曾担任中共寿泰县委书记，一九三七年三月在寿宁甲坑石竹洲被捕，后英勇就义于泰顺跑邓坪。缪吐弟曾担任华野某部团长，在一九四八年解放南京时壮烈牺牲。恢复高考后，仅五百多户两千八百多人口的西浦缪氏家族，就有两百多人考取大、中专各类院校；现在西浦村仍有两百多名在岗和退休教师。

那年春，我从西浦村金钟山南麓拾级而上，拜谒久在心中的状元坊。这座重修于二十世纪末巍巍古朴、造型别致的牌坊赫然矗立在眼前，中部上镌"状元"二字，坊顶图案浮雕，形象逼真，色彩斑斓。穿过这座主体建筑，迎面是一座呈六角形、琉璃瓦顶的"皇姑亭"，亭中藻井，彩绘精美。跨入纪念馆大门，一墙贺匾，满壁生辉，每块匾上的文字和图案都堪称书法和雕刻的艺术精品。主体建筑两侧廊坊内人物蜡像栩栩如生：缪蟾当年读书习字场景历历在目，吟咏之声仿佛穿越历史时空在耳际回旋；琼林宴上神态内敛与心中波澜较量后呈现出的腼腆，表现得淋漓尽致；与皇姑出双入对，共对花烛之下的喜悦溢于言表。纵观园内，奇花异草，点缀其间，骚人墨客，多有题咏。

进入新千年，西浦村作为社会主义新农村建设示范点，上有政府投入，下有乡贤捐助，一个富有浓郁文化氛围的乡村旅游景区初具规模，游览观光者络绎不绝。二〇〇八年，西浦村被评为"宁德市十大最美乡村"，这与西浦人的状元遗风与情结是无法分开的。

完全有理由相信，久经打磨，琥珀一样的西浦必将更加红润通透，熠熠生辉！

情　在　历　史　云　深　处
应举早行
〔宋〕缪蟾
半恋家山半恋床，起来颠倒著衣裳。
钟声远和鸡声杂，灯影斜侵剑影光。
路崎岖兮凭竹仗，月朦胧处认梅香。
功名苦我双关足，踏破前桥几板霜。

风云柏柱洋

柏柱洋自古以来就是一块藏龙卧虎之地。历史，往往在同一个地方演绎同样的命题，郑虎臣这一腔正气，这一种特质，在柏柱洋上空盘结不散，七百多年后这里再次以其惊天动地的英雄壮举让世人瞩目。第二次国内革命战争时期柏柱洋成了全国十八个红色苏区之一，并在红军长征后成为党在南方的最后一块革命根据地，被誉为"闽东延安"。

桀骜的郑虎臣，福安市柏柱洋人，是属于那种"一生只做一件事"的人——他做了一件惊动朝野、青史留名的大事。

　　七百多年前，时任会稽（今浙江绍兴）县尉的郑虎臣，奉朝廷之命，押解要犯贾似道，押至漳州木棉庵，擅自将其诛杀。

　　贾似道何许人也？历史上臭名昭著的大奸臣！他在南宋理宗、度宗两朝独专朝政十五年，一味粉饰升平，苟且偷生，热衷于在西湖边的葛岭半闲堂和湖上游戏取乐，置朝政于不顾，民间盛传"朝中无宰相，湖上有平章（贾似道字平章）"。德祐元年（一二七五），元军再度大举南侵，攻陷鄂州，群臣上疏坚请右丞相贾似道亲自率兵抗击，在向元军求降而不准的情况下，贾被迫应战，大败，十三万宋军主力大部被歼，贾乘小船只身逃回，朝野闻讯大哗，直臣们弹劾，请斩之，虽然此时主政的谢太后（理宗后）几番袒护，但为了平息民愤，不得已将其贬为高州团练副使，安置循州（今广州），派人监押前往。贾似道就是这么一个断送南宋王朝，国人皆曰可杀的大奸臣。

　　因贾似道被诛之地而闻名遐迩的木棉庵，现为福建省重点文物保护

柏柱洋（郭建平 摄）

单位，近年海峡两岸花博会就在它周边举办，庵内几株古树遮天蔽日，平添了肃杀氛围，庵前有明朝抗倭名将俞大猷所立碣石"宋郑虎臣诛贾似道于此"；南宋著名诗人刘克庄咏《木棉铺》以后，吟咏悼虎臣者不绝如缕，蔚为大观。游人至此，油然生发探秘之情。

清乾隆时期福宁府太守李拔任总纂的《福宁府志》把郑虎臣收入《人物·忠节》篇，并以较长的篇幅为其立传，详细描述了他诛杀贾似道的全部过程和许多细节：

  ……至建宁开元寺，似道侍妾数十，虎臣悉屏之。撤其宝玩帷盖，暴行秋日中，又使舁者唱《杭州歌》讥叱之，窘辱备至。于古寺见吴潜南行题壁，虎臣曰："贾团练，吴丞相何以至此？"似道惭不能对。舟次剑津黯淡滩，虎臣谓之曰："水清何不死此？"似道曰："太后许我以不死，有诏即死。"十月，至漳州木棉庵，讽令自杀，似道不肯，虎臣曰："吾为天下杀似道，虽死何憾！"遂拘似道之子于别室，即厕上拉似道协杀之。

郑虎臣诛杀奸臣贾似道的故事在南宋之后漫长的岁月中被广泛传扬。除话本《木棉庵郑虎臣报冤》被冯梦龙收入"三言"之外，在明末清初盛行的宣扬爱国思想的一些讲史类小说中，他的故事屡被铺陈演述。

对郑诛杀贾，史上还有以下三种不同看法：一者以为对贾这样"重臣"，郑虎臣不得擅自诛杀；二是认为，郑因父曾被贾流放至死而杀之，有挟私报复之嫌；三是郑虎臣杀贾时"撤其宝玩"，有贪其财之嫌疑。以上三种立论均有失考证和公允而不被社会大众认同。所以，颇有见地的李拔在"郑传"之后，附以大段按语，表述了自己对此事件的肯定态度："似道罪大恶极，而朝廷失刑不诛，反使监押诛之，为可叹也；至于报父仇，则春秋大义，君父一也。"并引用史官陈仁锡的评说："似道蠹国殃民，灭宋三百年社稷，天地不容，神人共愤。当时法纪不明，纵恶养奸。有能手刃此贼，以谢天下，真千古快心事。如郑虎臣者，安可少也。"李拔说："此评甚当。"

据有关史料记载，郑虎臣绝不是纯粹的"武人"，他生前著有《集珍日用》和《元夕闱灯实录》，现已无法寻阅，而得以流传的《吴都文粹》，完全可以证明他是一位资质不浅的文士。《吴都文粹》是一本唐宋名家有关苏州的诗文作品汇集，集子中许多诗文附有若干考证颇详的按语，均出自郑手笔，从中可见其用力之勤、学识之精。

由是，我以为郑虎臣之举乃是以文人之心行武人之事。诛杀贾似道于郑虎臣实在是两难的抉择，一面是世人皆曰可杀的大奸大恶，另一面是难违的皇命。尽管当时"法纪不明""手刃此贼"实为情理之中，然未曾奉旨诛杀"重臣"怎么说也是于"法度"之外。作为掌管司法的官员，郑虎臣对此自是了然于胸。故而原本希望贾似道知罪而自行了断，怎奈贾似道过于贪生而恬不知耻，不肯就范。而当时元兵大举南侵，南宋朝廷又奸臣当道，政权于风雨飘摇之中，不杀贾似道，不足以儆效尤，不能振奋国人。作为一位有学识、有操

郑虎臣祠（黄俊摄）

郑虎臣塑像 （丁立凡 摄）

守的"武人"，其心中之焦灼、之激愤是不难想象的。当郑虎臣大声地喊出"吾为天下杀似道，虽死何憾！"刀起而贾似道头落之际，我们所看到的不仅仅是惩奸除恶的"快意恩仇"，更是一种孟子所谓"舍生取义"的儒家精神！我想后人欣赏和敬重郑虎臣更多的应是这种凛然之大义。

福安人民历来引郑虎臣为骄傲，把他与"开闽第一进士"薛令之和南宋爱国诗人谢翱一起供奉为"福安三贤"。

郑虎臣在杀贾似道的第二年，被贾的余党以"不奉朝命私杀"罪名杀害，葬于故里（今柏柱洋榕头村）。仅过一年，南宋端宗景炎二年（一二七七），郑虎臣之冤就得以昭雪。元至正元年（一三三五），敕建郑虎臣祠，后经多次重修，现为福安市文物保护单位。当你踏入宗祠大门时，门楼上方"精忠报国"四字赫然在目，透着一股英雄气，令人肃然起敬。

郑祠整个建筑约五百平方米，共有前后两进，前座为戏台，屋顶重檐下直立匾书"敕旨春秋祀奉"，后进为正殿，扑面而来的匾额和楹联都是颂扬郑虎臣的词句，最吸引人眼球的是文天祥的挽联:"作正气人都为名教肩任，到成仁处总缘大义认真。"英雄相惜，据说此联是文天祥当年从镇江元营逃脱，前往福州途经闽东时所写。

榕头村是因为村口有一棵"九头榕"而得名的（原名洋头村）。这棵有七百多年树龄的榕树王华盖参天，虬须匝地。树下，郑虎臣的石雕像威风凛凛。据传，当年郑虎臣被害后，这棵榕树竟神奇地长出八个"头"来。天合人愿，冥冥之中似乎在告诉人们：忠良是杀不尽的。所以，"九头榕"也就成了郑虎臣的化身。

狮峰寺（丁立凡 摄）

当然，从植物学上讲，这棵榕树另外长出的八个"头"，是榕树气根向下伸入土壤形成新的树干，本不足奇。但是只要你亲临树边，就会被那种郁郁葱葱，一树成林的场面所感染，为虎臣的一腔正气所感动，为那种桀骜不驯、峥嵘不屈、卓异不凡的气势所折服。

柏柱洋位于福安市溪柄镇东南部，一块崇山峻岭中的小平原，环洋皆山，奇峰突兀，树林繁茂，狮峰、岔门头山、笔架山、八斗岗延绵数十里，一条清澈的茜洋溪穿洋而过，滋养着远近三十六个大小村落，柏柱洋自古以来就是一块藏龙卧虎之地。历史，往往在同一个地方演绎同样的命题，郑虎臣这一腔正气，这一种特质，在柏柱洋上空盘结不散，七百多年后这里再次以其惊天动地的英雄壮举让世人瞩目。第二次国内革命战争时期柏柱洋成了全国十八个红色苏区之一，并在红军长征后成为党在南方的最后一块革命根据地，被誉为"闽东延安"。

二十世纪二十年代，中华大地腥风血雨，军阀政府强迫农民种植鸦片，柏柱洋上罂粟花开，柏柱洋周边哀鸿遍野，分摊到农民头上的捐税高达七千大洋。一九二七年，这里爆发了闽东革命史上最早、规模最大的农民运动。在回乡进步青年学生施霖、张少廉、张宝田的发动领导下，柏柱洋远近三十六个村的三千多名农民成立"柏柱乡农民协会"，同地主豪绅展开了声势浩大的抗捐抗税斗争。

（郭建平 摄）

这场斗争揭开了闽东农民运动的序幕，从此，闽东革命的历史风云多次在这里汹涌聚散。一九三一年，在柏柱洋下村诞生了农民赤卫队——郭文祥队；一九三三年，"闽东红军总队"在柏柱洋狮峰寺成立，这支队伍成为闽东工农武装的坚强一翼；一九三四年二月，闽东工农兵第一次代表大会在柏柱洋召开，成立闽东苏维埃政府；同年六月，中共闽东临时特委在柏柱洋成立，柏柱洋成了闽东苏区的指挥中心……中共党史上一些熠熠生辉的人物，如邓子恢、陶铸、叶飞、范式人、曾志、马立峰、叶秀藩、詹如柏在这里运筹帷幄……他们带领以柏柱洋为主体的闽东革命群众，开展了如火如荼的革命斗争，开辟了坚如磐石的闽东革命根据地。是时，蒋介石惊呼："闽东军事发展迅速，日来突飞猛进，为前所未有。"

土地革命战争时期，柏柱洋更是英雄辈出，担任县以上党、政、军重要职务的有马立峰、施霖、张少廉、张宝田、张裕弟、冯文熙等十多人，在册的烈士近百人。柏柱洋入口马厝村便是马立峰烈士的家

楼下村（彭文海 摄）

乡。马立峰是土地革命时期闽东党组织和闽东苏区的主要创建者和领导人之一。他十九岁参加革命，二十七岁为革命事业献出了年轻的生命。

我以为在柏柱洋发生的这一切，是一种历史的必然，这里有文化的传承、历史的积淀，也有环境的因素。郑虎臣之浩然正气及义举的影响显然是深刻而深远的。很自然形成了崇尚刚烈、敬重英雄、弘扬正义的民风，赋予了这里人民群众不屈从于邪恶，敢于反抗压迫，并敢于以暴力抗恶的特质和精神，也造就了一批前仆后继、英勇献身的英雄。纵观社会发展史，在特定的历史条件下，许多名胜之地的土地和人民，历史禀赋的正义与正气、不屈与抗争总是一脉相承的。

正所谓一方水土养一方人，生长在这块土地上的人们似乎有一种能干出大事的禀赋和气质，往往不鸣则已，一鸣惊人。一九五五年，这里又发生了一起惊动中央、影响全国的大事，毛主席对福安柏柱洋的楼下乡关于发生贫农社和中农社问题专门作了批示，全文如下：

> 中农必须团结的，不团结中农是错误的，但工人阶级和共产党，在农村中，依然靠什么去团结中农，实现整个农村社会主义改造呢？当然只有贫农，在过去向地主作斗争，实行土地改革的时候是这样，在现在向富农和其他资本主义因素作斗争实行农业的社会主义改造的时候，也是这样，在两个革命时期，中农在开始阶段都是动摇的。等看清了大势，革命将要胜利的时候，才会参加到革命方面来，贫农必须向中农做工作，把中农团结到自己方面来，使革命一天一天扩大，直到取得最后胜利。

应该说柏柱洋为新中国的社会主义改造顺利完成提供了鲜活的指导经验。柏柱洋这个有过辉煌的地方，又一次扬名全国并深深地刻在闽东历史上。

一九九五年，清华大学建筑学院教授、建筑学专家陈志华带领五位学生，住在楼下村的狮峰寺二十天，对该村特别是三十二座古民居进行深入调查研究，依据乡土文献、耆老访谈撰述文字、大量实地拍摄照片、严谨的勘测绘图，出版了"中华遗产·乡土建筑"丛书《楼下村》，书中称：楼下村大姓刘氏，在清初迁来，并且很快发家，建起气象阔大

壮观的大型住宅群。大宅均是木构建筑，大多为三层，把生产劳作引进二楼，是它与众不同的特点，表现出对妇女劳作的尊重……在楼下古民居，我们还浏览了当地根雕艺术家刘解放的根雕作品，这位刘氏后裔在改革开放年代，大大"解放"了他的艺术天赋，多次在全国根雕大赛中获得金奖，确实令人赞叹此处地灵人杰。

二〇〇九年九月，由中央民政、老区等部门斥资四百多万元的"闽东苏区纪念馆"在柏柱洋落成，那天午后，我们徜徉于别具一格的馆区之后，登上三百四十级台阶，伫立于纪念碑的高台极目四野，柏柱洋三十六村尽收眼里，在秋日祥和的曙光笼罩下，尽览中共闽东特委、闽东妇女工作团、共青团闽东特委、闽东苏维埃政府旧址等革命史迹和遍布柏柱洋各村的纪念碑、纪念亭，以及坐落于虎头山麓的千年古刹——国家级文物保护单位狮峰寺，还有兴云寺、福泉寺、桥头寺、报恩寺等众多名寺，如少女般妩媚的茜洋溪，前些年就被开发成集天然游泳池、水上娱乐场和品尝土菜的农家乐园……它们构成了今天集红色文化、名人文化、宗教文化、乡土建筑文化、生态休闲于一体的柏柱洋旅游资源格局。

郑虎臣地下有知，应含笑回眸家乡矣！

恸哭的谢翱

"念天地之悠悠，独怆然而涕下。"
……

每当读谢翱时，悲怆欲绝的名句便油然涌入心头，人世间的悲壮之美会使人肃然起敬，我十分庆幸有这位七百多年前的闽东乡贤。

"念天地之悠悠，独怆然而涕下。"

……

每当读谢翱时，悲怆欲绝的名句便油然涌入心头，人世间的悲壮之美会使人肃然起敬，我十分庆幸有这位七百多年前的闽东乡贤。

二十世纪七十年代末，我读大学时，古典文学课程有两套教科书，一本是中国社科院文学研究所编著的《中国文学史》，此书如是说："谢翱古体诗从韩愈、李贺、孟郊这个流派衍变而出，他在作品中勇敢地表达亡国之痛的情感，却是以上几个诗人所不曾有过的境界……这些血和泪凝结而成的文字，应和文天祥的《指南录》中著作并垂不朽。"还有一本，是朱东润先生主编的《中国历代文学作品选》，厚厚九大本，我曾细细查阅，从先秦到清代几千年的文学作品选，可谓浩瀚如海，能挤入其中占一席之地的闽东人氏，唯谢翱一人。

谢翱，字皋羽，生于南宋淳祐九年（一二四九），是闽东人当属无误。但据《大清统一志》记述，谢翱曾在今闽东霞浦县城和福安穆阳有两处住宅，由此使得他的出生地及籍贯变得扑朔迷离。不管怎么说，由此可见，谢翱家道还是颇为殷实的。如果不逢国难，他可时居海滨邹鲁、时居幽山深处，人生该是何等惬意。然而谢翱生不逢时，在忧国忧民中于四十七岁那年与世长辞。他流传于世的《晞发集》，有两百余篇诗文，最著名的应是《登西台恸哭记》。朱东润先生主编的作品选中，收录的谢翱诗文也仅此一篇。

为谁恸哭？提起他，便一定会想起"人生自古谁无死，留取丹青照汗青"的千古名句。谢翱的后半生，可以说是为文天祥而活着的。南宋德祐二年（一二七六）二月，元兵攻陷临安。五月，宋端宗在福州即位，改元景炎。面对摇摇欲坠的大宋江山，文天祥临危受命，以右丞相职任枢密使同都督诸路兵马。他欲挽狂澜于既倒，传令各州郡举兵勤王。时年二十七岁、虽应试不第却颇有诗名才气的谢翱，做出一个惊天动地的举动：毁家纾难。即将祖传家产全部变卖，用以招募乡兵数百人，赶往南剑州（今南平市）投奔文天祥帐下。文公十分赏识他，留大帐中就任谘议参军，朝夕相处，共商大事。两年多的时间里，他跟随文公转战闽、粤、赣抗击元军。在此期间，曾有过一线胜利的曙光，但毕

竟南宋王朝大势已去！文公兵败撤退中，在赣州章水之滨授命谢翱离伍，并解下一方端砚相赠。不久，文公兵败广东五坡岭被捕。

不知当年文公是否特别爱惜这位比他年少十二岁的青年才子，不忍其跟随自己走慷慨赴难之途，从而做出令他离伍之抉择；抑或另授特殊使命？时至今日我们只能凭空猜测。此后的近二十年光阴里，谢翱对文公豪迈性情及两人间情谊的耿耿于怀，对文公遭难的万分悲痛，对故国的深深眷恋，构成了他精神世界的主核，由此辐射到其诗文中的悲恸之情。

与文公分手后，谢翱辗转避难于浙江。每遇到景物与当年离别时相似之处，他便心如刀绞，悲泪满面……他曾写道："余恨死无以籍手见公，而独记别时语，每一动念，则于梦中寻之。或山水池榭，山岚草木，与所别处，及其时适相类者，则徘徊顾盼，悲不敢泣。"足见当年异族统治的残酷环境。一二八二年，文公在大都（现北京）菜市口从容就义，走完了他大义凛然的一生。噩耗传来，谢翱悲痛欲绝，他写就一首五律诗："魂飞万里程，天地隔幽明。死不从公死，生如无此生。丹心浑未化，碧血已先成。无处堪挥泪，吾今变姓名。"当时那种肝胆俱裂、痛不欲生的心情被抒写得淋漓尽致，特别是"死""生"两字组成的奇特对偶句，格外哀切动人。故国河山依旧，竟然无可发泄感情之处，伤心之泪，未能明流，只能暗咽。

谢翱胸中块垒不得不吐，极度悲痛饱蓄不得不发，于是就有了之后的三哭英灵。一哭是在辗转浙江的三年之后，途经苏州，"望夫差之台而始哭公焉"，因为苏州吴县是文公授命危难之际的府治所在地。就是这一年，文公上书朝廷，力主斩降将兵部尚书吕师孟，并提出自己的主张："分天下为四镇，建都督统御其中……使其地大力众，是以抗敌。"但朝廷没有采纳他的主张。南宋统治者反而继续以乞降求得苟延残喘，使得元军乘虚而入，临安沦陷。谢翱对着夫差台哭，就是悲痛宋末昏君像吴王夫差那样醉生梦死，而致亡国之恨。二哭在文公殉国之后的第四个年头，"复哭于越台"。越台乃春秋时越王勾践所筑。文公当年为抗击元军屡经此地，被俘北上时，曾登台写下《越台诗》，并还以卧薪尝胆、矢志复仇的勾践自勉。谢翱二哭英灵于越台，可谓百感交集。又过了五年，也就是文公死难八年后一二九〇年的一天，谢翱和好友数人，星夜乘船富春江经严子陵钓台登上西台，在荒凉的西台上，设位祭奠，放声恸哭。这就是著名的三哭英灵。那篇垂名青史《登西台恸哭记》所记叙的就是这一哭祭场面："……谒子陵祠……登西台，设主于荒亭隅，再拜跪状，祝毕，号而恸者三。复再拜，起。……复东望，泣拜不已。有云自西南来……若相助以悲者，乃以竹石如意击石，作楚歌招之曰：魂朝往兮何极？暮归来兮关水里，化为朱鸟兮有咮焉食？歌阕，竹石俱碎……"

在古往今来众多长歌当哭的文字中，《登西台恸哭记》真是一篇奇文。由于当年的异族统治，谢翱哭英烈却不敢直书文公姓名，不能明言文公业绩，只能将全部的笔墨倾洒在生者对英烈亡灵的哭祭上。细细品味全文,谢翱那不能自已、饮声泣血的恸哭,使万千读者强烈感受到文公惊天动地的壮举和青史永垂的伟业,也切肤体会到他满腔亡国的愤恨如富春江水浩荡而下。他不仅为文公哭,为宋王朝哭,也为自己哭,为一切爱国志士而哭。登西台三哭英灵,可谓是谢翱十年来积蓄情感如火山岩浆冲天喷射。敛声的恸哭里除了哀悼、悲痛,还有激愤、迷惘、仇恨、坚毅……真情饱蓄,功力非常,穿越七百多年的时光隧道,依旧感天动地泣鬼神!鲁迅先生认为"悲剧"是"将人生有价值的东西毁灭给人看"。这对谢翱的三哭英灵,尤其是《登西台恸哭记》,便是最好的解释。

那年,我应浙江朋友之邀游富春江。原是慕名毛主席和柳亚子那首诗去的。新中国成立初期,江南名士柳亚子自视颇高,写了首《七律·感事呈毛主席》,"安得南征驰捷报,分湖便是子陵滩"。主席则劝告他:"牢骚太盛防肠断,风物长宜放眼量。莫道昆明池水浅,观鱼胜过富春江。"主席的诗成了千古绝唱,也使富春江、子陵台声名鹊起。

到了富春江桐庐境内景点,我才知道严子陵的钓鱼台与谢翱的哭台,乃富春山半山腰两尊巨大的磐石,东西相望。导游告诉我,多数游人拜谒了山下的严子陵祠后,都登东台看钓鱼台。严子陵,浙江余姚人,青少年时与汉光武帝刘秀同游学,两人密切到同榻而眠,严老兄可以随便把脚放在刘秀的肚子上睡觉。刘秀即位后,软硬兼施,左邀右请,盼他出山辅政,严子陵全然不理会,只管酣睡,醒来就在高高的钓鱼台上钓富春江鱼。这一钓就钓出了孤高正直、不慕名利的千古美名。

西台距东台不过几百米的石阶路,与东台相比,冷清了许多。台上有石亭,导游说,建于明正统元年(一四三六),原亭额刻有"高尚其志"四个字,明末毁。清乾隆十九年(一七五四)重建,更额名为"垂竿百尺"。对此,我就不解了,莫非乾隆老儿有所忌讳?倒是石柱楹联尚可:"生为信国流离客,死结严陵寂寞邻。"亭前立有石碑,正面为"宋谢翱恸哭处",背面乃著名书法家肖娴手迹《登西台恸哭记》全文。

倚台而望,脚下是绝壁百丈,富春江水清碧涟漪;两岸青山翠谷,云影岚光,山高水长。隔江对岸是谢翱墓。他客死杭州后,友人遵嘱将之葬于此,并将文公所赠的端砚陪葬之。墓侧建有"许剑亭",墓前立青石碑。郭沫若先生在一九六一年到子陵台时，曾赋诗一首："西传皋羽伤心处，东是严光垂钓台。岭上投竿殊费解，中天堕泪可安排。"

浙江的朋友调侃说："你们是他乡遇故知，长歌当哭唯谢翱，先天下之忧而忧；我们是故乡见老乡，不羡红尘愿成仙，先天下之乐而乐。"大家大笑。但我后来想一想，不然。谢翱之所以选此地为哭台，除了山高水长风水使然外，我揣摩，他是决心效法严子陵，从此隐居，决不效力于元朝。还有，光武帝也是个重整山河的中兴之君，是谢翱心目中渴望的一代明主。柳亚子要效法严子陵，主席却劝他"风物长宜放眼量"，看来这是个哲学问题。古往今来，朝代更迭，沧海桑田，复杂时有多少深层次的奥秘至今仍是个谜，但简单时，又似乎息息相通，又一目了然。

人生的情感，无非是喜怒哀乐。只要是真情实感，只要融入时代的年轮，那一定是真善美了。我想，谢翱的恸哭，留给后人的就是这种精神财富。文学理论上有两句名言，"愤怒出诗人""国家不幸诗人幸"，用在谢翱的这一生上倒是很熨帖的。

情　在　历　史　云　深　处

登西台恸哭记
〔宋〕谢翱

始，故人唐宰相鲁公开府南服，余以布衣从戎。明年，别公漳水湄。后明年，公以事过张睢阳庙及颜杲卿所尝往来处，悲歌慷慨，卒不负其言而从之游。今其诗具在，可考也。

余恨死无以藉手见公，而独记别时语，每一动念，即于梦中寻之。或山水池榭，云岚草木，与所别之处，及其时适相类者，则徘徊顾盼，悲不敢泣。又后三年，过姑苏。姑苏，公初开府旧治也，望夫差之台而始哭公焉。又后四年，而哭之于越台。又后五年及今，而哭于子陵之台。

先是一日，与友人甲、乙若丙约，越宿而集。午，雨未止，买榜江涘。登岸，谒子陵祠；憩祠旁僧舍，毁垣枯甃，如入墟墓。还，与榜人治祭具。须臾，雨止，登西台，设主于荒亭隅；再拜，跪伏，祝毕，号而恸者三，复再拜，起。又念余弱冠时，往来必谒拜祠下。其始至也，侍先君焉。今余且老。江山人物，瞢焉若失。复东望，泣拜不已。有云从南来，渰泹浡郁，气薄林木，若相助以悲者。乃以竹如意击石，作楚歌招之曰："魂朝往何极？莫归来兮关塞黑。化为朱鸟兮有咮焉食？"歌阕，竹石俱碎，于是相向感唶。复登东台，抚苍石，还憩于榜中。榜人始惊余哭，云："适有逻舟之过也，盍移诸？"遂移榜中流，举酒相属，各为诗以寄所思。薄暮，雪作风凛，不可留，登岸宿乙家。夜复赋诗怀古。明日，益风雪，别甲于江，余与丙独归。行三十里，又越宿乃至。

其后，甲以书及别诗来，言："是日风帆怒驶，逾久而后济；既济，疑有神阴相，以著兹游之伟。"余曰："呜呼！阮步兵死，空山无哭声且千年矣！若神之助固不可知，然兹游亦良伟。其为文词因以达意，亦诚可悲已！"余尝欲仿太史公著《季汉月表》，如秦楚之际。今人不有知余心，后之人必有知余者。于此宜得书，故纪之，以附季汉事后。

时，先君登台后二十六年也。先君讳某字某，登台之岁在乙丑云。

东狮山下的武将文臣

巍巍东狮山养育了这么一对武将文臣。武将曰袁天禄，文臣曰游朴。如今，只要你徜徉于小城柘荣，你会发现，这一对武将文臣在柘荣人民心目中的地位是不可替代的，触目所及，袁游二氏留下的许多文化遗迹，得到了前所未有的重视和保护；茶余酒后，街谈巷议中，每每会听到关于他们的种种传说。

东狮山雄踞于柘荣县城之东,是福建省离县城最近的省级风景区。最高峰海拔一千四百七十九米,乃太姥山脉主峰也。景区内群峰耸峙,岩石奇绝,柏涛起伏,草甸绵延,有百丈灵岩、龙井飞瀑、仙泉喷雪、旗峰插汉等自然景观两百多处。而人文景观也十分丰富,仅寺观就达十余处。建于唐朝清泰元年(九三四)的普光寺,距今有一千多年的历史了,而广福寺高僧蔡法忠,原是明朝武进士,武艺高强,佛法高深,名震数百里。

东狮山上有一个灵岩洞,洞府里供着一位闽浙两省民间信仰人物——马仙。马仙,原名马七娘,浙江省秀州和亭(今嘉兴)人,唐开元元年(七一三)生于一个官宦人家,传说生前悬壶济世,后得道升天,后人将妈祖、陈靖姑、马仙并称为三大女神,其中妈祖是庇护海上平安,陈靖姑是庇护妇孺幼儿,而马仙是庇护一方风调雨顺、降瘟祛病等,为大山和农业的守护神。马仙云游四方时,看中东狮山,便从浙江景宁七里山下鸬鹚八角殿乔迁柘荣东狮山灵岩洞府修炼。柘荣民众对马仙十分推崇,前些年还举办了"首届马仙文化艺术节",马仙文化已被列入省级非物质文化遗产保护名录。

巍巍东狮山养育了一对武将文臣,武将曰袁天禄,文臣曰游朴。

如今,只要你徜徉于小城柘荣,你会发现,这一对武将文臣在柘荣人民心目中的地位是不可替代的,触目所及,袁游二氏留下的许多文化遗迹,得到了前所未有的重视和保护;茶余酒后,街谈巷议中,每每会听到关于他们的种种传说。

元至顺二年(一三三一)袁天禄生于柘洋上里(今柘荣县城关),小时从名士黄宽读书,年轻时就以身材魁梧、文武双全而知名,受福宁州尹之命训练"义兵",并同兄弟在家乡组织"泰安社"武装,多次击败红巾军,因而一路升任。但眼看元朝气数将尽,"良臣择主而事",袁天禄顺应历史潮流,为保境安民,将已控制的福宁州归顺朱元璋,使闽东人民免遭战火洗劫,明朝赐予"开国功臣"。

柘荣城关名为双城镇,清澈的龙溪穿城而过,两岸杨柳依依,上城叫龙城,下城唤作柳城,双城均为袁天禄倡建。元至正二十一年(一三六

清和亭 （游再生 摄）

一）袁天禄调社兵建造柘洋石头城堡，为闽东最早的石头城堡。建造时，因工程浩大劳民伤财而引起民怨。传说马仙在袁天禄最困难时，用拂尘施法，在东狮山上赶下一批按城墙的尺寸锯好的石头，建好了城堡。如今，马仙取石料的地方，则形成了东狮山"仙人锯板"的景观。高人的眼光非一般人所能及，它的历史穿透力在嘉靖年间得以展现和验证：时倭寇屡次来攻，乡民抗倭，赖城堡固守，倭寇围攻不下，几次悻悻败退。几百年过去了，残断的城墙仍然那么刚健硬朗，如龙的脊梁，盘桓在龙溪畔，而两株生长在城门口的百年老松树，犹如龙头的两只犄角，直指青天。二十世纪九十年代，柘荣县政府在城墙旁立起《城墙保护碑记》，以文物身份对它们加以保护。

说起保境安民，袁天禄最大的功绩，莫过于归顺朱元璋一事。

元末是一个阶级矛盾比较激化的年代，有一首小令这样形容当时的社会状况："堂堂大元，奸佞专权。开河变钞祸根源，惹红巾万千。官法滥，刑法重，黎民怨。人吃人，钞买钞，何曾见？贼做官，官做贼，混贤愚。哀哉可怜！"元朝走向末路，闽东盗匪四起，在这样的社会背景

东狮山 (杨常青 摄)

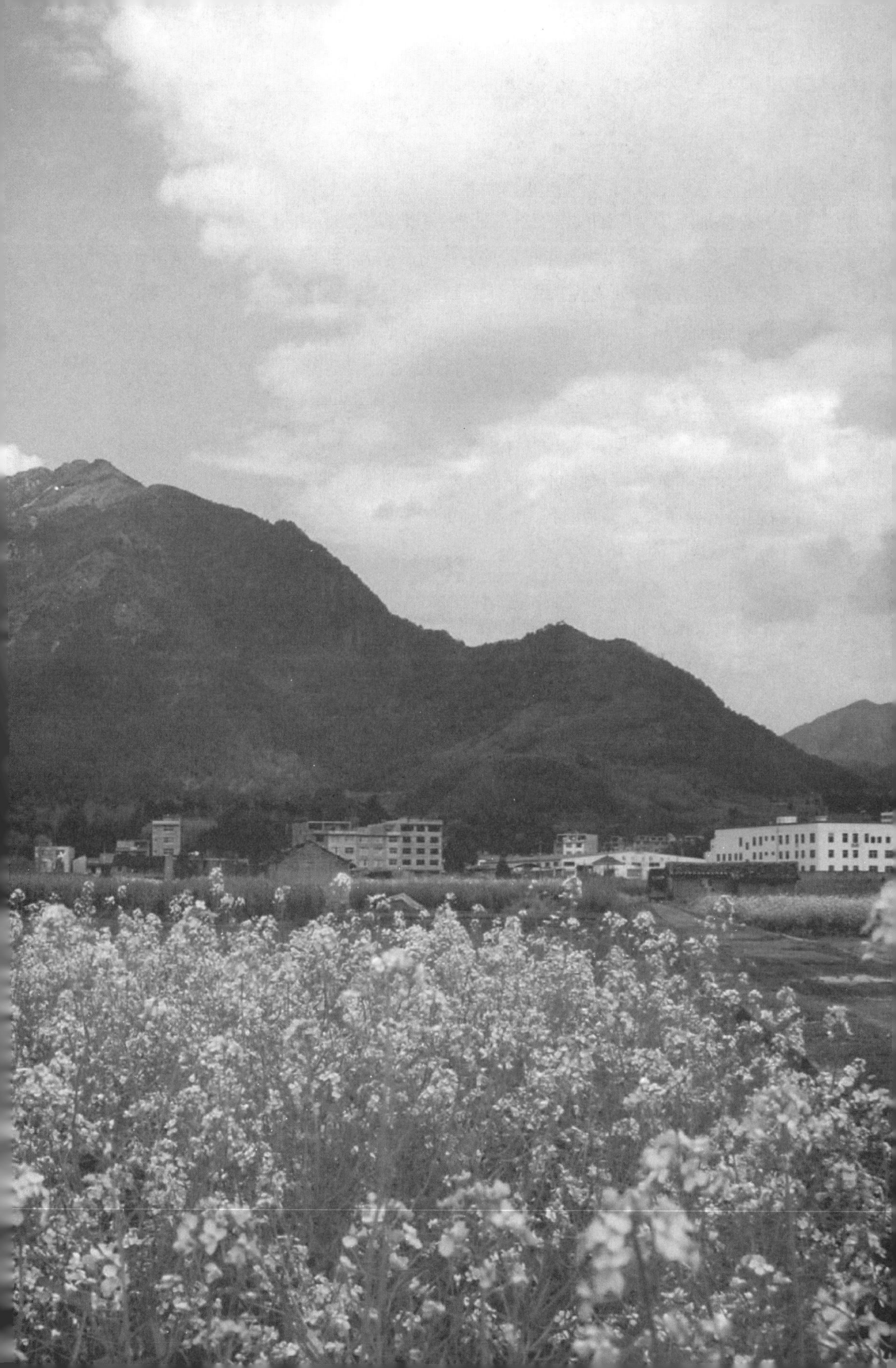

下，袁天禄二十二岁参与训练"义兵"守福宁州境，二十三岁与大哥、五弟参加三哥组织的"泰安社"武装，"集乡人，练团勇，灭匪奸，保家乡"。袁天禄逐渐成为闽东地区地方势力的主要领导者。他的成功也得到了元朝地方政府的嘉许，先后被元朝廷授以福宁州主簿、同知、州尹和福州路同知。

但元朝的官职并不是袁天禄的行动动力，他行动的初衷全然是保护当地社会的平安，这正是袁天禄的可贵之处。史载，元至正十九年（一三五九）三月，朱元璋挥师浙东诸郡，势如破竹，江山渐趋一统。袁天禄遂与兄弟商议归附一事。有人劝他独树一帜，割据一方，袁天禄说："若如所言，毋乃诲我以不忠，而陷我以无君之罪乎？殊不知我之日夜营为，正欲保境以安民已也，深愧疏昧，不足以余民之生，况可召衅，以速民之死乎？"袁天禄毅然做出选择：不继续战争，弃元而归顺朱元璋，派人前往南京向朱元璋献图纳款。闽东这块土地从而免遭兵火涂炭，平安地度过了元末明初这一动荡时期。

还是眼光问题。而胸襟的大小决定眼光的长短。

在这个有决定性意义的历史节点上，袁天禄思考问题的出发点是站在人民的立场，所以他赢得了历史的正面评价。站在人民的立场思考问题，其行为决断便顺应历史发展潮流，这在今天依然是个颠扑不破的真理。

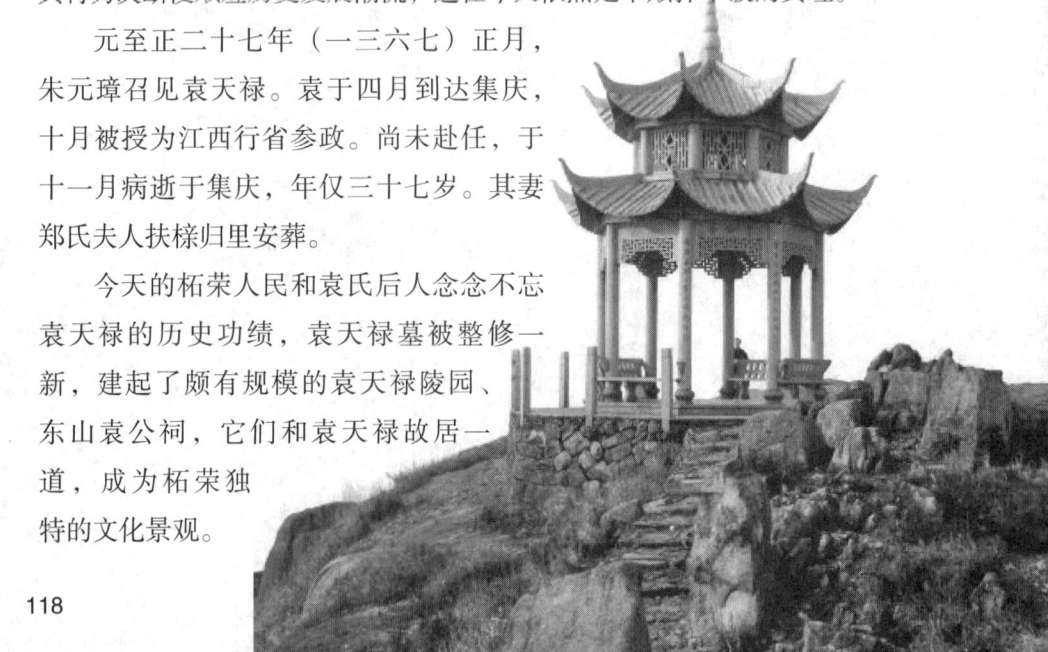

元至正二十七年（一三六七）正月，朱元璋召见袁天禄。袁于四月到达集庆，十月被授为江西行省参政。尚未赴任，于十一月病逝于集庆，年仅三十七岁。其妻郑氏夫人扶榇归里安葬。

今天的柘荣人民和袁氏后人念念不忘袁天禄的历史功绩，袁天禄墓被整修一新，建起了颇有规模的袁天禄陵园、东山袁公祠，它们和袁天禄故居一道，成为柘荣独特的文化景观。

无独有偶，东山袁公祠里有一联："振海蛟龙一奋南闽沾雨泽，坐山虎豹四眈北路净风烟"，署"明进士刑部郎中大理左寺正游朴赠"。

文臣和武将，惺惺相惜，同在这座东狮山下。

这位迟于武将袁天禄出生一百九十五年的文臣游朴，显然把他的老乡当作心目中的英雄，给予了极高的评价。而他自己的一生行为，和袁天禄一样，亦已成为柘荣人民心中的一座丰碑。他们身上所共有的爱国爱乡、忧国忧民精神，感染了一代又一代柘荣人民。

游朴，明嘉靖五年（一五二六）生于柘洋柏峰（今黄柏乡上黄柏村），家境贫寒，但勤学不倦，隆庆元年（一五六七）四十一岁时中举人，万历二年（一五七四），四十八岁时才中进士，可谓大器晚成。考中进士之后，历官京内外，以成都府推官开始，历升刑部郎中，后至湖广布政使司参政，分守承天府。游朴为官期间著德政，疏民困，获得朝野共誉，成为一代名臣。游朴一生为官德政，有几个特点尤其显著：一是三主法曹无冤狱，二是力除政弊关心民瘼，三是厘奸剔蠹不遗余力。

值得一提的是，也许由于自己的家乡东南沿海一带屡遭倭寇的侵扰荼毒，后被戚继光、俞大猷等剿平，倭寇又于万历二十年（一五九二）及其后五年期间入侵高丽（朝鲜）。游朴在湖广布政使司参政任上，深恶痛绝倭寇行径，见倭寇又侵略邻邦，写下《寄田博真》一文，高度赞扬戚继光抗倭战绩，肯定御倭援朝的正确主张，以壮国人防卫胆志。

由此可见，文臣与武将的心灵是相通的——只要他们心里装着国家和人民。

也就是在湖广布政使司参政任上，有荆门州豪绅李天荣鱼肉

游朴墓神道碑及文物保护碑（游再生 摄）

渔塘晨曲 （游再生 摄）

百姓，游朴派州郡司马潘一复查办，严惩了李天荣，由此遭到其党羽的谗毁，被迫上呈弹劾自己，愤然解绶归里。

游朴辞官归隐柘荣后，受聘为《福宁州志》总裁，课督子孙读书。

万历二十七年（一五九九）五月的一天，一代贤哲、循吏游朴溘然与世长辞，享年七十四岁，葬于柘洋城西大坪。

此处如今正是柘荣一中的所在地，游朴墓前高高的神道碑傲然矗立在柘荣一中的大门口，注视着进进出出的莘莘学子。这是历史的暗示，还是现实的巧合？已不必探究。而今柘荣一中的教育质量之高闻名于闽东，似乎让我们领略其中的深长意味。

上黄柏村为游朴的出生地，整个村庄被掩映在浓郁的森林之中，一雄一雌千年红豆杉在村中和村口遥相厮守——雄树峥嵘、雌树秀媚并结满了红豆。村人任红豆自生自灭，掉入地上辗转成泥，滋养出土地，滋养一口甘洌的泉水，古井名曰"寒泉洌井"，水清见底。古井的水冬暖如汤，夏凉如冰。

　　上黄柏村背靠着一座海拔一千一百多米的山峰，名曰蝴蝶山。山上长满了一种根茎十分发达，树根会在地表上蔓延形成千姿百态的疙瘩，对保护水土流失起很好作用的落叶灌木黑槠，当地人称之为"游朴柴"。传说它是游朴在外地当官时引种到家乡的。此树春来绿如蓝，秋至红满天，将山野装点得色彩斑斓生机一片。但使人称奇的是，柘荣境内，只有蝴蝶山，也就是游氏祖山上长有此树，而其他山头却难得一见。据游氏后裔调查，柘荣境内大凡游氏聚居村落，必有大片生态风水林。据说，这是上黄柏游氏开基祖理念一脉相传的。看来，前些年柘荣县获得"国家级生态示范区"，与此有很重要的文化传承关系。

下黄柏村为黄柏乡的政府所在地，为游朴读书的地方。游朴大器晚成，除了外出读书应考之外，四十多年里大部分时间就在此地度过。下黄柏村中心，矗立游朴德政牌坊。石坊建于明万历二十五年（一五九七），中门面东、面西分别横额阴刻楷书"世受天恩""开先甲第"，历史上福州到温州的古道穿门而过，几百年来，德政之光沐浴着多少进京赴考的寒窗之士，在此驻足仰望。

黄柏乡政府正在游朴的读书处南阳水尾长源溪边建设文化公园，规划修建游朴纪念馆、游朴塑像、德政亭等，连同黄柏乡独有的游氏仙姑民间信俗，做大"游氏旅游"。

在对南阳游朴读书处的开发建设过程中，人们惊奇地发现，随便一块不起眼的石头上有游朴留下的摩崖石刻，其上刻着"梅船""木石居""水帘洞""天开图画""白云深处"……随着摩崖石刻群的逐步被发现，一个耕读南阳，怡情山水，但志存高远的读书人形象逐渐丰满起来……

这些年，柘荣县政府和各界有识之士在不断地开发和建设东狮山，设计精巧的亭台楼阁星星点点地掩映在红花绿树之间，名家们的摩崖石刻为潺潺流水的山涧增光溢彩，茂林修竹之下的石阶小道曲折绵延，遍布景区，成了市民晨钟暮鼓中的健康路径。特别是县城东区新辟了一条进山大道，民间称谓"狮子岭"，因为山岭两旁矗立着二十对选自中国传统中最经典的石狮子，可谓是东狮山的守卫门将。据考证，中国的狮子雕塑文化，起源于东汉时代，第一只狮子还有一双翅膀，如今历朝历代出类拔萃的狮子家族簇拥着东狮山，其山名，其山形，其创意，顺应大自然乎！

巍巍东狮山，祥瑞威武也。

巍巍东狮山，孕育忠臣良将也。

张以宁·翠屏湖·水下城

当年，张以宁自号翠屏山人，可见何等崇尚自然，热爱家乡。如今，他的墓地也沉入水底，与美丽的翠屏湖融为了一体，唯愿他宁静与安息。山下有一座千年古刹——极乐寺，毕竟是千年古刹，牛气得很，翠屏湖水涨得再高，也只能在它大门台阶下，使之本以背靠巍巍屏山，又增添面临泱泱一湖水。

翠屏湖，古田之胜景也。

其形成已整整五十年了，五十年前，一条高七十一米，长四百一十二米的混凝土大坝锁住了剑溪，蓄起了水域面积三十七点一平方千米的人工湖。这是当时福建省最大的淡水湖。其时未得冠名，长期称为"古田水库"。一九九三年《古田报》复刊，为了给文艺副刊取个刊名，古田县委宣传部召开文艺界知名人士座谈会，有人提议取名"翠屏湖"。其理由除元末明初大文豪张以宁的名号"翠屏山人"外，还有两条，一是玉田（古田旧称）八景之一"翠屏朝雨"的翠屏山就在人工湖畔；二是人工湖畔湖内重峦叠嶂，恰似道道绿色屏风。这提议得到大家赞同。翠屏湖于是扬名。

张 以 宁

张以宁，古田名士也，元大德四年（一三〇〇）生于古田官宦之家。以宁幼聆母训，好学不倦，博览群书。二十七岁那年，张以宁参加泰定四年（一三二七）丁卯李黼榜功名争夺，与一代名流杨维桢、萨都剌、黄清老、贡师泰同场竞技，同中进士。面对才子会集的会试场面，我们今天已经很难猜想张以宁的心情，但有关史料表明，就在赴京角逐功名的前一年，张以宁赴杭州参加"华东片"的选试，心情还是极其淡定的。会试期间，他游览了一回虎跑泉，题下甚是美妙的泉联："山势北连三竺去，泉水西自五云来"，给虎跑泉蒙上了一层宗教与神秘的色彩。

此后，张以宁先任浙江黄岩县判官，后升任江苏六合县尹，因执法不阿，触犯豪门被罢官，流连江淮、扬州一带十年。此间，精研《春秋》，并写下不少脍炙人口的诗篇。他的诗名才气惊动当朝皇帝惠宗，三十八岁那年被召为国子监助教，此后二十年一直在元大都供职，任过翰林侍讲学士，知制诰兼修国史，是一名大学者，被朝野誉为"小张学士"。

张以宁六十八岁时经历了改朝换代，但令人惊诧的是，大明朝仍任命他继任翰林侍读学士，第二年，朱元璋还委他以出使安南（今越南一带，时为中国藩属）的重任。他面对复杂形势，呕心沥血，圆满完成任务后，病卒于回朝复命途中。朱元璋十分痛惜，特派大臣护灵枢回古田安葬。

张以宁为两个朝代的皇帝所看重，在历史上实属罕见。我想，主要是他的人品、才干、学问、诗名世所公认之缘故。张以宁在元朝时期，曾写一首《过辛稼轩神道》诗，称力主抗战的辛弃疾"英雄已尽中原泪"，骂宋朝赵构皇帝"臣主元无北伐心"。窥一斑见全豹，可见张以宁孤直得可敬可爱。在为朱元璋奉使安南归途中他知晓自己来日无多，自作挽诗"覆身粗有黔娄被，垂囊都无陆贾金"。而《明史》称其"为人洁清，不营财产，奉使往还，袱被外无他物"，足见其为人正直，为官清廉。

张以宁的学问诗名更是朝野皆知，被朱元璋誉为"开国文臣之首"的宋濂少时就仰慕张以宁的才华，与之在南京会晤之后，相见恨晚，经常"各出所为旧稿，相与剧论至夜分"。张以宁长于诗，宋濂擅为文，时人誉为"双星聚会"。

张以宁去世后，宋濂为文集《翠屏集》作序，对他更是推崇备至，序云："入丰腴而不流于丛冗，雄峭而不失于粗粝，清圆而不涉于浮巧，委蛇而不病于细碎，诚可谓一代之奇作矣！先生虽亡，其绚烂若星斗,流峙如河岳者,固未始亡也。信诸今而垂于后者,岂不有在者乎？"这么高的评价可见张以宁在元末明初文坛的地位。

当然，两个朝代的皇帝老儿都十分看重张以宁，似乎是个谜，特别是朱元璋，他对这位元朝的遗老，按理说能"留用"就不错了，可他对张以宁非但没有一点戒心，反而在政治上委以重任。当今思之，或许与张以宁的清廉不无关系。一九五八年在古田县城被淹前夕，后人为其迁坟，移棺收骸时居然发现，张以宁作为两朝重臣，死后除三尺坟牌，随葬物只有一条铜腰带。这正印证《四库全书》中"以宁清洁自守，所居萧然"的评价。在吏治倡廉的明代，自称"一生穷愁老翰林"的张以宁得以重用就不足为奇了。朱元璋定都南京后，曾带三名心腹登钟山观赏山川形胜，张以宁也跟随其中，行至拥翠亭，朱元璋命三人即景赋诗，张的诗最受朱赞赏。我猜测此行乃踏勘明王朝千秋万代的风水宝地，后来明孝陵定于此便是实例。朱元璋与张以宁似乎还是诗友，皇帝为一个大臣出使作诗《以宁初使》，以壮行色，已经使人惊奇了，而张以宁出使安南一年多的时间里，朱元璋竟写了八首诗并长序赐予张以宁，在玺书中张口"我以宁"，闭口"我以宁"赞他"抱忠贞之气，奋古能使之风"，这在朱元璋一生中没有第二次。放牛娃并小和尚出身的皇帝老儿大概想在朝野之间，和大诗人面前意味深长又弦外之音地说明些什么，结果更说明了张以宁德才兼备。

关于张以宁在古田生活的行迹，史料记载甚少，但张以宁对故乡寄情寓深，那首有名的《闽关水吟》就是生动写照。诗中除对家乡山水赞美，还喟叹"安得湘音写呜咽，弹作相思寄明月"。到了晚年，张以宁思乡之情愈浓，亦有诗为证："闽山灌木翳先庐，七十炎荒更久居。君倘朝京烦一问，老妻弱子近何如？"如此沉痛，令人读之动容。明末著名学者和文学家钱谦益在《列朝诗集小传》中曾云："国初诗派，西江则刘泰和，闽中则张古田。泰和以雅正标宗，古田以雄丽树帜。"古人以原籍为称谓并非随意的，名士、名臣或为当地之望族者，如韩愈谓之韩昌黎，或任在位所政绩卓著者柳宗元之谓柳州是也。张以宁谓之张古田当属前者，其在古田之家世与渊源由此可见一斑。

翠屏湖全景图　（余新星　摄）

情 在 历 史 云 深 处

"八闽第一湖"——古田翠屏湖

省级风景名胜区古田翠屏湖位于福建省闽东古田县城东郊。一九五八年,国家在此兴建"一五"计划重点工程、我国第一座地下水电站——古田溪水电站,筑起长四百一十二米、高七十一米的大坝蓄水,淹没了逾千年历史的古田旧县城,形成了水域面积达三十七平方千米、蓄水量为六亿四千一百万立方米的福建第一大人工淡水湖。因湖背靠翠屏山,遂名"翠屏湖"。这里四周群山环抱,层峦叠嶂,四季如春;湖面烟波浩淼,空气清新,水质碧澄,素有"八闽第一湖""福建太湖""福建千岛湖"之美誉。

泛舟古田水库
谢觉哉

山里行舟自古无,沿湾绕岛路回迂。
水中城市蛟龙困,地下楼台星月徐。
级级能源增不已,重重巨坝锁无余。
建溪明岁成新海,上武夷峰看打鱼。

和谢老泛舟古田水库原韵
朱德

湖水清平波浪无,楼船并进路航迂。
岛中风景明如画,池上鸥飞甚款徐。
四级梯形多发电,层堤水利用无余。
古田巨坝完成好,灌溉运输又养鱼。

翠屏湖

一九五九年底，时任福建省委书记的叶飞站在"高峡出平湖"的人工湖畔指点江山，提出要将古田人工湖建设成经济湖、运输湖、风景湖。应该说叶飞是高瞻远瞩的。

经济湖最大的效益就是库容六亿四千一百万立方米的调节水库，为总装机二十五万九千瓦的四级发电站。发了五十年电，这在头十年、二十年对福建省、对华东地区乃至国家，贡献是巨大的。而对于县域经济来说，淡水养殖无疑有很大的潜力。我青少年时代，是吃着湖里的鱼长大的，印象最深的是一九六七年几场暴雨，水库泄洪，四个闸门同时开启，顿时七十一米高程的瀑布挟带着银光闪闪的鱼儿们飞流直下，真是"银河落九天"，下游形成了水面耀金、鱼流成河的壮观场面，农民兄弟将耘田的钉耙接长了柄，站在岸边挑大的鱼拖，那样的"绝景"，我有生以来只见识过一次。市场上一条二三十斤的鲢鱼比比皆是。在那以吃饱肚子而奋斗的年景里，满城皆是鱼腥味，连打出来的饱嗝也不例外。当然，国营水产场损失惨重，第二年就在泄洪闸口安装上拦鱼的铁栅栏了。二十世纪八十年代起，湖边的农民开始拦网库湾养鱼，越养越红火，丰产时年产量近两百吨，连续几年都是福建省大中型水库渔业生产先进县。特别是鲢鱼头成了远近闻名的品牌，那一个个小的一两斤、大的七八斤的鱼头，无论煮汤还是剁椒，鲜美得让人垂涎欲滴。

由于湖边形成了温润的小气候，也就形成了环湖经济圈，这些年翠屏湖水蜜桃、翠屏湖油柰、湖滨蜜柚已成了福建省知名品牌，特别是沿湖涌现出一大批食用菌专业村，古田成了"中国食用菌之都"，产量占全世界百分九十的银耳获得了中国驰名商标。

独具魅力的自然是旅游湖。一九六一年二月八日，朱德、谢觉哉、徐特立三位老革命家乘轮船游湖，写下两首诗，谢觉哉的诗是《泛舟古田水库》："山里行舟自古无，沿湾绕岛路回迁。水中城市蛟龙困，地下楼台星月徐。级级能源增不已，重重巨坝锁无余。建溪明岁成新海，上武夷峰看打鱼。"朱德的诗乃《和谢老泛舟古田水库原韵》："湖水清平波浪无，楼船并进路航迁。岛中风景明如画，池上鸥飞甚款徐。四级梯形多发电，层堤水利用无余。古田巨坝完成好，灌溉运输又养鱼。"两位革命老前辈的一唱一和，成了最早歌咏翠屏湖的历史名人。四年后，陈毅偕夫人张茜也来游湖，可惜"将军本色是诗人"的他却没有留下诗句。后来有人说，因为当时陈老总胃不太好，张茜交代古田东道主，不让他喝酒吃辣椒，以至于陈老总诗兴难发，可谓古田一憾事矣。

  如今，翠屏湖已是著名的省级风景区。湖中三十六个如翡翠般的大小岛屿撒落在波光潋滟的水面上，有清脆婉转之音不绝的鸟岛，有人蛇同乐的蛇岛，有相约连理、祈祷长寿的锁岛，有人面桃花相映红的桃花岛……走进一个个风格迥异的岛屿，也就让心灵进入一个个世外桃源。翠屏山如一座屏障护卫在翠屏湖的北面，每逢雨季，山腰白云缭绕。当年，张以宁自号翠屏山人，可见何等崇尚自然、热爱家乡。如今，他的墓地也沉入水底，与美丽的翠屏湖融为了一体，唯愿他宁静与安息。山下有一座千年古刹——极乐寺，毕竟是千年古刹，牛气得很，翠屏湖水涨得再高，也只能在它大门台阶下，使之本以背靠巍巍翠屏山，又增添面临泱泱一湖水。古刹内有一代宗师园瑛法师纪念堂。园瑛乃是一位世界级的文化名人。他俗名吴亨春，一八七八年出生于现翠屏湖畔平湖镇端上村，民国初年，就是中华佛教总会创始人之一，连任八届全国佛教会会长，中华人民共和国成立之后，又任首届全国佛教协会会长。赵朴初是他的学生，曾出任全国佛教协会秘书长，后又继任会长。寺门有时任国民政府主席林森所题"极乐寺"，两旁是园瑛法师所书对联："得到此中真极乐，不知何处是西天"。

  与极乐寺遥遥相对的，有一座后垄头岛。二十一世纪初，岛上建起了一座古香古色的"溪山书画院"，使已淹没湖水中的朱熹讲学旧址得以再现，朱熹理学过化古田的传统文化得以挖掘、继承。岛上配套别墅、栈道。这些年，福建省划艇训练基地驻扎于此。清晨时分，宽阔的湖面上疾驰着两头尖尖小艇，几十只浪花四溅的木桨，惊起一行行白鹭上青天，使人想起朱德委员长所描绘的景色。

  其实，旅游湖也是运动湖。二十世纪六十年代，古田县就成立了游泳培训基地，多年来，代表宁德地区参加福建省比赛，也培养出不少国家级的运动员,一九九八年九月,在这里举办了全国首届公开水域游泳邀请赛。那天,上千名的运动员参赛,几万名的群众观看,那场面,使人想起了二十世纪六七十年代为纪念毛主席畅游长江所开展的"到大江大海去经风雨、见世面"豪迈的全民健身运动。

距翠屏湖不远处有一座始建于唐朝的庙宇临水宫。这里同样祭祀一位世界级的人物,名叫陈靖姑。史料记载她出生唐天祐二年(九○五),十八岁嫁给古田临水贡士刘杞,相传她得到"四大真人"之一的许真君真传,善于医病、除妖、扶危、解厄、救产、保胎、送子,护国佑民,功德无量。二十四岁那年,为保护百姓,与白蛇精搏斗中殉身。闽王三次加封,名声远扬,到宋代,更是与妈祖齐名,世传"莆田有妈祖,古田有靖姑",一是海上保护女神,一是妇幼保护女神,同受皇帝敕封,成为"圣母""太后"。一千多年来,陈靖姑的信众遍布海内外,现达八千多万之众。而历史悠久的临水宫,为闽地正统道教的发祥地。

临水宫 (余新星 摄)

水 下 城

　　五十年前，一座千年古城沉入水底，那是一座唐开元二十九年（七四一）建县，悠悠岁月厚重人文的古城池。

　　那年我五岁，高高地坐在堆着行李家当的板车上，父亲拉着板车，和四万三千多名移民，离开了后来定格为古田人民心目中的"旧城"。

　　现在看来，为装机二十五万九千瓦的水电站付出如此代价，似乎不可思议，但在当年，它是共和国第一个五年计划的第一〇一号重点项目。只能说古田溪水力资源太丰富了，早在一九二八年，福建省建设厅就派人到此勘测，此后几次规划，一九四八年还动工修路。最有意思的是，福建尚未解放之时，一九四九年六月，经中央批准在苏州成立福建省委，新任省委书记张鼎丞在成立大会上决定的其中一件事，就是福建一解放，马上开发古田溪水力资源。一九五四年，"古田溪电站坝址选择委员会"由梁灵光副省长、华东勘测设计院院长、总工程师、总设计师和苏联专家等组成，其规格之高，可见事项之慎重。

　　也是梁灵光副省长提议，为了防止敌机袭击，应改露天厂房为地下厂房，得到国家批准。我上小学时，学校规定只有少先队员才能参观地下厂房。当年，我们排着队，穿过长长的隧洞，望着高高的水轮机时，感到无比的神圣与自豪。

　　回想一九五八年那场移民运动，是悲壮而凝重的，但当年更多的是热情与奉献。在"大跃进"的潮流中，三年移民任务一年完成，新城建设"多快好省"关键是"快"和"省"。我记忆中，有好长的一段时间，我们一家连外婆六口人，只分到一个房间，我只好寄宿幼儿园，大家都在大食堂吃饭，大人们很忙，孩子们感觉很好玩、很快乐。

　　后来才知道，当年根据华东勘测设计院的测算，平均移民一个人需补偿一千五百元左右，但由于国家缺钱，压到了三百五十元。一九五八年七月，福建省人民委员会向国务院报告，拟采取农村移民购买旧房装修，新城房屋利用旧料修建，以节省国家投资，每人补偿平均再降低六十元，此报告获得批准。

古田旧城

　　以后的几十年，为了这场"舍小家、为国家"的国家行动，古田人民和各级政府都为此付出了沉重的代价。一九六二年，时任古田县委书记靳苏贤曾在参加中央"七千人"会议期间，面见周恩来总理，力陈库区移民的困难，后又以"周大方"署名的信件上书时任最高人民检察院检察长张鼎丞，请求解决移民问题。后来，各级政府一次又一次调整完善政策，追加补偿、后续扶持，等等。直至二十世纪九十年代，古田为水口水电站，又淹没两个镇，移民近两万人。一九九四年二月五日，时任中央政治局候补委员、书记处书记的温家宝专程来慰问库区群众，肯定古田人民有两种精神：一种是奉献精神，一种是苦干精神。古田人民为国家水利电力事业做出很大贡献。

　　多少年来，每逢旱季，翠屏湖水位降低时，就会有成群结队的旧城居民携儿带女寻觅水下旧城，钩沉往事：那古城墙、旧城门的方位，那一保街到六保街贯穿南北的走向，那溪对岸史劳伯教会学校的操场，那建于宋代的古学宫和孔子庙的遗迹……长期从事文化工作的刘广先生曾撰文回忆旧城有"三多"，一是寺庙宫观多，共计五十五处，大都是很有价值的古建筑；二是水井多，有九十九口，数吉祥寺门前水井最好；三是白鹭多，栖息在每一棵古榕树上，如白雪覆盖树冠。许多历史文物和古树名木都沉入了水底，令人扼腕叹息，但庆幸的是，始建于宋太平兴国四年（七九七）的吉祥寺塔（福建省十大名塔之一），当年文化部拨款

三万元迁移，使得这座石塔的每一块石头编号拆卸，原样复原，又能够矗立在新城，昭示着五十年新城曾有过的悠久历史。

前些年有一位旧城老居民对我说：旧城沿溪两岸的良田太肥沃了，那近四万亩的良田淹没在水里太可惜了。"文革"中的一年，湖水下落时间最长，沿湖的群众趁着没人管，纷纷开荒种花生、番薯，抢种一季，大获丰收。前几年，湖水又落得低，我回到村里，找到旧厝地基，坐在门槛的石墩上，抽了很多烟。我想，如今又是火电厂又是核电厂，都几百万千瓦装机，古田溪水电站该歇一歇了，什么时候政府号召我们退湖还田，重建家园多好啊！

很长一段时间，我经常努力回忆旧城风貌，但始终只是那条剑溪萦绕在脑际。五岁那年，父亲带我到溪中游泳，让我单独站在水中以练胆量，我吓得面如土色，大声惊叫。也许是这个原因，那宽广的剑溪就成了我对旧城的唯一记忆，但后来使我高兴的是，每当和老人们聊起旧城时，他们话题最多的也是剑溪。

旧城的东北面流淌着两条溪，一条是屏南县方向流下的龙源溪，一条是古田县吉巷方向流下的沂洋溪，两条溪在原朱熹讲学过的溪山书院前面合二为一，笔直如剑，故名剑溪。剑溪宽阔平缓，清澈见底，片片沙滩，两岸翠柳迎风，古榕成荫，人面桃花。

古田有一位老画家朱大鹏先生，是二十世纪五十年代古田第一位考入美术专业的大学生，在古田任教四十多年，获得"全国优秀美术教

（余新星 摄）

师"称号。多年来，他所画的《古田旧城图》最为有名，据他自己不完全统计，就有两百多幅《古田旧城图》馈赠海内外乡亲。画中，那绕城而过的古田溪就是千年古城池灵动的主旋律。

七百多年前的张以宁，当他走出古田，无论是在繁华的扬州，还是权贵的京城，始终刻骨铭心、一往情深的还是家乡的那条溪。每每读他《送重峰阮子敬南还》，越读越觉得有唐诗的大家遗风，有张若虚《春江花月夜》之风韵。因为喜欢，便全文引用如下：

> 君家重峰下，我家大溪头。君家门前水，我家门前流。
> 我行久别家，思忆故乡水。况乃故乡人，相见六千里。
> 十年在扬州，五年在京城。不见故乡人，见君难为情。
> 见君情尚尔，别君奈何许。送君遽不堪，忆君良独苦。
> 君归过江上，为问水中鱼。别时鱼尾赤，别后今何如？

余音袅袅，绕梁三日！

情　在　历　史　云　深　处

峨眉亭
〔明〕张以宁
白酒双银瓶，独酌峨眉亭。不见谪仙人，但见三山青。
秋色淮上来，苍然满云汀。欲将十五弦，弹于蛟龙听。

江南**孔裔**第一村

在闽东一个相对僻静的村落，何以举行如此"正统"的祭孔仪式？孔子和西昆之间有着怎样的联系？孔子遗韵在西昆散发着怎样迷人的气息？我带着这一连串的问号，在西昆开始了一次绝好的孔子文化遗产的探寻。

每年农历九月二十八日，是孔子的诞辰日。在这一天，全国乃至全世界，有不少地方举行祭孔活动。最有影响的莫过于山东曲阜的祭孔大典了，可这一盛典我只能在电视和报刊上领略，二〇〇六年的农历九月二十八日，我有幸全程参加了福鼎市管阳镇西昆村举行的祭孔活动。在闽东一个相对僻静的村落，何以举行如此"正统"的祭孔仪式？孔子和西昆之间有着怎样的联系？孔子遗韵在西昆散发着怎样迷人的气息？我带着这一连串的问号，在西昆开始了一次绝好的孔子文化遗产的探寻。

孔裔聚居成就文化名村

被誉为"江南孔裔第一村"的西昆村位于太姥山西麓，距福鼎市区三十千米，现在村里两千余人口中，孔氏后裔八百六十多人，是孔子流寓天下的十支宗族后裔之一。二〇〇七年十二月，西昆村被列为"福建历史文化名村"。

西昆孔氏宗谱记载：孔子第五十五代克伴公，为镇江丹徒人，明洪武元年（一三六八），以右卫总旗官职跟随大军征战福建，阵亡，按军功世袭，其侄儿孔希顺袭补福建建宁右卫总旗，不久屯兵长溪柘洋里（今柘荣县），之后又从柘洋里转迁福鼎沙埕流江村，凡三迁始定居于西昆。

柘荣县双城镇东峰村是西昆孔氏的肇基始祖地，村中心有一座孔氏家庙。它始建于明弘治八年（一四九五），前后两座，前座奉祀本祠祖宗神牌、灵位，后座为大成殿，奉祀"大成至圣孔夫子先师"神位，大门两旁镌刻楹联一副，联曰："泗水源流通柘水，尼山气脉贯东山"。

据西昆老人们口口相传，闻毅公（孔希顺）曾调任沙埕一带当小官，因四个以讨海为生的兄弟均命丧大海，于是发誓不与海水打交道，遂迁到四面环山、山清水秀的西昆。

据说西昆村整个地形呈九只狮子形状，当地有"三只明、三只现、三只看不见"的说法。无独有偶，柘荣的东峰村，位于东狮山下；东狮山乃太姥山脉的最高峰，海拔一千四百七十九米，状如一只卧狮，昂首眺望西北方，而目光所及处正是西昆村（两者相距二三十千米）。我得意于自己的发现，暗自揣摩：莫非当年闻毅公择居一定要以狮山、狮峰为

要吗？莫非吉祥如意的中国狮子文化是孔氏家族所传承的精神寄托？

  走进西昆，总能感受到自然生态与古村落的和谐可人，村头鹅卵石铺设的古官道旁伫立着一株古树，五六米的腰围，近三十米高的身躯，树龄六百年，远观苍翠挺拔、冠盖如云，近视沧桑稳重、儒雅可亲。它是我国特有的珍贵树种、国家二级保护珍稀濒危植物——长袍铁杉。这株让村民引以为豪的"风水树"，理所当然成了西昆村的地标。

  西昆的文化底蕴更多地弥漫在许许多多普普通通的孔氏后裔身上。那天，退休的中学音乐老师，也是西昆祭孔的主祭人孔旭章告诉我，大凡一个家族修谱，子孙的字行向造谱先生讨取，而孔家的字行均由皇上钦定。正因为如此，全世界孔姓后裔的辈分，都可对上号。现西昆孔氏村民中，以孔子第七十代"广"字辈为长，依次有昭、宪、庆、繁、祥、令七代同村，到了令字辈，已是孔子第七十六代孙了。他还告诉我，村里存有一本据说来自山东的手抄《字行辈分表》，表中依次罗列了明洪武三十三年、清康熙四十二年、道光元年和民国九年所有钦定的字行共五十个，道光钦定的还没用完，民国钦定的二十个字还没启用。

  那天祭孔仪式后的午宴上，在好奇心的驱使下，我询问席间的几位村民，能不能数数孔氏后裔的名人，老少爷们果然如数家珍：从小小年纪就以让梨闻名的孔融，写了《桃花扇》的孔尚任，到为共和国屡次捧回金牌的国球手孔令辉，乃至近些年活跃在CCTV百家讲坛、人称"北大醉侠"的孔庆东等等都无一遗漏。

村民告诉我，从一九九八年开始，孔子后裔对家谱进行第五次大修，使入谱孔子后裔的总人数达到两百万，遍及世界各大洲，其中以韩国、朝鲜、日本、马来西亚、新加坡、印尼、缅甸、美国等国家人数较多。现在已经传承到八十多代了。

孔庙大厝折射孔子思想

孔氏族人祠堂称为家庙。西昆的家庙始建于清顺治十年（一六五三），面对着三座狮子形的山峰，留有"三狮朝一祠"之说。大门两旁有一对雄雌狮子，雌狮子还携带一只小狮子，再两旁乃旗杆石夹。跨进大门，昂首可见清乾隆皇帝所赐的"至圣裔"金字牌匾。家庙内有戏台，顶呈八角形，藻井雕刻精美，正厅面阔五间，进深四间，是族内重大活动的地方。正堂神龛供有历代祖宗牌位，左右两侧则摆列家族十个房头的木牌位，梁间悬挂有多块匾额。族人视之为宝轻易不肯示人的乃一幅"孔子圣像图"，画像下方有一段抄录《礼记》的文字，落款"孙文"，并盖有"大道之行也天下为公"的四方印鉴。家庙按例一年开三次，分别是三月初三、七月十五和除夕。除此之外，凡孔氏族人有红白喜事，都可在家庙里举行，含有向老祖宗报告家族大小事务的意味。

西昆家庙是一九八九年福鼎市首批文物保护单位，被列为福建省十大名祠之一。西昆还有几座百年大厝，与芳草为伴，静静地屹立在岁月深处。

规模最大的是建平厝，它占地十余亩，像一座小城堡，墙内有大片田地，内墙旁有旗杆石夹，难怪敢在大门口竖匾上书"建平村"三个字。据说，封建朝廷出于对孔圣人的尊重，有"抓丁不进建平村"不成文的规矩，于是后来就有不少外姓人入住，以避"抓壮丁"，随着时间流逝，西昆村便形成了如今以孔姓为主，其他姓氏共居的村落。

年代久远的大厝还有总厅、上新厝、下新厝等等，它们多是四合院式结构。这些明清建筑虽大都年久失修，不少残垣断壁，但破败中仍透着当年的气派，尤其是那些雕镂在门楼上、匾额中的文句，更能令你触摸到孔夫子的思想。如"走必循墙"，从字面上解释，即自己走路时循着墙走，把大路留给别人走，考据其大义，乃是处世恭顺谨慎及仁爱思想，是孔子的人生哲学。又如"世笃二南"，源自《论语·阳货》篇："子谓伯鱼曰：'人而不为《周南》《召南》，其犹正墙面而立也与！'"原来"二南"是《诗经》的重要篇章，孔子教导儿子伯鱼，一个人不学习"二南"，就像对着墙壁站立，一事无成，朱熹认为"二南"所言皆修身齐家之事，不认真学习，就不知道民间百姓的生活状况、思想感情，因而不可能全面透彻地了解周王朝德治、礼治的精髓。从这些文句中，我们不难从中体味西昆孔子后裔对孔子思想的深刻领悟。

孔氏家庙里的古戏台（白荣敏 摄）

情　在　历　史　云　深　处

孔子家庙

西昆孔氏家庙，建于清顺治十年(一六五三)，坐西北朝东南，砖木结构，穿斗式，硬山顶，占地面积八百七十七平方米，建筑面积七百零六平方米，由大门、戏台、祠厅组成，祠厅面阔五间，进深四间，雕刻精细。跨进大门，仰首可见一块乾隆钦赐的"至圣裔"金字牌匾。乾隆年间建有孔家住宅四座，分布在旗杆里、上新厝和新厝基，目前这三座老房子仍存。旗杆里大厝占地四千四百八十平方米，大、中厅堂八个，小厅堂十六个，天井十六个，仓库两所，大厨房六个，正座（主屋）房三十二间，横座两座（偏屋）房六十四间。上新厝建于清嘉庆年间，砖木结构，占地三千多平方米。内有大小天井四个，上下左右七十二间。这些木构建筑风格与曲阜相似。孔氏家庙已被列为福建省十大名祠之一和福鼎市级文物保护单位。

司马迁在《史记·孔子世家》记述，"《诗》有之：'高山仰止，景行行止。'虽不能至，然心乡往之，余读孔氏书，想见其为人……孔子布衣，传十余世，学者宗之。自天子王侯，中国言'六艺'者折中于夫子，可谓至圣矣！"司马迁对孔子的推崇备至，代表了中国传统社会对孔子的评价，很长一段时间，孔子是被供在神坛上的。但有一段时间，孔子却以麻痹劳动人民、压制革命、反对法制的封建糟粕的代表人物受到批判。那个年代，西昆村民"谈孔色变"，更不敢想祭孔活动了。

这些年，以孔子儒家思想为核心的国学热潮涌动，特别是被许多学者昵称为小妮子的于丹女士在《百家讲坛》讲述的《论语》心得，使寻常百姓走近了孔子和《论语》。她认为《论语》的真谛就是告诉大家，怎么样才能过上我们心灵所需要的那种快乐的生活；她认为《论语》就是教我们如何在现代生活中获取心灵快乐，适应日常秩序，找到个人坐标；她认为孔子只有温度，没有色彩……这些观点和论述虽然在一片喝彩声中也受到不少非议，但我们不得不承认，于丹把孔子请下了神坛，把《论语》讲述得充满活力、千姿百态，不仅有温度，更有色彩，简直是姹紫嫣红、五彩缤纷。孔旭章老师告诉我，于丹的《论语》讲座，他每讲必看，西昆不少村民也是于丹的"粉丝"。

那天，我望着上新厝门楼上雕镂着的"光前裕后"四个字，深深感受到"为祖先争光，为后代造福"的守望与期待洋溢在孔庙和大厝的四周。

民俗礼仪传承孔子文化

这一天的祭孔典礼在孔氏家庙举行。主祭人的一声"启户"，众多西昆孔氏子孙按老幼尊卑次序，每九人一排共九排组成"孔子巡游"方阵，在大殿孔子汉白玉雕像前整齐排列；主祭人再一声"正冠肃立"，庄严肃穆的祭礼典礼开始了。

雕像前设香案和供桌，主祭人和司仪站在供桌的右侧，一番鞠躬作揖后，进行三献礼；初献帛爵，帛为黄色丝绸，爵为仿古酒杯，由正献官将帛爵奉到香案，主祭人供奉祭文，而后全体参祭人员对孔子像五鞠躬；亚

敬祖叩首（吴维泉 摄）　　　　西昆祭孔大典（白荣敏 摄）

献和终献乃献香献酒，分别由亚献官和终献官将香和酒供奉到香案。

接着对孔子行五拜礼：一拜自强不息，二拜厚德载物，三拜精忠报国，四拜孝亲尊师，五拜共促大同。期间，主祭人诵读《孔子赞》，头人诵读祭文……

祭孔，是华夏民族独特的一种隆重祀典，它可追溯到公元前四七八年，孔子卒后的第二年，两千多年来从未间断。全球的祭孔仪式大致相同，主祭人告诉我，西昆的祭孔仪式和山东曲阜的大典完全一致。

每逢祭孔典礼，各地宗亲代表、文人雅士云集西昆，孔裔宗亲也借机聚会，世界孔裔联谊会会长孔德墉派代表参加了二〇〇六年的盛会，他在致辞中说："西昆村是至圣后裔文化遗产地，西昆的《孔氏家谱》已汇入世界《孔子世家谱》中。"孔德墉是中国最后一位"衍圣公"孔德成的堂弟，世居曲阜，后移居香港，一九九八年，经孔德成许可，他在香港注册成立了《孔子世家谱》续修工作协会，主持第五次大修孔氏家谱。

在西昆，孔氏举办丧事，还保留其家族古老的"圣人殡"葬礼。仪式具有文明、朴素和节俭的特点，散发浓厚的孔子文化气息。仪式如下：

死者殡殓之日，请来本族有名望的人担任"主殡官"，另聘礼生两人协助。

殡台搭在院落里或屋外空旷地均可，台上摆八仙桌一张，桌上供奉"至圣孔夫子先师"圣贤牌，前置香炉一只，并设茶酒五果等供品。

行殡前，由礼生主持，孝男孝女向灵前上香、祭酒，悲哭跪叩志哀。参与吊唁的亲友，按长幼辈序施礼，与死者遗体告别。即毕，主殡官一声"止哀"，霎时间全体肃立，鸦雀无声。这时，主殡官率二礼生登台就席讫，礼生道："请主官诵读圣经。"主殡官诵读《大学》第三十章

西昆私塾国学　（施永平 摄）

其中一段。诵毕，主殡官宣告："时辰已到，请鲁班师傅盖棺！"殡礼完毕，随即发葬。

整个"圣人殡"仪式既隆重又节俭，据说是孔子制定的丧礼模式，充分体现了"礼"与"俭"的思想。

在西昆，治文重教是传统。古时村里在族田中置办一块"书灯田"，田地收入专供老师和学生读书点灯的费用。西昆村读书重教风气浓厚，学风严谨，人才辈出。自清乾隆到宣统年间，有贡生四名、廪生四名、太学生一名、国学生七名、庠生二十一名。即使到了现在，村里最重视的还是教育，村里每年都有好几个学生考上大学；前些年，村里还创办了德成传统文化学校，与西昆小学形成互动，孩子们上小学前在该校接受启蒙教育，学习《弟子规》《三字经》等。

"大学之道，大明明德，在亲民，在止于至善……"那天的祭孔仪式最后，德成传统文化学校的小朋友们到戏台上朗诵《大学》和《弟子规》，整齐而稚嫩的声音在孔氏家庙的上空久久回荡，让听者的心灵仿佛接通了那延伸了千百年的文脉。

蕉城上金贝建文广场上矗立着一尊高达九米五的建文帝石像，他已削发剃度，身着五爪金龙云锦袈裟，面色忧郁、若有所思地眺望着北方，仿佛和我们一起期待着六百年谜案的最终揭秘。

六百年的

眺望

一

建文帝何许人也？一言蔽之：一个仅当了四年皇帝（明朝第二位皇帝）即被其四叔朱棣推翻，而后不知所终的朱元璋的孙子朱允炆。正因如此，六百多年来，建文帝下落之谜便成了明朝第一宗谜案。研究明朝历史和建文帝的专家学者，同样人声鼎沸，就连当年义薄云天、金戈铁马的少帅张学良，后来也十分专注地从事这个营生去了。

我从一些典籍中了解到，学界对建文帝评价主要有三种：一种是以"清君侧，靖国难"起兵推翻他的朱棣在"奉天靖难"诏谕中所描述的，说建文帝嗣位后"坏其祖宗成法，荒淫无度，奸臣擅权，涂炭生民，群雄并起，旷世无君，糜烂鼎沸"，甚至"荒迷酒色，不近忠良，作奇技淫巧以悦妇人，为禽兽之行"。总之，是一个少见的昏庸无道的君主。当然，后来朱棣当上永乐帝，自己也觉得这样评价不妥，故在《明成祖实录》中做了些许更正，但对其评价的实质还是昏君。

另一种评价则是以现任凤凰出版传媒集团编审、曾在南京多所高校和电视台主讲《大明王朝在南京》的马渭源教授为代表的研究者持论。马渭源先生认为，二十一岁的朱允炆继承了朱元璋的皇位后（因朱允炆的父亲朱标在作皇太子期间去世，朱允炆十五岁被确立为皇太孙），迅速地推行新政，即更定官制、宽和政治、宽缓刑罚、宽免赋税、削藩等五个方面，其核心精神是"宽和"的"文治"。所有这些不仅是对朱元璋严刑峻法的纠偏，而简直是一大"反动"。在建文帝治理下的大明帝国出现了中国历史上的天下大治之前兆——市不拾遗。如果不是朱棣的突然打断，大明很有可能迅速地出现中国历史上第二个"贞观之治"，甚至可能会出现君权限制意识之萌芽。因此，建文帝失国之际，朝中大臣多数选择了"出亡"或"殉难"，演绎了一出出极为悲壮的"建文悲歌"。

还有一种是近年的一部畅销书《明朝那些事儿》中的观点。他所描述的朱允炆是位好儿子、好孙子、好学生，知书达理，聪明过人。但读书能力和处理问题的能力并不能画等号，书读得好，不代表事情能处理得好；能制定理想的计划，不代表能执行计划，就如他和爷爷讨论"如果叔叔们要有异心，我怎么对付他们"时，像写论文一样列出五点："首先，用德来争取他们的心，然后用礼来约束他们的行为，再不行就削减他们的属地，下一步就是改封地，如果实在没办法，只好拔刀相向了。"连朱元璋都只能称赞："没有更好的选择方法了。"建文帝的班底，主要成员有三人：方孝孺、齐泰、黄子澄。其君臣的共同特点都是饱读诗书的文人，都有远大理想，事后证明也都很有气节，但都是书呆子，不懂"枪杆子里出政权"这个放之四海而皆准的真理：与朱棣决战前夕，建文帝将三十万大军交与耿炳文大将军时，还叮嘱"请你务必不要让我背上杀害叔叔的罪名啊。"这可能是他一生中干了很多蠢事中最蠢的一件了。朱棣何许人也？他是一个典型的书没读几年，却久经沙场，一个战功赫赫之枭雄也。朱棣明白，自古以来皇位之争只能有一个获胜者，要么不做，要么做绝。两人的棋局刚开始，结局就摆明了。

支提寺　（卢雄　摄）

二

建文帝下落之谜，传统上有"三说"，其一是焚死说（即是朱棣钦定的"正史"之说法）。朱棣带领燕军攻入南京城时，一帮建文朝官员出来投降，建文帝原先也想出来迎接他的叔叔，但看看左右只剩下几个宦官陪着，不好意思，"乃叹曰：'我何面目相见耶？'遂阖宫自焚。"做叔叔的当然不能见死不救，"上（指朱棣）望见宫中烟起，急遣中使往救。

至，已不及，中使出其尸于火中，还白上。上哭曰：'果然若是痴骏耶！吾来为扶翼尔为善，尔竟不谅而遽至此乎！'"也就是说朱棣因建文帝不理解他"清君侧，靖国难"的苦心还痛哭了一场，而后"备礼葬建文君，遣官致祭，辍朝三日"。历史证明，凡是强权要极力篡改或掩饰的史实，最终都要被拨乱反正。

其二是不知所终说。详见清张廷玉《明史》。

其三是出亡说，即逃离南京，亡命天涯。

应该说，明朝万历年之后，有关建文帝出亡方向与路线众说纷纭，观点多至几十种，也出了不少书。传统上明史界比较一致地概括为三种大说法，即西北说、西南说、东南说，小说法则有一百多种，比如马渭源教授根据多种资料归纳为"十三说"，即云南说、贵州说、重庆说、四川说、两广说、两湖说、福建说、海外说、浙江说、江西说、青海说、甘肃说、江苏说。这些学说有出自历代史学家和学者专著，有来自地方志书，更多的是民间传说。最有意思的是当代法国球星里贝里也来凑热闹，自称是建文帝的后裔，据说还手持证据。

当然，还有一种"大团圆说"，讲到建文帝亡命天涯三十九年之后，朱棣早已不在世了，英宗在查获云南一起和尚假冒建文帝案中，发现了真的建文帝，马上将他迎入大明皇家宫中，尊称"老佛"，好生伺候，最后终老宫中，皇帝下令"不封不树"，葬于北京西山。这种观点也基本没市场了。

对上述说法，著名明史专家黄云眉先在其《明史考证》中旗帜鲜明地亮出了自己的观点——建文帝出亡方向应在"东南一隅"。持这种观点还有明末清初史学大师潘圣章先生。这一古一今两位史学大师的观点与宁德市建文帝研究小组的观点不谋而合。

三

明朝第一宗谜案在宁德似乎有破解的可能，起因纯属偶然。前些年，蕉城区金涵乡上金贝村被列入社会主义新农村建设试点村，挂村的

上金贝　（彭文海　摄）

宁德市委组织部负责人郑君十分欣赏村后的一片树林，要辟之为森林公园。二〇〇八年一月的一天，在登山路径的施工中发现了一座古墓，墓地上数十件奇特石构件让人惊奇不已，一石激起千层浪，于是，围绕神秘的古墓研究，掀起了破解六百年第一谜案——建文帝最终是否出亡宁德的明史研究领域之巨澜。

上金贝村，距离市区只需十分钟的车程，如今，这个畲村已是AA级的旅游风景区。白墙黛瓦错落有致的农舍，杨柳环堤清水荡漾的鱼塘，茶园青青柚子飘香的山坡，葡萄悬架荷花盛开的田野，古树名木空气清新的森林……当然，游人最感兴趣的还是探秘那座令人争论不休的古墓。

二〇〇九年八月二十五日，南京大学潘群教授、明史学者马渭源等中国明史研究专家，经过几天的实地研究考证后认定：建文帝不仅最终出亡在福建宁德，且最后还葬在那里——上金贝南山上的古墓便是其魂归之所。

此论一出，便在史学界引发轩然大波，持疑义者大有人在，有说是太监墓，也有说是元代高僧墓，更有反对者，攻击建文帝墓之说纯属炒作。

支提寺 （卢雄摄）

但上金贝古墓确实与大明皇室有许多巧合之谜：古墓的规制沿袭了朱元璋明孝陵的宝山明楼制特点，体现出一种缩小了的明初皇家气派；从古墓格局看，它沿袭了明孝陵与明东陵的五级墓埕布局，明帝陵正殿前往往建有金水河和金水桥，古墓前也有金水河和金水桥，后被洪水冲毁；从构件及其纹饰看，古墓舍利塔上的莲花座与朱元璋修的凤阳古城墙遗址图饰十分相似；古墓舍利塔须弥座上的如意云花纹图饰按明初定制乃为皇室所享之物；古墓前有龙刻构件或称螭首装饰也应是明皇室和三品以上高官才有资格享用。更奇特的是，古墓亦僧亦俗，既有墓的整体格局，又在其中建有舍利塔，在中国墓葬史上目前找不出第二例。这种事实似乎在告诉人们：神秘的墓主人至少应具备两种身份：一是僧人，另一是明初皇室成员。由此专家得出结论，非明朝第二位皇帝朱允炆莫属。二〇一〇年九月十日，潘群教授欣然挥毫写下"明建文帝陵"五个字字千钧的大字。

令人钦佩的是宁德市建文帝研究小组三年来执著的精神和艰苦细致的工作，尤其这个团队的领军人物郑君。我几次向郑君讨教建文帝与宁德的问题，他总是如数家珍，诲人不倦。有一次，我在宴席间又发现一个秘密，当挑起建文帝话题时，你尽管敬酒，他即刻一饮而尽，又继续话题，至于你是否干杯，其毫不在意。这种近乎痴迷的境界，使我想起关于郑君十多年前的一件轶事。当年他在西藏任职，一日到拉萨著名的色拉寺朝拜，活佛突然从坐台上走下来，迎着上千名朝圣的信众径直走到郑君面前，把洁白的哈达挂在他脖子上并轻轻地打了个结，全场信众都用羡慕和崇敬的眼光注视着他……这些年，他在古墓的发现和建文帝的研究中，每每总会想起那个结。

郑君所领军的团队，人才济济，且清一色执著的志愿者，组长是宁德市方志委王道亨副主任，此君毕业于福建师大中文系，却投身方志事业三十多年，读书成迷，古汉语和古典文学造诣颇深，家中藏书两万多册。由他主编的《建文帝研究论文集》已出版四册了。三年来，他们不断地拿出研究成果，让专家学者们惊叹与信服。

建文帝出亡时，带走了朱元璋留下的金匣子，里面有一件袈裟。这在明代史料中确有记载，中国明史研究会会长商传对此也给予肯定。

上金贝村属金涵乡管辖，金涵意即"金色的匣子"，多么有意思的巧合。然而，距上金贝村十多千米的支提寺，研究小组发现了那件价值连城的御用袈裟。

起因是支提寺释慧静法师带着这件袈裟到南京云锦研究所，希望能复制一件，该研究所高工张洪宝认为，这是件御用的稀世珍品，是目前发现的一件存世时间最长的云锦袈裟，应该是明永乐之前制作的。研究所收费五十万元，为之复制了一件。

早在二〇〇〇年的一天，郑君陪同国家文物局原副局长、故宫博物院院长李继铭到支提寺察看文物，当他仔细察看这件袈裟的五爪金龙图案时，眼睛为之一亮，认定这是皇帝御用的珍品。

这件由五十块面料拼接而成的，大量用金，缂丝技术，用金线与活孔雀绒毛编织而成，绣着八吉祥法轮、云龙纹和"九五至尊"五爪金龙的云锦袈裟，透露出其主人身份不就是那位曾经当过乞丐、当过和尚又当过皇帝的朱元璋吗？朱元璋把此宝物留给心爱的孙子朱允炆，用意十分深刻。

二〇一〇年三月，在浙江浦江郑义门，一场跨越六百年的认祖归宗盛典，把宁德蕉城郑岐村郑氏与浙江浦江郑义门郑氏这两支血脉相连的家族联结起来了，再一次见证了建文帝逃亡宁德的史实。

浦江县郑义门村，一个郑氏家族，历经宋、元、明三朝，十五世同居共食三百七十多年，鼎盛时三千多人同吃一"锅"饭，郑家一百六十八条家规经明朝开国元勋宋濂整理为明朝典章制度蓝本，郑氏家族被朱元璋赐名为"江南第一家"。

秋日的一天，我们走进村庄，沿着一条五六米宽的小溪蜿蜒而行，看到了元朝右丞相脱脱题名的"白麟溪"石碑。在堂前九株古柏森森"千柱落地，不结蛛网"的郑氏宗祠里，在悬挂于大厅旁木刻的宗谱里察看到郑氏八世祖郑洽的名字。郑洽何许人？乃建文帝时的翰林待诏，靖难之役后，跟随建文帝逃亡的二十二名大臣之一。据郑义门清编《希忠录》记载，建文帝出亡南京后，随郑洽隐居于郑义门，被人告发，曾藏身于枯井中，如今郑义门村的那口古井犹在，并有一处古建筑，名曰"老佛社"，内设神龛，供奉着据说是建文帝逃亡时的遗靴一只。随后，郑洽跟随建文帝到底逃亡何处，六百年来，郑氏家族一直孜孜不倦追寻。

自上金贝发现神秘古墓以来，郑君的研究小组致力于追寻建文帝由浙入闽的佐证，终于在上金贝村山脚下的郑岐村有了重大发现。首先，郑岐村与郑义门村保留着一样的风俗，郑岐村不少保留完好的明代徽派建筑，与闽派民居迥然不同；许多门柱上刻有类似郑义门村《郑氏规范》的家规家训；村里有个独特的行酒令，叫"九世同居"，这和郑义门村的"九世同居"十分吻合。其次，郑岐村的家谱，取名为《白麟谱》，这不就是告诉后人，这个村的根系源自郑义门村前的白麟溪！第三，郑岐村的祠堂里供奉着始祖郑岐，古书《作法六秘说》"离者，合之反也。岐者，洽之反也"，就像现代汉语"分歧"与"融洽"也是反义词，这分明是用反证法暗示后人，郑岐便是郑洽。更有意思的是，郑岐村的邻村濂坑村，祖祖辈辈流传着一个故事，说永乐年间，村里一次盛大的喜宴上，东家一位好友郑三合陪着金邶寺的高僧赴宴，后来那位高僧圆寂了，郑三合告诉东家，他不叫郑三合，而叫郑洽，陪同的高僧是皇帝。

于是，郑岐村与郑义门的郑氏宗亲一年多时间里七次往返互动，反复核实，最终双方确认郑岐村宗亲是郑洽后裔。二〇一〇年三月二十三日，郑义门村在每年都要举行的祭祖盛典中，隆重接纳"失踪"六百多年的郑洽后裔认祖归宗。

郑君的研究小组还考证出，永乐二十年（一四二二）五月十四日，郑洽卒于郑岐村，享年八十岁，死后葬于上金贝南山之麓后壑坑，似乎注定了他生为建文帝的待诏、死为建文帝守陵的理想归宿。

郑君研究小组的探索领域在不断拓展，二〇〇八年十月的一天，在支提寺珍藏的一块明代木刻板上，解读出了郑和下西洋盛况的记载，和受朱棣老婆徐皇后的临终之托——护送千尊佛像到支提寺的线索。在史学界，郑和下西洋主要是为了寻找建文帝，已成为重要观点。经多方考据，郑和于永乐五年（一四〇七）九月间，第二次下西洋前，曾停泊船队于宁德三都澳，以在这一带招募水手及造船工匠为由，密访支提寺。这观点得到了郑和十九世裔孙、南京郑和研究会副会长郑自海和许多会员认可。文化底蕴深厚的支提寺，在明朝两百七十六年的十六个皇帝中，先后有三个皇帝颁旨重建或御赐这座古寺，这尊贵的地位中是否隐藏着鲜为人知的秘密？

正是上述的那块记载着郑和于永乐五年（一四〇七）来到宁德、来到支提寺的木刻版，把中国研究建文帝的权威专家毛佩琦教授也吸引来了。他在三都澳论坛上充分肯定了宁德市建文帝研究小组与建文帝研究成果。

还有许许多多的秘密被郑君研究小组不断发现与探究：

——永乐五年到十年之间，福建官场上先后有十一个大员倒台，福宁州与宁德县亦有一百多名官员被处置，更奇特的是，永乐初年，宁德三位知县姚某、李某、包某在史志中有姓无名。

——明永乐年间，从浙南至闽东、闽中的古官道两侧，共有三十多座寺庙被毁，大批僧人被杀，这些寺庙都是临济宗派的，而临济宗派是建文帝的忠实支持者。

——在上金贝村附近，有一个"小登基广场村"，简称"小登广"

村，村旁至今仍有叫"逃难溪"和"逃难坪"的地名。村里有座尼姑庵，供奉着刻有龙头的神祇牌，上书"当今皇帝万万岁"，这种神祇牌在闽东好几个尼姑庵均有发现，而传说中的主人公都是落难皇帝、削发为尼的妃子与宫女。

——据查阅《福建历代人口论考》和闽东地方志，发现明初以来至万历四十年，福宁州人口呈现一种锐减现象。洪武二十四年人口十五万，而到万历四十年人口不足五万。这个数字表明，永乐年间闽东有过严重的天灾或战乱，奇怪的是史料均无记载，是否朱棣在闽东进行"军事演习"造成的？

——闽东往闽中的古官道旁。蕉城境内四个乡镇有五六座"国母亭"，石后乡寒桥头一座始建于明朝，亭前对联："寒桥头犹存古迹，大明君钦赐凉亭"，横匾"国母亭"。石后乡隔壁的洋中镇，则是建文帝老师周斌的家乡。二十世纪中叶，宁德人创作的闽剧《建文帝哭师》，便是演绎建文帝逃亡宁德在老师墓前哭诉的故事。据史料记载，建文朝的福建籍官员数位居全国第三，建文朝的太监大部分来自福建，洪武朝、建文朝的南京三大皇家寺院的住持、高僧几乎都与福建宁德有渊源。

——永乐十七年（一四一九），礼部尚书胡濙出现在福建，并到过福州雪峰寺，到过武夷山永乐寺；而在这之前若干年，郑和从西洋携来瓦塔两座献于雪峰寺，史料多有记载，郑和在此拜见过建文帝。而该寺主持洁庵禅师曾是朱元璋亲自接见并单独谈过话的人。永乐十六年（一四一八），洁庵禅师从雪峰寺神秘"消失"，胡濙的到来，似乎为洁庵法师的"消失"在掩饰着什么。

……

如今，上金贝建文广场上矗立着一尊高达九米五的建文帝石像，他已削发剃度，身着五爪金龙云锦袈裟，面色忧郁、若有所思地眺望着北方，仿佛和我们一起期待着六百年谜案的最终揭秘。

林聪和他的故乡

　　林聪应该是古代闽东籍人氏中官阶最高的一位。

　　明朝正统四年（一四三九），二十三岁的林聪考中进士，此后，四十年的宦海生涯中，累官至刑部尚书，但又在官场三落三起，其中两入监狱，一次论死，可谓惊心动魄，经历传奇。

　　与林聪有关的文物古迹于宁德，虽经历了明末倭寇侵扰、抗战日军战火、"文革"破"四旧"等浩劫，但庆幸的是，仍有许多弥足珍贵的文化遗产可供凭吊与传承。

一

　　林聪应该是古代闽东籍人氏中官阶最高的一位。

　　明朝正统四年（一四三九），二十三岁的林聪考中进士，此后，四十年的宦海生涯中，累官至刑部尚书，但又在官场三落三起，其中两入监狱，一次论死，可谓惊心动魄，经历传奇。《红楼梦》里有对著名楹联：世事洞明皆学问，人情练达即文章。作为三朝元老，久经官场历练的林公自然是世事洞明，但人情练达却不怎么样，或者是根本不屑一顾。在他世事洞明中，闽东人民可是大大的受惠者。明初全国六大官办银矿，宁德宝丰银矿（今宁德蕉城区虎贝乡）列入其中，但到正统、景泰年间，矿脉已绝，然而朝廷课银复加，林公两次上疏恳请免除，终被采纳，解除了闽东人民繁重又不合理的税负。当然，这种世事洞明不仅仅限于家乡。对于明初沿袭元朝的工匠徭役制度，他几次力陈给予改革，以宽纾民力，终被采纳。明仁宗以降，土地兼并之风日炽，这也是后来明王朝灭亡的根本原因之一，林公于景泰五年（一四五四）即上疏遏抑土地兼并，提出势要官员要将擅侵占田地还于民的主张。到万历年间，徐谓、张居正、海瑞等有识之士都主张抑制土地兼并，并发起丈量土地运动，其主导思想都源自林公。天顺四年（一四六〇），朝廷镇压曹钦谋反，官兵为报功，滥杀无辜，甚至割下乞丐首级充数，林公主持都察院，急令生擒叛军者才可论赏，及时刹住冤滥。此外，他几次奉旨前往山东、淮南、淮北赈灾，都乃世事洞明，排除干扰，终使民困顿苏，活饥民百万余众。

　　但在人情练达方面，林公确实差矣！最突出的一件事是景泰三年（一四五二），当朝皇帝朱祁钰把他尊为太上皇英宗的儿子、太子朱见深废掉，立自己儿子朱见济为太子，这当然是违背正统礼法的大事，但满朝文武都不吭声，让当朝皇帝把这事做成了。林公此期间刚好奉命去广东祭海（我怀疑皇帝老儿故意把他支开），回朝后知道此事，即上书皇帝，要他收回成命，把朱见深再立为太子。这林公真是不知天高地厚，幸好朱祁钰不是暴君，否则，林公早就没命了。于是，他理所当然被迁为春坊司直郎，不让说话了。后来，在奸臣的诽谤下，差点死于非命，幸亏有重臣相救，才免于一死，再贬为国子监学正。

林公中进士后，当了多年的刑科给事，其主要职责是弹劾官员的不正之风和犯罪活动。有林聪研究者统计，被他弹劾人员，二品以上的官员就有十二名，其中不乏皇亲国戚、重臣勋将，还不包括宦官和锦衣卫官员，时至今日，看了那奏语犀利、言辞恳切、惩肃态度坚决的弹劾疏，还真替林公捏一把汗。

林公最大功绩应是对中国司法体制建设的贡献，尤其是任都察院长官和刑部尚书二十多年间，惩治了许多坏人，申雪了不少被冤枉的好人。他还主持制定了朝审制。何谓朝审制，即每年霜降后"三法司"会同廷臣审录重囚，其实质是缓重狱，一方面通过复审而达到减少冤假错案；另一方面表现了缓期执行死刑的主张。朝审制历明清两朝计四百五十年，客观上顺应历史潮流，是中国法制史趋向文明的一个重要篇章。林公的法制思想是以"天下之法度"改革"朝廷之法度"，即"以民为本"改革"以君为本"的法制传统，体现了法度"至平、至公、至当"的三大主张，这一富有特色的法制思想，给后人留下一笔珍贵的精神遗产。

古今中外官场，实际上都是一个"围城"，城外的人想冲进来，城内的人想冲出去，只不过想冲进来的人比想冲出去的人多了许多。经历了官场险恶，大起大落的林公，早已视名位如浮云，五十六岁那年，他官拜都察院右都御史已五载，为正二品肱股大臣，但他"宦海风波实饱经，久将人世寄邮亭"，自觉身心交瘁而厌倦官场，是年三月，以老病为由，向宪宗皇帝呈上了"休致疏"，朝廷一再挽留，可他去意已决，皇上只好同意："既有病，准他致仕，钦此。"从中可见林公不贪名禄的高风亮节。虽然林公告病还乡，但悠游林下仅两年又被皇上征诏，足见林公乃该朝不可或缺的肱股之臣也。

二

与林聪有关的文物古迹于宁德，虽经历了明末倭寇侵扰、抗战日军战火，"文革"破"四旧"等浩劫，但庆幸的是，仍有许多弥足珍贵的文化遗产可供凭吊与传承。

宁德七都镇是林公的家乡，其位置于优美七都溪的入海口，满目青翠的是万亩荔枝林，南宋大诗人陆游任宁德主簿时经常在此大啖荔枝，还写下"同在埔村（七都）啖荔枝"千古佳句。极目远眺的是村前潮起一片汪洋，潮落千顷滩涂的黄金海域。淡咸水相接处，盛产一种名贵的"寸金鱼"，此鱼长仅寸许，肉嫩体膘、味道鲜美，腰部有一金线，故名。相传，林公回乡探亲返京时，带上几斤寸金鱼送与皇帝，皇帝吃罢，一直叫好，问林聪朕能常吃此物吗？林公灵机一动，答曰此鱼千年才遇一次，所以特献于皇上。林公的巧妙应对，不仅使闽东人免受了朝贡之苦，无意间也保护了闽东海域生态。试想，林公如果是拍马溜须之辈，盲目满足皇上老儿贪得无厌和无常用度，闽东金线鱼恐怕早就断子绝孙了，今人再无口福。仅此而言，当授林公"生态卫士"！

那日，我在两位朋友，也是林聪两位后裔的引领下走访七都村。林聪故居历经五百多年保存尚好，这座肇基于明洪武年间的大府第，占地三千六百六十平方米，为三进古典型廊院式住宅，堂皇古雅、肃穆大方。门前仍存夹石旗杆四对（原有十对），大门楹联"经国名臣第，翰林太史家"。在故居里，林聪研究会会长让我一睹林氏家族的传家宝——明成化六年（一四七〇）宪宗皇帝敕赠林聪父亲林观为副都御使和赐赠林聪母亲为诰命夫人的圣旨。会长戴着白手套，小心翼翼地将卷轴式圣旨展现在长桌上，该圣旨长三米七，宽零点三一米，用蓝、红、黑、黄、白五色锦帛织成，上绣双龙与祥云图案，楷书字迹清晰，钤印有"制诰之宝"和"广运之宝"御玺，轴头为名贵黄杨木。林氏族人告诉我，林聪及家人曾接受皇帝圣旨二十七道，如今仅存此一道，实为稀世珍宝。故居还保存着明朝后期雕刻的林公夫妇两尊木雕彩绘像，有很高的艺术水平，展示出林公当年"功事年深""不严而肃"的风采。

故居不远处有一座少保祠，乃明万历年间为纪念林聪而建，占地四百多平方米，现为林氏宗祠。

同行的两位朋友告诉我，七都街上的冠英坊命运坎坷，有如林公三落三起。石坊始建于明景泰三年（一四五二），后毁于倭寇，清乾隆元年（一七四〇）复建，"文革"中被拆卸倒地，造反派正欲将石构件打断敲

七都滩涂 （彭文海 摄）

情 在 历 史 云 深 处

古寺

〔明〕林聪

古刹嵯峨倚碧阿，十年风景近如何。
香分泉水通麟沼，绿染苔衣上石坡。
习静自知尘俗远，相逢还喜旧僧多。
他年又复朝天去，樽酒何当再一过。

碎时，当年该人民公社的书记及时阻止，以留下为人民修桥铺路为由得以保存，一九九〇年石坊修旧如旧，重现辉煌。

在七都溪的古渡口附近，林氏后裔正在修复一座"三仙祠"，祠里所供神像让我十分惊奇：元代戏曲作家马致远，元末明初的小说家施耐庵与罗贯中。据说神祠初建于林聪生活的年代，这"三仙"凑在一起，估计是全国独一无二的，莫非三位大文豪都是林聪的偶像？

林公六十六岁积劳成疾，病逝于刑部尚书任上，明宪宗"惊闻噩耗，深表哀悼"，下诏"由工部营丧事，兵部给驿舟以送"，还下旨赠"荣禄大夫"，谥"庄敏"，灵柩从京城运回七都。林公生前为正二品大臣，死后追赠一品，享受中央政府最高职官级别的丧葬礼遇，一国之君动用国力，甚至兵力为一位大臣的后事做如此高调且具体的安排，应该是罕见的。

林公的墓位于七都北面十三千米的铜镜长头山，墓按御葬规格，规模宏大，依次有神道碑、石门楼、墓志铭、石兽、石臣、圣旨亭、京殿、宝城。那日，我和两位友人登临凭吊，秋风萧瑟茅草枯黄，大墓更显得空旷冷清，当年的亭楼石像，早已不复存在，唯有石花斑驳的神位碑，仍在蓝天下顶着孤独与尊严。所幸的是大墓主体保存甚好，"凤"字形结构，花岗岩石雕砌，大气、肃穆、精致，是我看到的闽东最为壮观的古墓。站在历经五百多年风吹雨打，依然如故的三合土墓坪上，俯瞰山脚下又清又亮的一溪东流水，流水舒舒缓缓，如一条太极线，勾勒出两个半弧形，"太极"怀抱着两个美丽的溪坂，一个叫溪池，一个叫铜镜，连名字都渗透着文化的墨汁，这便是霍童溪最清幽最天生丽质的经典河段了。远眺面前群山，如一面书案，两旁各矗立一个笔架，那一支"谳狱甚明，清声益振"如椽大笔又在哪里呢？

同行两位朋友告诉我，以林氏后裔为主要力量的林聪研究会做了大量的工作，如在保护文物方面，将盗墓者毁断的神道碑、石马保护在林氏宗祠中，将一些古建筑修旧如旧地修缮，将《林庄敏公奏议》（八卷）修订刊行等等，有十余件实事，还有许多很好的规划正在实施。他们为有这样的老祖宗感到无比荣耀，我想，我们也应该为闽东有如此一位杰

六都草莓园　（彭文海　摄）

出的文化名人和他有为的子孙感到骄傲。

三

七都与上金贝村一山之隔，林聪与建文帝似乎有一种很奇特的联系，这是宁德建文帝研究小组近年来研究的又一个成果。

林聪进士及第的同年在朝廷初仕为官，建文帝大林聪四十岁，也就是说，林聪朝廷为官时，建文帝如果还在世的话是六十三岁。还有一位重要人物，即明朝五朝元老胡濙。此君与郑和一样，肩负着永乐帝朱棣寻访建文帝下落的密令，甚至可以说，胡濙是向朱棣直接负责的建文帝专案组的"特首"。林聪在朝廷任七品官时，胡濙六十四岁，已是礼部尚书了，他为明王朝可谓鞠躬尽瘁，死而后已，一直干到八十九岁去世，与林聪同朝为官二十多年。

景泰五年（一四五四），林聪遭弹劾被捕入狱，论死罪，罪状是"专擅选官"，据说是林聪外甥

八仙顶　（彭文海　摄）

陈和考上教官，林聪向吏部要求"得近地便养亲"，不过说了一句：安排工作时能否离家乡近一些能照顾到家庭。这怎么能获死罪呢？当然，也可一窥当年吏治之严厉，但实质还是林聪在官场得罪人太多，被反对者找到突破口罗织罪名陷害了。在这危急关头，胡濙出马，很巧妙地在皇帝面前说了句："我看到死囚名单上竟有林聪的名字，吓一大跳，生了一场病。"于是皇帝"特宥释放林聪"。但十分蹊跷的是"公之脱祸，多胡公力，胡公意不以语人，公闻知之，亦不诣胡公谢"。这件事在《明史·胡濙传》和林聪行状中均有翔实记载。林聪大难不死，多亏胡濙相救，胡濙却闭口不对别人说自己救人之功，而林聪对救命恩人也不登门致谢，确实使人觉得这两人都有悖常理。

宁德建文帝研究小组考据林聪入仕之后曾回乡四趟，并从林聪正统十年（一四四五）访敬仲僧于金鄜寺之《无题》诗中读出玄机。全诗如下："十年羸马客京畿，无奈纤尘染素衣。痛极贾生怜器鼠，忧深漆室及园葵。晴窗检点空观象，暗室寻思无补时。去住未能身似余，乾坤惭愧《伐檀》诗。"研究小组的周老先生把它解读为：近十年我以一匹疲马奔

波在京城，无奈官场尘埃侵染了原来洁白之衣，痛苦如贾谊说的"投鼠"须"忌器"，但我忧国之心仍似葵花向着阳光。我选择晴天来（谒建文帝陵）却形同虚空观象，暗室（指建文帝墓室）已空空如也，再没有补救的时机。去留都难，身心如绳所系，惭愧自己白吃了朝廷俸禄。这种解读似乎有些牵强附会，但研究小组又考据出一个史实：

永乐十五年（一四一七）经上金贝村金鄁寺到六都隐仙岭的一段古官道被莫名其妙地"拦截"禁行，另在石壁岭重新开路，让古官道舍近求远，此举莫非胡濙组织人马挖掘并处置了哪座疑似建文帝陵墓？至于胡濙于永乐十七年（一四一九），奉使闽粤，登山览胜（在福州雪峰寺）、立碑记其（事），史料确有记载，加上他的"特首"身份，完全有可能最终为永乐帝在宁德寻找到建文帝下落，并做了秘密处置，解除了永乐帝的心头之患。

于是，就有一种解释，说明胡濙和林聪为何有悖于情理：因为胡濙救林聪，是心中暗暗感谢这个年轻人守口如瓶，不道破他在宁德完成的特殊使命；而林聪也心照不宣，深知胡濙为何救他，故"亦不诣胡公谢"。

当然，这只是一个很有意思的联系和联想，它使我们对六百年前历史之谜的破解有了更诱人的探究与期待。

戚继光和闽东古城堡

　　与抗倭相伴而生的，是闽东大地特别是沿海乡村的古城堡。据清代李拔的《福宁府志》记载，闽东的古城堡有五十八座之多，如果把这些如珍珠般的古城堡串联起来，当年就如一条盘山镇海的巨龙，构筑起闽东海疆的坚固屏障。

一

其实真正算得上古今名将的不多，但戚继光肯定算得上一个。这位抗倭英雄曾经是闽东人民的恩人。至今，宁德市区尚有继光街、继光公园、戚公祠。每每伫立在继光公园里那尊戎装跃马的雕像和"封侯非我意，但愿海波平"的铭文前，总能感受到四百多年前闽东大地的腥风血雨……

倭寇之患，在明朝时愈演愈烈，到嘉靖年间，简直到了难以收拾的地步，所以后人评述嘉靖几十年，既不嘉，也不靖。清朝的《福宁府志》《福安县志》《宁德县志》等载：嘉靖三十四年（一五五五），倭从浙江来，蹂躏福宁州。自此以后，无岁不犯州境。沿海民居，焚毁一空，春天燕子北翔，找不到旧窠，把新窠都筑在树林上面。嘉靖三十八年（一五五九）三月廿六日，倭数千攻福宁州城，兼旬不克，乃西向攻福安。福安升平日久，家无戎器，库无硝磺，败铳朽弩，不堪为用。贼兵多至万余人，四月初五城陷，初九日倭去，男妇死者三千余，驱而去者七百余，溺水坠崖死者无算。嘉靖四十年七月廿二日，宁德县城失陷，男妇被害和投水自尽者不可胜数。贼据城九天，官舍民房，库藏卷档，故家书籍，都化为灰烬。十二月又来，烧毁余屋，全城夷为平地。四十一年，驾驶数十只大船还日本，男女被掳去了几千人……

闽东形势危急，福建形势危急，山东牟平人（今莱芜市）戚继光就在这样的情况下走到了历史前台，并与闽东人民有了血肉牵连。这位军事天才，最初的官职是山东登州卫指挥佥事还是世袭的，嘉靖三十四年（一五五五），戚继光调任浙江防倭，并升为宁绍台参将。

戚继光的过人胆识就在于，要求总督胡宗宪批准他招募和训练一支新军。按黄仁宇先生的《万历十五年》分析："由于政府已深切理解事态的严重性，所以不得不批准他组织新军的计划，并且加征新税作为招募和训练的费用。"于是，几经周折之后，戚继光终于在浙江义乌招到了理想中的强悍之兵，训练出一支四千多名劲旅——"戚家军"。义乌现在是全国乃至全世界声名远扬的小商品城，光国外驻此的办事处就有五六十家，商品经济的意识自然浓得化不开。但义乌人同样为城市保留并扩建的戚继光纪念馆感到自豪，并津津乐道着"戚家军"的王牌是义乌人。戚继光招募新军的标准极严："凡城居不用，打过败仗的不用，录过吏役的不用"。他要求自己，不但临阵杀敌要身先，件件苦处也要身先；要和士卒同滋味，不但战时同滋味，平时也要同滋味。他的以身作则甚至做到自己的儿子违反军法也被他毫不犹豫地处死。他是如此教导士兵的："你们在家哪一个不是耕种的百姓？你肯思量在家种田时办纳的苦楚艰难，即当思量今日食银容易。又不用你耕种担作，养了一年，不过希望你一二阵杀胜，你不肯杀贼，养你何用？"

嘉靖四十一年（一五六二），戚继光率部六千人入闽抗倭。七月中旬从义乌出发，七月二十一日在温州乘船南下，二十五日在平阳县登陆，经古官道，过闽浙分水关，二十八日抵福鼎境内，第一次踏上闽东的土地。戚家军一路上"号令金石，秋毫无犯"。福鼎桐山堡的老百姓曾"以手加额曰：今日始见仁者之师矣！所至箪食壶浆，争相餽饷"。但戚家军都一一谢绝。八月初一入福宁州城（今霞浦县城），休整三天，而后披荆斩棘向宁德进发，初七到宁德县城废址。

行军路上，戚继光与随行的浙南文士叶某的谈话十分有趣，也十分经典。一路上，戚继光与之谈的多是养生学和家常话，叶终于忍不住了，问："将军的部队是怎样训练的？真不愧称为铁军。那么平时为静，战时为动，这一动一静如何融为一体？看到您的队伍井井有条，您这样安闲自在，好像太平无事一般，您难道心中没有半点杂念，没有一丝儿畏难惊怖的情绪吗？"戚继光笑着回答道："予终日纷纷，心里头没有个人的恩怨，有的是民族的悲观、国家的安危，从没有起过憎厌与劳倦的念头，所以动与静没有两种境界，才达到忘我的地步。到了临阵作战的时候，内心只打算着如何克敌制胜而置生死于度外，做到没有杂念，毫无顾虑。要不然，思想一开小差，临阵时就张皇失措，怎能够指挥军队呢？"

一支部队训练到如此炉火纯青的地步，能不成为所向披靡的铁军吗？一位将帅有如此的高风亮节、运筹帷幄，能不成为一代名将吗？于是闽东的横屿之战就成了戚家军入闽的第一场生死之战、第一场胜利之战，它和之后的福清牛田之战、兴化林墩之战作为福建抗倭著名的三大战役名垂青史。

宁德县城东北十里，有地名漳湾，漳湾之东，海中有横屿，与大陆一衣带水，仅距十里之遥。倭寇以横屿为天险，在屿上筑木城，作为四出劫掠的基地，作为一个顽固的老巢。

朱维幹教授的《福建史稿》对此有十分生动的描述：

> 八月初九日早晨，全军在海边集合。南塘（戚继光号南塘），激昂慷慨地誓师："兄弟们，横屿就在面前啊！海潮退了，我军要赶紧过海。登岸后，海潮就会涨了，必须迅速消灭敌人，才可以在屿上站得住。到了下一次退潮，我军才有归路。万一不能胜利，那就不堪设想了！兄弟们，自己考虑吧，有没有决心？有没有胆气？没有的话，就不必冒险呢！"
>
> 像晴天霹雳一样，全军呐喊起来："我们千里远来，所为何事？怕什么倭寇！"
>
> "好！大家有此决心，就立刻前进吧！我为你们擂鼓。"
>
> 每个将士背一束稻草，把稻草铺在泥泞的滩涂上面。走了一会儿，鼓声暂停；稍作休息，又听着鼓声前进。第三次休息后，再往前不远，就在横屿登岸了！
>
> 倭寇在山前摆成阵势，我军背水作战，有进无退。两支先锋队奋勇直前，前后夹攻，鏖战很激烈。忽然烟火冲霄，倭贼木城，已经攻破了！我军勇气百倍，只用了三个时辰，就把多年积寇，全部解决了！
>
> 生擒了九十余寇！斩首两千六百余级！
>
> 救回被倭寇掳去的宁德民众三千七百余人，都带回漳湾。

第二天就凯旋到宁德！

横屿大捷之后，戚继光继续领军南下，于是有了之后的福清牛田之捷、莆田林墩之捷。同年十月一日，从莆田班师回浙。

戚继光班师回浙后，倭寇变本加厉地肆虐福建沿海。闽东的寿宁县城于嘉靖四十一年十一月十七日沦陷，"伤害男妇，不可胜记"。福建人民再一次陷入危难之中，随着形势的恶化，福建巡抚游震得无法应对，只好称病乞休，此公庸碌无能，但乞休之前却做了一件好事，即保荐俞大猷为福建总兵，请升戚继光为副总兵，移守温处福宁。明政府采纳了游震得的建议。

嘉靖四十二年四月，副总兵戚继光率兵经闽北到福州第二次入闽，在连江取得马鼻之捷后，再一次转战闽东，在宁德县的小石岭又一次痛击倭寇。在宁德县城沦为废墟将近十年后，避乱人民才扶老携幼回城居住。

所以，对这位常胜将军、抗倭英雄，闽东人民自然爱戴非常，宁德市区后来就有了继光街、戚公功德祠、继光公园，漳湾镇有了戚公祠、恩泽坛（传说戚公为严明军法的斩子处）。除此，感恩的闽东人民至今还口口相传着戚家军抗倭的种种动人传说，还沿袭着与之相关的沿海独特风俗。

在闽东沿海的滩涂上，经常可看到讨小海的渔民乘坐着一片跷跷板，它的俗名叫"土橇"，用一块长六七尺，宽约一尺的木板做成，底光滑，前方稍翘，两旁有扶手，人蹲在板上，一脚不时踩泥，轻捷如飞，渔民们用它下滩涂抄蟹钩蛏，捕鱼捉虾，十分管用。而这土橇传说是戚公抗倭时召集当地能工巧匠造成的。

闽东沿海村镇，至今还保留着中秋拖石和火炬的风俗，传说这和戚继光抗倭有关。那年中秋节，为麻痹横屿之敌，戚继光在漳湾组织了闹中秋，一队队军民，手执香球、火把，由高灯、响器前导，用渔船上的缆绳绑上一块块大石头，在街头街尾来回不停地拖，发出隆隆的声音，与锣鼓、炮灯、呐喊声连成一片，热闹非凡。横屿之敌得知戚公军民欢度中秋，于是放松警戒，也饮酒猜拳过起节来，不料中了戚继光的拖石计，被一举攻破。

闽东乃至福建，有一种小吃叫"光饼"。它是戚继光部队挂在身上的备用干粮。但凡闽东人，开始长牙齿，就开始吃光饼，就开始听戚继光抗倭的故事与光饼的来历。

我想：一种风俗和一种传说的结合，是人民群众自己选择的结果，这种选择代表着民心所向，是千古口碑。

戚继光不仅熟谙经史兵法，传世有《纪效新书》《练兵纪实》等军事著作，而且在文学音韵上颇有造诣，还通晓天文气象，著有《止止堂集》《八音字义便览》《风涛歌》等。《万历十五年》一书如此描述戚继光："大半生都在戎马倥偬之中，能够写出这样的作品也就是出类拔萃。即在当代高级将领中，除'少好读书'的俞大猷之外，戚继光的文章造诣已无与伦比。"当时的文苑班头王世贞和他的交情就非同泛泛，王世贞的文集中有两篇赠送戚继光的寿序，并且还为《纪效新书》和《止止堂集》作序。

仅在闽东抗倭期间，戚继光就留下不少诗歌。由浙入闽的行军途中，戚继光有一首题为《晓征》的七绝："霜溪曲曲转旌旗，几许沙鸥唾未知。笳鼓声高寒吹起，深山惊东老阇黎（老僧）。"而另一首《宁德平》则是对倭寇劫后的宁德县城惨状的真实写照："孤城已复愁还剧，草芥通衢杂藓痕。废屋梁空无社燕，清宵冷月有悲魂。"当戚家军攻克横屿后，戚帅与全军将士共同赏月，共庆大捷即席咏颂《凯歌》，教将士们唱和，歌酒尽兴，激越豪迈："万人一心兮，泰山可憾！唯忠与义兮，气冲斗牛。主将亲我兮，胜如父母；干犯军令兮，身不自由。号令明兮，赏罚信，赴水火兮，敢迟留？"

《八音字义便览》是戚继光的一本音韵学专著，传说它是为了军中传话保留机密，根据福州语系的文字读音编纂而成的，之后就成了传世专著。精通音律的戚继光看来可媲美三国周瑜"曲有误，周郎顾"的水平了。

抗倭的战场主要在沿海，而夏秋之间，台风频发，大自然的威力同样使将士面临生死考验，于是戚继光精心创作了一首《风涛歌》，此歌以四言为主，近一百句，通俗易懂，朗朗上口。当然这不仅是一首一般文学意义上的诗歌，它的经典意义就如《宁德县志》所评述："当时倭寇猖狂，戚继光做此歌，水师中无不传诵者。其言近谚，实观天察地之精神寓然。不特行军者宜知也，即商艘贾舶，小艇渔舸，往来海上，无不当熟察风候，确守前言，以期利涉焉。"

看来戚继光是全才,探究史料,确实如此。一五六三年戚继光被任命为福建总兵,此时,他早以抗倭常胜将军闻名于朝野,戚家军威震海内。可以说,中国两百多年的倭寇大患,在戚继光手上得以解决,至此,日本各岛的来犯者,才承认在中国的冒险没有便宜可占。一五六九年,戚继光升任蓟州总兵,这是负有防御京畿安全的重任,此间,他得到人称"明朝第一位政治家"张居正的赏识,在这重要位置上任期十五年(等于他前任十人任期的总和),又立下了不少赫赫战功。但张居正死后才七个月,戚继光就被调任,直至革职。因为有人提醒万历皇帝,戚继光是伏在宫门之外的一头猛兽,只听张居正的,别人无法节制,此时,朝廷认为戚家军已不是社稷的干将而是国家的威胁了。万历十五年(一五八八)的严冬,一代名将戚继光在贫病交迫中孤独离开人世。这是封建王朝文官体制下的悲剧,文官集团作为封建统治的"决策者",武将的结局必然走不出"兔死狗烹、鸟尽弓藏"的宿命。但人民群众却记住了戚继光,特别是东南沿海,闽东的广大民众几百年来口口相传、啧啧称赞着这位赫赫战功的民族英雄。

二

与抗倭相伴而生的,是闽东大地特别是沿海乡村的古城堡。据清代李拔的《福宁府志》记载,闽东的古城堡有五十八座之多,如果把这些如珍珠般的古城堡串联起来,当年就如一条盘山镇海的巨龙,构筑起闽东海疆的坚固屏障。

明洪武二十一年(一三八八),为了抵御倭寇,福建

玉塘堡东门　(冯文喜 摄)

沿海设置五卫指挥使司，"福宁卫"就是其中之一，地址设在当时的州治东（今霞浦县），卫城新建城墙周长达三千米。卫下属设千户所，同时还设置了水澳、大筼筜、清湾、高罗、延亭、松山六个巡检司。卫所之下再设立墩台，派人瞭望，如发现倭寇，夜以举火、昼则焚烟为号，福宁州当时有这样的烟墩三十六座。同时，还建有三座水寨：烽火门、南日山和浯屿，其中烽火门寨址就在福鼎太姥山下的海边。

卫所建城，巡司建寨，又有星罗棋布的烟墩，按常理说，应是固若金汤了。可能刚建立初期，确实可行，洪武年间，明朝的国力还是很强的，但随着时间的推移，到嘉靖年代已是蔽陋百出了。如水寨迁移——借口设在岛上的水寨地点孤远，风涛汹涌而迁往岸上，实则是将士惮于过海，军备松懈。又如屯田体制崩坏，造成卫所饷源枯竭，军备失修，城防衰败。再如明朝将弁世袭，子弟养尊处优一代不如一代，失去了战斗力。

随着倭寇烧杀掳掠的日益猖獗，于是闽东沿海掀起了一场修建城堡的运动，以此作为防倭抗倭的守卫屏障。当然，州县的城郭，还得以政府官员牵头修筑。据有关史料记载，嘉靖三十三年（一五五四），钟一元为福宁知州，拓建西城，工程才告竣而倭来；三十七年（一五五八），柴应宾为知州，重建雉堞，修完而倭大至。这两战，由于修建了城郭，坚固万守，倭寇终于未能攻下。

福安县城于嘉靖三十八年（一五五九）四月沦陷之后，知县卢仲亡羊补牢，把北山龟颈围入城内修建，翌年四月告竣，之后倭寇再来，则难以攻下了。

不仅是沿海的县市，就连山区的古田县，也因修建城郭，免于倭寇侵犯。辛竟可的《古田县志》载：古田离海数百里，本地人民以为寇不会来犯，知县之所以为路远不足恃，他唇焦舌燥劝谕城中富户，倭寇贪暴，志在金帛，说他们不会来，能有什么保证？于是登记富户，分三等出钱，建敌楼，增城垛，嘉庆四十年倭寇兵临城下，攻城五天，终于失望而去。

冷城古堡　（陈昌平　摄）

　　这些州县主官，有的居安思危未雨绸缪，有的亡羊补牢措施得力，可谓是在其位谋其政。但这些城郭如今均已灰飞烟灭，现在我们环视闽东大地，倒是星星点点散落在乡村的保留尚好的古城堡多达几十个，其中霞浦县东冲半岛东侧的大京古城堡是福建省文物保护单位，至今保存完好。

　　大京，原名大金，传说曾有过路客人在此失落黄金，村人拾金不昧，赢得失主赞之"誉比黄金"。朱元璋为抗御倭寇，下令设置海防巡检司千户所，大金名列福建十二个千户所首位，于是在此兴建城堡"崇墉屹立，不亚小县之城"，城周长两千八百多米，高七米，辟东西南三门（北面依山不设门），外门砌石缝隙皆以铁水浇固，城外凿护城河。城上遍设窝铺、敌台、炮位，装备周全，壁垒森严，起到了"执福建之喉舌，固福宁之屏藩"的作用。

　　城堡内主要街道均以青石板铺设，宽达七米，并建有四个街亭，开凿四口八角大井。民居建筑也大体整齐划一，至今仍保留明朝建筑风格，井水依然清洌可供饮用，由于城堡与西安、南安明城墙以及崇武古城都是同时代的产物，当地就流传"洪武帝要在这里建临时帝都"的说法，大金之名也就一改为大京了。

登城堡而四顾，城门口几株百年古榕沧桑如老者，城墙上爬着青苔，城郭内斑驳的乌青瓦屋顶炊烟袅袅。远处浩浩海天，星星岛屿，漫漫沙滩，一排排的木麻黄组成的护林带使海滨浴场更增添了魅力，这是一个神奇造化的地方，历史上多次出现过海市蜃楼奇观，明人的《长滨琐语》记述："万历癸卯（一六〇三）二月，大京海外忽然起一山，浮水南下，延袤约百余里，其中峰峦林樾、宫室、楼台历历可数。"

距大京不远处有个传胪古城堡，明正德九年该村人民林遂登进士第，殿试名列第四名称"传胪"，从此该村被人叫"传胪村"。根据《林氏家谱》记载，传胪城堡建于嘉靖二十四年（一五四五），周长六百四十米，高五米，座基宽五米，墙顶宽三米五，城今存西、南、北三个城门，古堡保存尚好，建城时依城四周植有岩柴树两百六十一株。如今，古树苍老却枝干遒劲，成为一大特色。传胪古城堡也是福建省文物保护单位。

乡村的古城堡大都由当地百姓自发组织起来修建的。史料记载当年戚继光"奏准始沿海各乡筑堡自卫"。福鼎市桐城街道的玉塘堡也是现存较为完好的城堡。玉塘村本为夏氏聚居地，为抵御倭寇来犯，嘉靖三十九年（一五六〇）夏家集资兴筑城堡，城堡周长七百米，高六米七，顶宽三米多，原设计为东西南北四门，因建筑北门时，失一石匠，夏家认为不利而闭塞。原城门顶上建有城楼，并环以女墙，现城楼和女墙均已不存，但城墙仍保存较为完好。城内民居，建筑古朴，山墙形势多变，富有特色。西门外现有一潭深水，水碧如靛，堡内民妇不改沿袭下来的习惯，依然喜欢在潭边浣衣。北边城墙依山而建，山上多植枫树、乌桕、毛竹，晚秋时节，霜叶与修篁相间，红绿交辉，美不胜收。因此，玉塘秋色成为著名的"桐城八景"之一。

福鼎太姥山下的潋城古堡也颇具特色。它是嘉靖年间由该村杨、叶、王、刘等家族为抗倭自保，分段兴筑而成的。城周长一千一百二十

情 在 历 史 云 深 处

大京城堡

　　大京城堡位于霞浦县长春镇大京村,历史上是海防巡检司所在地。明洪武年间,江夏侯周德兴奉檄建"福宁卫大金守御千户所",名列福建十二"千户所"之首。依山修筑城垣,城周长二八一五米,分东、西、南三个城门并建马面八个,北面靠山,东门为瓮城,城墙六米五,面宽三米六,基座五米二,均为方块乱毛石干砌。城内街道以条石拼排,长一千二百多米,宽七米,并分布四个亭(天地亭、迎恩亭、巷里亭、仓口亭)及四口明清古井。街巷住宅部分呈明清形制。南门城墙书额"千户福宁""海涯屏藩",有一条长八百五十米护城河。城外古榕蔽荫,崇墉屹立。城堡历经六百载风雨至今,保存基本完好,是现今全国最长的乡村古城堡,一九九一年,被列为福建省重点文物保护单位。

七米，高五米七，有东西南三门，南门口有一株百年古榕树，如一守城老将军。城堡至今保存尚好。该村近年来确认为福建省社会主义新农村建设的示范村，所幸的是没有拆古堡，而是在旁边易建了一个别墅式的新村，还在村头种栽了一株古榕树。新老两村相依，一个古朴厚重，一个现代时尚，倒也相得益彰。

距潋城五千米便是秦屿镇，那是一座闽东历史英雄城。嘉靖十七年（一五三八），由土司陈登领导倡建，修筑了福鼎当年最大最长的乡城堡，光城门就有七个。与戚继光同时期的抗倭将军黎鹏举、俞大猷多次屯兵于此，转战南北海疆。现城堡只残余靠海岸的一段，虽只是一截断垣，但很坚固，仍可作为防潮之用，也是一个很有价值的历史古迹。嘉靖三十五年（一五五六），倭寇一万余人侵犯秦屿，秦屿人民在当地人程伯简率领下奋起抵抗，青壮年守卫在前，弱者次之，连妇女也盘起头发运石送饭，程伯简还设下巧计"铳矢并发"，与倭寇展开决斗，迫使"倭乃宵遁"。可是程伯简却"中矢石死城上"，"共难四十余人"。后人在古城堡的小东门城门旁，面对当年倭寇袭击城堡的集结地，建忠烈庙。忠烈庙面积近三百平方米，堂宇古朴，建筑精美。

像秦屿这样有过英雄历史的城堡还有许多，像程伯简这样的抗倭忠烈之士还有很多。《福宁府志·忠节》记载的壮烈牺牲的人士就达数十人。他们有的身担一官半职，有的是读书人，但更多的是一介平民，均能"疾风所加时呈劲草"（清福宁太守李拔语），他们用血肉之躯筑就了闽东古城堡。

古风寿宁，寻找冯梦龙的行迹

明崇祯七年（一六三四），一个秋高气爽的日子，六十一岁的冯梦龙就任寿宁县令。他带着"三言"中理想化的人物，来到了"地僻人难到，山多云易生"的寿宁县，一待便是整整的四年。于今三百七十多年过去，寿宁古风犹存，尚可寻觅。予以古官道、古廊桥、古县邑、古村落、南山古迹、梦龙古酒等"六古"记之。

明崇祯七年（一六三四），一个秋高气爽的日子，六十一岁的冯梦龙就任寿宁县令。此时，他已经编撰完成了代表明代话本小说最高成就的《喻世明言》《醒世恒言》《警世通言》三本书。也就这三本书，奠定了他在中国文学史上一代文豪的地位。当然，此时这位老人并没有意识到自己的丰功伟绩，他也许认为自己搜集、整理、创作和编辑的通俗文学不过是"下里巴人"，难登传统文学的大雅殿堂。他必须认认真真地去干一些正事，或者一番事业，所以当仕途的机会到来时，他带着"三言"中理想化的人物，来到了"地僻人难到，山多云易生"的寿宁县，一待便是整整的四年。于今三百七十多年过去，这里古风犹存，尚可寻觅，予以"六古"记之。

古官道

当年寿宁"山险而逼，水狭而迅"，交通十分不便。水陆仅斜滩以南的溪流可通航，当船过了福安水域，逆流而上时，还需换上小船。陆上只有两条古官道。正道是通往政和，可达当年的建宁府，路经有九曲回肠的九岭和陡峻的尤溪岭，有民谣"九岭爬九年"。与政和的交界处，有条穿山而过的石门隘岩洞，此洞颇长，需"三枝蜡烛过岩洞"。冯老先生诗曰："削壁遮天半，扪梦未得门。凿开山混沌，别有古乾坤。锁岭居当要，临溪势觉尊。笋舆肩侧过，犹恐碍云根。"

次道乃由寿宁通往福安，经过一条十里长的车岭，同样有句经典的民谣"车岭车上天"。《寿宁待志》写道："车岭关即车岭头，去县二十五里，一线千仞，仰关者无所措足。东南路第一险峻处，有扁曰'南门锁钥'。"

看来两条古官道都是险僻荒凉，高路入云端。不知道老先生就任时，从哪一条官道走来的，走了多少天，历经几多艰辛。但他对古官道的建设，却是十分重视。通往政和的正道，在寿宁境内有总铺、叶洋、芹洋、尤溪、平溪、南溪等六铺。老先生要求"每铺立牌坊，标明某铺。至南溪界首，复立坊题曰'政寿交界'"，"使入吾境可计程而达

平溪古官道　（张培基 摄）

也"。就如现在公路上的地名牌和里程碑。通往福安的次道，车岭关原有个小庵，但由于地处荒僻，庵荒废了，道人也跑了，他认为"复关必先复庵"，"乃招庵主，使之增葺墙屋，复给资金垦荒田数亩"，使"行道稍不寂寞"。

更难能可贵的是，老先生极力倡导在古官道两旁植树造林。早他二十年前的知县蒋诰，虽只在任两年，但曾"捐钱植松数百于九岭，以蔽行人"，并"苔罪亦许种松自赎"。老先生对此善政十分钦佩，以此为学习的榜样，发扬光大。

如今，寿宁的交通已十分便利了，从福安高速路口到寿宁全线二级公路，一个小时的路程可到达，古官道大都荒废了。但寿宁的朋友告诉我，几处残破的古官道、古关隘、古路亭有着浓浓的古道遗风，每逢节假日，不少"驴友"成群结队而来，访古探幽，乐此不疲。但最可惜的是曾经蔽日遮天的古松树、古枫树毁于历年战火，劫后余生只有九岭上两株三百多年的古松树，历经沧桑，相互致意，茕茕孑立，形影相吊。

古廊桥

北宋有一幅名画《清明上河图》，画面中最突出最优美的是横跨汴水两岸的虹桥。这座桥当年名曰汴水虹桥，由于它以梁木穿插别压特殊而巧妙的结构形成，使它在中国桥梁史上地位很高。它与河北赵州桥、泉州万安桥、潮州广济桥并称为中国四大名桥。很长一段时间，桥梁界认为，其他三座桥梁至今仍保存于世，而汴水虹桥由于技术失传等原因，在实物中已经找不到了，只能留在画中了。

二十世纪七十年代，我国著名的桥梁专家茅以升先生带着他的团队认真调研后确认，现存于闽东和浙南的近两百座廊桥，就是北宋时期盛行于中原的虹桥。这个发现在桥梁界是一次震动。这使占全国廊桥总数十分之一的寿宁人民大吃一惊继而欢欣鼓舞。

寿宁现存最古老的廊桥就坐落在县城，横跨蟾溪之上，名曰"升平桥"。它建于明朝天顺元年（一四五七），冯梦龙到任时，它已经有一百多年历史。当年老先生在桥上不知走过多少回，察看穿城流过的蟾溪如何治理，后来就在桥下游数十米修建石坝，蓄起一溪清水，放养鱼苗。功成后他曾描述："自升平桥至永清桥，溪水有鱼，或青或红，水清可数。"廊桥如虹似厝，石坝浪花如雪，溪水清澈见底，红鱼青鱼快乐地游弋……何等的和谐与优美。现升平桥旁立有石碑，碑文记载："东坝，崇祯年间冯梦龙修复，《寿宁待志》有'又修复东坝，蓄水数尺于城内，规模亦似粗备矣。'"东坝与升平桥均于一九八六年被公布为寿宁第一批县级文物保护单位。

如今，二十三座的木拱廊桥成了寿宁的一张名片。我曾慕名游历寿宁十多座古廊桥，如果说"升平桥"是最古老的廊桥，我认为最漂亮的廊桥是寿宁杨梅洲景区的古廊桥：桥下的一潭碧水，倒映着乾隆六年（一七四一）建的廊桥，微风袭来，水中的古廊桥摇曳得如同梦幻。寿宁的朋友告诉我，不少游客包括地质专家到此，都说杨梅洲的水蓝绿清澈得如同加入了特殊颜料，真到假的地步。前两年，寿宁县约请了闽浙十个县市人员聚此共商保护、宣传并联合申报古廊桥世界遗产之事宜。我

（康元亮 摄）

（张培基 摄）

（康元亮 摄）

想，如果二十三座的古廊桥及其他的周边环境都像老先生当年那样的经营，一定离申遗成功就不远了。

古县邑

据资料记载，明弘治十八年（一五〇五），知县吴廷暄始筑城墙，历经一百多年，明嘉靖四十一年（一五六二）又遭到倭寇的破坏，残损不堪。冯梦龙到任后便主持修葺衙署城墙，重立四门谯楼，整顿防务，使县邑的建设卓有改观。如今，历经几度兴衰的东城门日升门犹在，也被列为县级文物保护单位。

冯梦龙是带着《三言》中所描绘的"清官"的理想来的，认为一方"父母官"，就要有"大事小事，俱用全力；有事无事，俱抱苦心"，"以勤补拙，以慈辅严，以廉代匮，做一分亦是一分功业，宽一分亦是一分恩惠"的态度。他一到任，听到寿宁老虎横行，百姓惶惶不可终日，就带头捐俸禄造陷阱捕虎，解除了虎患。他曾向上建议改革有关吏治，减轻百姓负担，对粮食储备、食盐供应、防止吏胥胡作非为等，也有独到的见解。他认为由于寿宁地理位置闭塞的原因，造成百姓"不知法律，以气相食"的风气，于是自己细心办案，秉公而断，留下不少佳话。流传至今的《断牛案》便是一个典型案例，说是上村与下村两牛相斗，死了一只，两村就赔与不赔闹起群体纠纷，对簿公堂。老先生写下闻名后世的十六字判词："两牛相斗，一死一生，死者同食，生者同耕。"从此两村相安无事。

二十世纪八十年代以来，老先生对人口与计划生育工作的贡献，越来越受到各界推崇。当年，他针对寿宁陋习，出告示禁溺女婴。该告示用自己拿手的通俗白话文亲笔撰就，动之以情，晓之以理，而且政策到位，措施有力，所以该文被不少报刊和专家经常转载和引用。其实，这几年，新的研究资料发现老先生在《太平广纪钞·古元之》上的批语，对人口与计划生育理论有更全面和科学的论断："人生二男二女，不若人生一男一女，永无增减，可以长久；若二男二女，每生加一倍，日增不减，何以养之？"

老先生更是重视教育，在修缮学宫之后，为诸生"立月课"，并将自己著的《四书指目》颁发给诸生，并"亲为讲解"，于是学宫出现了"士欣欣渐有进取之志"。

老先生十分敬重万历十八年（一五九〇）的寿宁知县戴镗，把他作为自己学习模仿的榜样。他在私署旁的老梅树下建一小亭，名曰"戴清亭"。一九八四年，为纪念老先生入闽三百五十周年，寿宁县重建了戴清亭，并在旁立了"冯梦龙宦寿旧址"碑，碑文乃福建省委老书记项南题写。

戴清亭　（张培基　摄）

古 村 落

前两年，寿宁县出版了图文并茂的《乡土寿宁》，书中所选择的十多个典型的古村落和古民居，都具有鲜明的中国南方明清时期的特点，特别是古村落的选址、布局和建筑形态，大都体现了天人合一的中国传统哲学思想和对大自然的向往与尊重。前不久，宁德市开展了"宁德十大最美乡村"评选活动，投票人数达五十二万人次，寿宁犀溪乡西浦村榜上有名。这些典型的古村落，有几个共同的特点：村头如长虹卧波的廊桥，绕村流淌的清澈溪涧，古树参天掩映村落的风水林，还有深深浅浅、层层叠叠的梯田与茶园。当年老先生一定走过不少村落，采风问俗，考察入微。他编撰的《寿宁待志》地方色彩浓厚，"物产""风俗""岁时"三个章节里更是把乡土寿宁描述得色彩纷呈。

当年寿宁主要作物，主要是稻谷与茶叶，老先生对茶叶有详细的介绍："三甲：南门，住初垄，出细茶。十甲：南门，住葡萄洋村，出细

181

茶。茶出七都。"可见当年，茶在寿宁的民生中已是举足轻重的位置了。细茶据考证就是功夫茶。老先生来自商品经济已经萌芽的苏州城，一定有着开明的商贸意识。正是老先生的大力倡导，利用"斜滩通水，盐贾泛舟交易"的优势，打开了寿宁的茶叶出口大门，也使得斜滩这个古村落水运码头商贾云集，市场活跃，人来客往，络绎不绝。清朝宋际春《咏斜滩》诗云："风烟团一市，竹木绕千家……鲤灯今夕见，百里最繁华。"如今，斜滩镇上明清时期的幢幢华屋依然折射着古镇往日的辉煌。

南山古迹

距寿宁城关十千米的南阳镇赤陵洋村，有一座一柱擎天的南山，主峰海拔一千两百五十四米，是寿宁的一大景区。山上怪石峥嵘，山洞幽奇，流水潺潺，风光绮丽。名山藏古刹，顶峰山坳处有一座建于明弘治年间（一四八八）的龙岩寺。寺前天池，终年泉涌，久旱不涸。据说当年天池中夏荷映日，碧波间锦鲤嬉游。寺后山顶有一矗立的巨石，形似飞天鲤鱼。明清以来，不少官员名士登临斯地，留下摩崖石刻，清道光年间寿宁人拔贡龚灵翼的诗很有意思："池在寺之前，鱼在山之巅。身大池不容，翘首问青天。"

山顶建有冯梦龙塑像，清癯的老先生右手握书卷，左手捻须，可谓白天远眺闽浙千重山峦，夜晚俯瞰境内万家灯火。老先生当年多次跋涉攀登的南山顶，必是云

雾缭绕，宛如仙境。他对斯境情有独钟，大约与闽东历史上的一位读书人分不开。唐朝年间，一位年轻的福安人氏薛令之在此建草堂，埋头苦读，也许是南山的钟灵毓秀使然，神龙二年（七〇六），薛令之北上长安参加科考，成为"文章破八闽天荒"的福建历史上第一位进士。老先生对他推崇不已！

"政简刑清，首尚文学，遇民以恩，待士有礼。"这是《福宁府志》对老先生的评语，这句话也镌刻在南山顶塑像的天然基石上。闽东霞浦人氏、易学大家、福建师大黄寿祺教授诗云："三言世上流传遍，海内皆称眼识高。寿宁四载留政绩，先生岂独是文豪。"

我发现一个有趣的现象，古代大文学家任地方官，不论外放还是贬谪，老百姓大都推崇备至，津津乐道其政绩，如杭州西湖的苏堤和白堤，因了苏东坡和白居易而驰名古今。柳宗元在柳州任刺史四年，病逝于斯，柳州人民为他建柳侯祠，郭沫若先生赞之："柳州旧有柳侯祠，有德于民民祀之。"柳州人民干脆称柳宗元为柳柳州。韩愈"夕贬潮阳路八千"，在潮州为官不过八个月，实际上也来不及做太多的事，最著名的一件事：一条穿城而过的大江经常有鳄鱼出没，伤害民众，韩愈写了篇檄文《祭鳄鱼书》投入江中，从此风平浪静，国泰民安。潮州人民干脆把那江更名为韩江，韩江旁的一座山也叫韩山，并在此建韩文公祠。祠前刻上其名句：业精于勤，荒于嬉，行成于思，毁于随。这都说明中国的老百姓尊重文化，善待文人。闽东人如此，寿宁人更如此！

梦 龙 古 酒

老先生一生好酒，我如此说是有根据的。许多研究冯梦龙的资料都提及他少时有才情，博学多闻，为人旷达，不拘一格，屡考科举不中，于是相当长一段时间沉迷于俚词小说，终日与歌儿妓女厮混，饮酒作诗，"逍遥艳冶场"。他还有与一位风尘女子缠绵悱恻、诗酒相娱的故事。曾被理学家们认为品德有污、疏放不羁的人物。其实作为明清白话小说的开先河和集大成者，冯梦龙如果离开了这段生活，很难想象他会成为一代文豪。老先生是个性情中人，很有气节，清军南下时，他在家乡，以七十岁高龄奔走反清，清顺治三年（一六四六）忧愤而死，也有说被清军所杀。

在寿宁期间，老先生与酒有一段佳话：县城外笔架山下有一王姓酒匠，用虎湾泉水精酿一瓮米烧，送予老先生，老先生饮后直呼"妙哉，佳酿"，欲还银两给酒匠，酒匠坚辞不受，老先生将银两购置虎湾泉水相赠，嘱之多酿美酒，于是此酒称"梦龙米烧"，流传后世。这段佳话在二十世纪九十年代初写入寿宁国营第一酒厂对"梦龙米烧"介绍的材料里。

一九九一年，寿宁县第一酒厂生产的"梦龙米烧"荣获北京中国国际诗酒节酒博览会金爵奖，填补了福建省同类产品获金奖空白。一九九二年，再次在北京获全国同类产品唯一年度国际友好观光年指定产品。时任商业部部长胡平题词易名"梦龙春"酒。那年，寿宁与闽东城乡轰动，组织人马到福州机场迎接载誉归来的获奖功臣。彩车披红挂绿，百姓敲锣击鼓，穿行福州市区招摇而归。那几年，寿宁县提出"酒城茶乡"的口号，红火了一阵，可惜的是如今"梦龙春"酒已鲜有人问津。据说那库存少许的酒已成为收藏的珍品。

据业内人士介绍，"梦龙米烧"所用的虎湾矿泉水经测定含十多种微量元素，又延续古老工艺精酿，酒质芳香透亮，甲醇含量特低，占国际标准允许值六分之一以下，多饮无头痛、口渴之感。一晚，我请阮君写一幅李白《将进酒》，周君陪之，三人各饮五杯简装的"梦龙春"（用玻璃酒杯包装，每杯三两半，俗称"三两半"酒），阮君酒后疾书，一挥而就，堪称得意之作。如今，那酣畅淋漓的墨迹挂在室内，依然透着酒香。

这两年，寿宁县削山填壑，筑坝蓄水，硬生生造出一个新城区，并在河滨两旁，以古廊桥相接，建设一个占地五十多亩的文化主题公园——冯梦龙公园。这对"囿万山之中，形如釜底"的寿宁山城来说，实属不易，寿宁人民再一次欢欣鼓舞。"江山也要文人扶"。古风寿宁，老先生仕宦寿宁的行迹一定使公园熠熠生辉，一定使大江南北更加注目寿宁。

史可法与刘中藻

　　气壮山河的扬州保卫战之后，隆武帝迅速被击溃，弘光政权很快宣告覆灭。刘中藻坚守福安一带。在此之前，他曾倾尽家财，依靠福安人民和闽浙山区的少数民族，组建了一支上万人的抗清劲旅，收复了庆元、泰顺、寿宁、宁德、福安、古田、罗源七个县，展示了他非凡的军事才干。到一六四九年，除福宁州诸县尚在刘中藻手中控制外，周边地区已被清军占领，刘军完全陷于孤立，于是不可避免迎来了福安城保卫战。

末路英雄，多慷慨悲歌！明末清初，以史可法为代表的一大批抗清复明的仁人志士，以一死报国的决心，明知不可为而为之，留下了惊天地、泣鬼神的壮丽篇章。其中有两位誓与城池共存亡的将军十分相似，一位是坚守扬州城的史可法，一位是守护福安城的刘中藻。

史可法领导的扬州保卫战是清兵入关后，剿灭南明王朝的攻城战中，第一次遭遇到的坚强抵抗。斯时，清兵至少十万人，扬州守兵仅一万多人，清豫亲王多铎多方劝降，史可法不为所动，但他清醒地知道，保卫战的成功几乎是不可能的，自己只有抗战到底，以死报国。他曾一口气写下四封遗书给亲人："……北兵于十八日围扬城，至今尚未攻打，然人心已去，收拾不来！法早晚必死，不知夫人肯随我去否？如此世界，生亦无益，不如早早决断也！"真是一纸家书余血泪，千秋正气壮山河。城陷，史可法欲自尽，部属强行夺其佩刀，拥其走小东门，清兵迎面而来，史可法大呼："我史督师也，可引见汝兵主。"遂被俘，多铎当面劝降，史可法严加拒绝："城亡与亡，我意已决，即碎尸万段，甘之如饴，但扬城百万生灵，不可杀戮！"壮烈牺牲于南城楼上，时年四十四岁。

如今，扬州的梅花岭上，朱德委员长亲笔题写匾额的史可法纪念馆巍然耸立，清代张尔荩所撰的对联"数点梅花亡国泪，二分明月故臣心"声名远播。据民间传说，岭上梅花原是蕊心洁白，史公殉难后，梅花为其感染，瓣黄如故，蕊红似血。唐朝诗人徐凝所作诗句"天下三分明月夜，二分无赖是扬州"千古传诵，我认为，这里"二分明月"可作为象征史公的爱国忠心的写照。江泽民主席曾多次吟诵这一脍炙人口的诗句，一九九一年，他陪同金日成参观纪念馆，亲自当解说员，金日成留下："史可法将军的爱国精神永放光芒"的题词。耐人寻味的是，清乾隆皇帝南巡扬州时，也到史可法墓吊唁，给史公加上"忠正"谥号，并亲书"褒慰忠魂"四字。

扬州保卫战四年之后，顺治六年（一六四九）农历正月初二，面对清总督陈锦亲率清军数万，兵临城下时，刘中藻领导的历时一百三十多天的福安保卫战开始了。

刘中藻，今福安市苏阳人，和史可法有太多相似之处，他比史公晚生四年，同样是崇祯年间进士及第，史公就义四年后，他也和史公一样

"城亡与亡"，慷慨就义。

扬州城失守后，清兵很快渡过钱塘江，鲁王被击溃，退守海崖，由于郑芝龙与洪承畴勾结，隆武帝也被击溃，是年八月死于福州，弘光政权宣告覆灭。此间，刘中藻仍坚守福安一带。在此之前，他曾倾尽家财，依靠福安人民和闽浙山区的少数民族，组建了一支上万人的抗清劲旅，收复了庆元、泰顺、寿宁、宁德、福安、古田、罗源七个县，展示了他非凡的军事才干。到一六四九年，除福宁州诸县尚在刘中藻手中控制外，周边地区已被清军占领，刘军完全陷于孤立，于是不可避免迎来了福安城保卫战。

福安是一个历史悠久、文化积淀深厚、生态优美的县城，宋朝诗人郑寀如此描绘："韩阳风景世间无，堪与王维作画图。"然而，福安在建城伊始，就犯了军事上的错误，福安是一二四五年从长溪县析出的，时尚未有城墙，直到明正德年间，为抵御倭寇而应急修建的，也许没有考虑周全，采取了"留龟放鹤"，也就是把龟山围在了城里，将鹤山放置城外，鹤山就成了攻城者窥视全城的"瞭望台"，再加上福安固有的地势，自然成了易攻难守之地。

（黄俊 摄）

刘中藻本可在清军围城之前率军撤入山区与敌周旋，但他还是决意坚守福安城，这除了和史可法一样抱着"城亡与亡"的大节大义外，他认为局势上还有"时变"的可能。此时，广西的桂王朱由榔建元永历，称帝于肇庆。永历帝是明神宗之孙，成为全国抗清力量新的旗帜；隆武帝遇难后，他的胞弟朱聿锷逃到广州，建元绍武，继就监国位；鲁王虽被击溃，但又起兵舟山群岛，刘中藻被鲁王封为兵部尚书兼东阁大学士。基于这种局势，刘中藻采取保存实力，坚守福安城，以待时变，促

使反清复明烽火再度连成一片。

陈锦当然知道刘中藻的军事才干，他提兵距福安十里下寨，树栅栏，挖壕堑，围而不打，以消耗战拖垮明军。

然而，南明大势已去，"时变"的机遇始终没有出现，孤城与孤军，福安城保卫战历时一百三十天，外援断绝，两万精锐之师损失过半，希望彻底破灭之后，刘中藻为了保护无辜的福安人民免受屠城之难，作出了牺牲自己的性命，以报效明王朝和桑梓的决定。

顺治六年（一六四九）农历四月十日，刘中藻在致书清总督陈锦之后，遗嘱家人："我死无易衣冠，扶坐中堂，使人见我大明威仪也！"他穿戴好明朝官服，吞金屑从容自尽。清军攻破城后，"主兵者疑有诈，迟久乃振旅入城，见公衣冠俨然，颜色如生，须眉欲竖，皆惧而罗拜"。面对如此壮烈之场面，陈总督料也肃然起敬，善待忠魂。

青山有幸埋忠骨。如今，福安苏阳村简朴的刘中藻墓仍保存完好，墓丘平缓且呈"凤"字形，三合土构筑。墓坪前有两根圆柱形尖顶石柱、屏墙和碑亭。亭后壁中间立清乾隆十五年（一七五〇）墓碑，两侧立墓志照壁所题："忠比文山"（文天祥号文山），我想，最好再题一句"魂追宪之"（史可法字宪之），九泉之下，同是四十四岁死而后已的两位将军，他们的心有灵犀一定会穿透茫茫时空。

甘国宝和他的故乡

三百年的光阴漫长，三百年的历史短暂，漫长又短暂的岁月让两度戍台总兵甘国宝虽在历史长河中只是雪泥鸿爪，但却深深地在他的故乡留下了永不磨灭的印迹，而故乡就如白水洋畔那株奇特的四季杜鹃，月月开花，常年不断，仿佛只能用这种奇妙的方式告示世人什么是永远的绚丽和荣光。

甘国宝是哪里人，历来说法不一，除屏南县外，还有两种说法：一种说是古田县人，理由是甘国宝出生时，古田和屏南是一个县，他二十五岁那年，屏南才从古田北部诸乡分置，而他七岁时，就迁居古田长岭村。另一种说法是福州人，理由是他十七岁就搬迁到福州三坊七巷的文儒坊，并在那里中武举接着中武进士的。这两种说法似乎都有道理。我想，是否可以这么说，甘国宝生在屏南，长在古田，成才在福州。

虎将故里天人合一钟灵毓秀

甘国宝在屏南县的故里，关系到两个村，他出生地是甘棠镇小梨洋村，而祖籍地是漈下村，两村相距八里地。据说，甘国宝的祖上原是住在漈下村，因为耕种的田地在现在的小梨洋村，为图方便，在此盖了草寮，后来干脆在这片平缓之地造屋居住，小梨洋村渐渐发展为如今有一千人口的甘氏后裔村。

漈下村有着五百多年的历史，二〇〇九年二月被列入国务院批准的"中国历史文化名村"，成了福建省第九个中国历史文化名村。

走进漈下村，一条清澈的溪流把村庄一分为二，横跨溪流之上的，竟有两座闽东特色的古廊桥：村口的称聚宝桥，村子中段的叫花桥；聚宝桥在风水林的怀抱中，桥下，筑起一条小水坝，蓄起一池碧水，青翠的森林和古朴的廊桥倒映水中，坝上还有错落有致的连接两岸的石墩，称聚宝桥，贴切也。花桥建于康熙四十一年（一七〇二），比甘将军年龄还大，桥上有两排靠背椅，可坐五六十人，厝桥梁上悬挂着电视，成为全村群众活动中心，这里还是观鲤鱼的好去处——溪里养着上千尾的鲤鱼。

沿溪两岸的明清古民居均是黄土墙乌青瓦，那黄土夯成的宽厚墙体，那层层叠叠密实的乌青瓦，历经风雨沧桑，斑驳陆离，如同一册册竹简、一本本古书，无言地诉说着厚重的历史。古村落中有官厅、有钱庄、有驿站，够了，只要提到这三个地方就可以让人想象到这里曾经是

千乘桥晨韵 (包锦瑶 摄)

达官贵人出入、商贾云集、车水马龙的繁华风流之地。

更奇特的是坐落在村中心的古城楼，建于明朝天顺五年（一四六一）。它坐南朝北，临溪与花桥相倚，为双层建筑，楼顶飞檐翘角，城门乃条石弧拱，上题"漈水安澜"四字。城楼上原本悬挂着甘国宝在雍正已酉科会试第三名、殿试二甲八名进士之"会魁"金字匾额，与城门外两副旗杆碣交相辉映，可惜"文革"期间均遭毁坏。

但最为漈下人津津乐道的还是被列入福州十邑百座名祠之一的甘氏宗祠。这座土木砖石结构的明式建筑里有一块镇祠之宝，原乃高悬在正梁之上的乾隆皇帝御赐给甘国宝的"福"字金匾，那是乾隆三十三年（一七六九）十二月甘国宝为广东提督省亲时带回，匾额实木制作，红底金字，虽历数百年，漆色仍十分清晰。由于此匾文物价值之高，近二十多年来，村子里谁当村民主任，就由谁来保管，以明责任。

小梨洋村的历史比起漈下村自然短些，但也近四百年。村民引以为豪的是它独特的风水：村庄坐北朝南，背靠巍巍青山，面临一条大溪，溪流呈半圆形绕村而过，像一张拉紧的弓，而甘国宝的祖墓、祖居和溪对岸的"高山峰"三点成一线，如一支待发的箭矢直指正南方。

甘国宝的祖墓地形宛如大象头部，据说赐福后人伟大吉祥。通往祖墓路上的涧水旁，有两株珍稀树种——水松，树龄已达千年以上，这两株水松构成一扇树门，锁住出水口。

甘国宝的故居，有四个地方。漈下村故居为占地两百多平方米的土木两层楼式建筑，屋内有一口半圆形水井，其水甘洌至今可饮用。小梨洋村的故居乃其祖父于清顺治年间所建，给人印象深刻的是老屋大门前和大门内各有十五级与九级石阶，它们使不大的老屋显出了威严之感，最奇特的是，甘国宝出生的房间，床前地陷一坑，据说那是他出生时冲劲十足呱呱坠地砸成的。古田县长岭村的故居就比较气派了。大门外有门坪、后门当、大石狮、四副旗杆碣等，大门顶上悬挂着御赐匾额，乾隆皇帝亲笔所题"非俗同"。主房大厅乃青色方砖铺地，天井还有鱼池。福州文儒坊故居，就是现在著名的三坊七巷所在地，面积有一千多平方米，可见当年之显赫。

屏南的朋友告诉我，漈下村有飞凤落洋之象，驻足甘氏祠堂，对面是马鞍山横卧，北有文笔峰挺秀，南有洁霞岭霞光掩映，后有伏凤坡古木参天。小梨洋村的溪流如玉带环腰，对岸的高山峰如清朝的顶戴官帽。尽管两村的风水如此之好，甘国宝的父母辈却信奉"树挪死，人挪活"的俗语，不断迁居，后人溢美之那是为了甘国宝的成才而效"孟母三迁"，在他七岁迁往古田长岭村，十七岁时再迁居福州文儒坊。长岭村距古田县城才几千米的路途，而古田在唐开元年间就置县，文化底蕴深厚，甘国宝的父辈为了儿子的教育由偏僻的乡村迁居到城关附近陪读。福州"文儒坊"，光这坊名就了不得，可谓宅溢文章、巷走诗文，宋代起就名人辈出，明抗倭名将戚继光、明兵部尚书张经都居住过这里，这里还出过"六子科甲"，祖父及孙代代中"世进士"，出过末代帝师。甘国宝十七岁迁居到此，十九岁应武试，二十一岁登贤文，二十五岁中进士，科举场上春风得意，一次次金榜题名和这耳濡目染的诗书礼乐环境当然是分不开的。

地灵人杰，这句老话同样适用于屏南县。这里有国家级风景名胜区白水洋鸳鸯溪，集山水灵气于一体，不管你乐山还是乐水，都能在这里得到充分体验。而上楼村七十二株成片古生代孑遗植物水松林，有上千年的历史，如七十二枝剑戟直指湛湛青天，如同甘将军所率的威武神通的御林军；这里还有南方独有的几万亩高山草场和泥炭湿地，似乎使你看到戍台总兵铁骑纵横驰骋的旷世豪情。

虎桩拳代代相传英才辈出

相传甘国宝父母结婚多年未孕，到仙奶殿求子，当晚他母亲梦见一

只吊睛白额猛虎扑面而来，大叫一声，从此怀孕。所以，甘国宝是虎精投胎的种种传说至今在屏南坊间流传不息。如甘国宝孩提时调皮捣蛋，被其父母追打，他翻墙而逃，至今土墙上还留下虎爪印迹；迁居长岭村，途中鸭子炸了群，只见一只小老虎在赶鸭，原来是小国宝肚子饿了；阵前现虎的演绎就更多了，无论是任总兵还是提督期间，凡决战，必有猛虎助阵，名副其实的虎将也。

其实，虎将是怎么炼成的，看看甘国宝的履历表和屏南代代尚武之风便知道答案了。

甘国宝十四岁参加文童试列全县第一，十八岁参加武童试，获取入学，二十一岁考取武举人，二十五岁进京会试为第三名，殿试二甲八名进士。可以说，是正宗科班出身。

殿试之后，甘国宝从御前侍卫起步。相继到七个省区任游击、参将、副将、总兵、提督，完全是一步一个脚印，逐级提拔到一品之位。他一生戎马倥偬，为清王朝立下汗马功劳，但最引人注目的是乾隆二十五年和三十一年，两次挂印台湾总兵，并诏谕"此系第一要地，不同它处，非才干优良，见识明彻者不能胜任"。

史料记载甘国宝自幼习武，臂力过人，武艺精进，犹尚虎桩拳和骑射，这固然是他聪颖机敏、勤学苦练的结果，但也与尚武成风的环境分不开。漈下村就是代

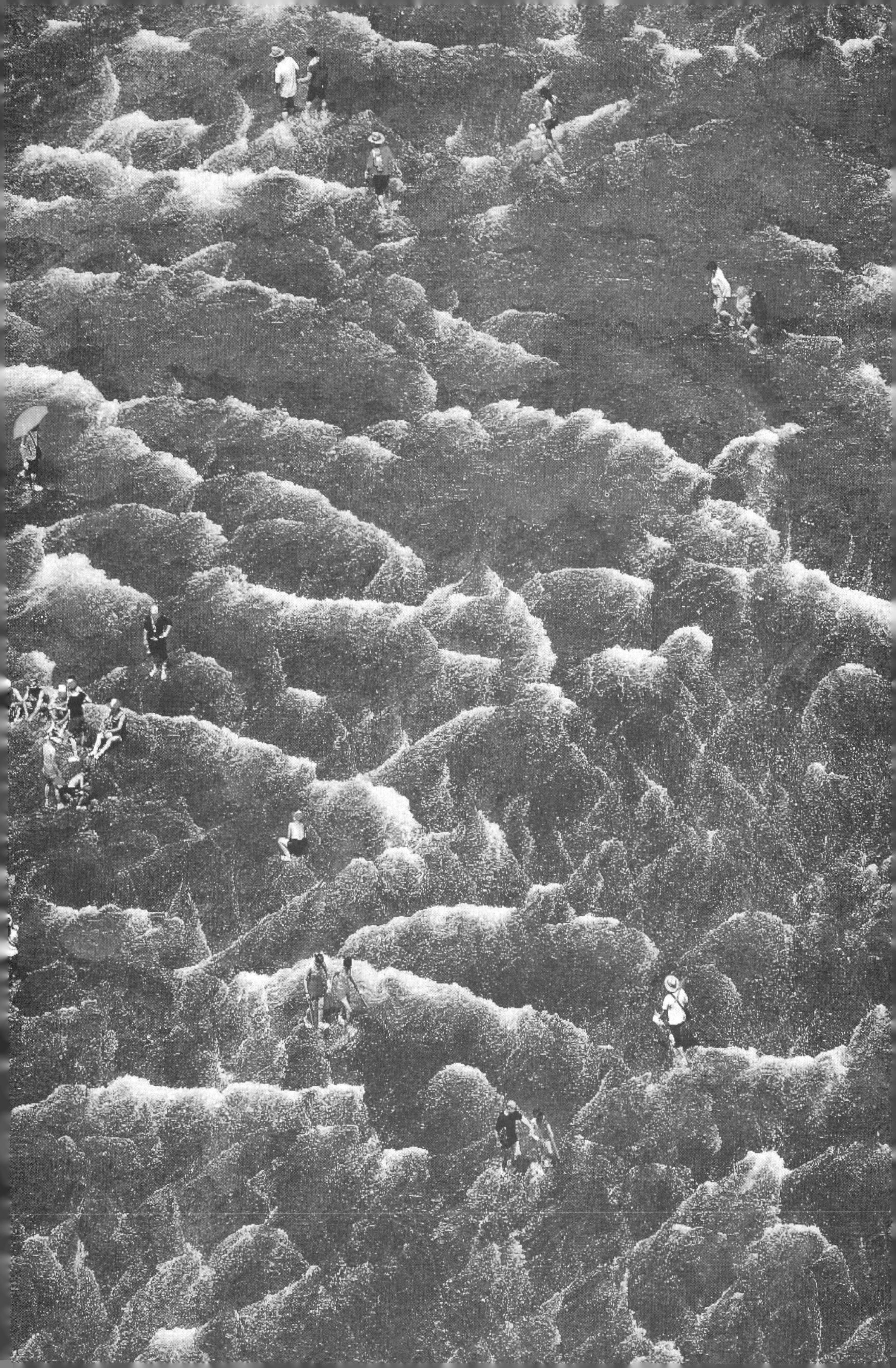

溪水长廊

代尚武成风的典范。村主任甘乾应是漈下甘氏第十七代传人（甘国宝属第九代），四十岁出头，那日他在官厅里为我们打了一套虎桩拳，招势威猛，出势急促，不时一声断喝，真是虎虎生威。他告诉我，屏南县虎桩拳协会就设在该村，全村四百多户几乎每户都有人会耍几招。

漈下村村口旁有一片风水林，大树参天，有几十株树龄三百多年的南方油杉林。甘乾应带着我们穿过风水林，来到宽敞的坡顶，这就是几百年前的跑马场，当年甘氏兄弟"农忙下地耕种，农闲跑马射箭"，如今，在那青青的杂草丛里，还躺着两块硕大的上马石。

小梨洋村的八卦亭即是练武场所，亭前地面嵌有直径一米二的阴阳八卦大石盘，亭前有一个一百多斤的球形练武石，亭外有一块上千平方米的练武坪，该村除流传虎桩拳外，还独传"六桩梅花棍"。一九八六年，该棍术在全省体育运动会上获二等奖。村文书甘景语告诉我，清雍正十三年（一七三五），甘国宝回乡祭祖，带其侄儿入京城习武，十年后学成六桩梅花棍法回乡，流传至今。

长岭村也尚存演武厅和演武石，厅里练武留下的痕迹清晰可见，两块矩形的演武石重一百八十千克。

屏南县自古以来的崇武之风，于今仍十分盛行。多年来，结合国内外武术比赛项目，这里培养出一批优秀的教练和运动员，代表闽东或屏南参加省、市比赛，多次获大奖。

屏南的老百姓似乎更喜爱传统的武术。二十一世纪初，屏南县曾举办过一次大型的民间传统武术会演，有三百多名武术爱好者进行了刀、枪、剑、棍、鞭、拳、铲、烟筒、板凳、锄头等三十多种的功、法表演，真使人大开眼界。

二〇〇四年的首届中国白水洋文化旅游节开幕式表演更令人耳目一新。在那八万平方米的黑色岩石天然广场上，清泉石上流，人行其上，水仅没踝，阳光下波光潋滟，一片白炽，水上广场舞狮舞龙，团体操表演，团体踢踏舞……蔚为壮观。国家旅游局常务副局长孙钢赋诗曰："天造奇观白水洋，巨石板上水泱泱。万人可舞碧波里，还可赏猴觅鸳鸯。"但最夺人眼球的还是演绎甘国宝戍台的"总兵点将"和"水上传统武术表演"，那排山倒海的军士列阵，东征西挡，北冲南卫，彩旗猎猎；那虎

桩拳、梅花棍、鹿形棒，特别是手持各种农具工具的锄头功、扁担功、狼筅功、板凳功、扫帚功、烟筒功等等表演，威武神勇，章法严密变幻莫测，奇特实用……与吴仪副总理为白水洋景区所题的"奇特景观"融为一体了。

指虎画出神入化虎虎生威

现在能看到甘国宝肖像，是一幅身着清朝一品官员的朝服和头戴花翎的画像。对这幅画像，在下实在不敢恭维，因为他既不威武，也不儒雅，我曾询问屏南的朋友，朋友说人不可貌相，但我还是不以为然，甚至认为画像是杜撰的。理由有二：一是画像有"升至九门提督"和"民

鸳鸯兔见慈溪廊桥 （彭文海 摄）

国二十年某人图、某人书"之类的题序，估计是当年根据市井传说和戏剧演绎中有种种劣迹，又靠裙带关系一朝发迹的那个甘国宝所画像的（建议甘国宝研究会做个研判）。二是历史许多史料说明，通过殿试的进士，皇帝老儿亲眼所钦定的人选，有的因为名字起不好都落选了。如果人长得不顺眼还不被咔嚓掉（这两类例子每个朝代都有），所以我以为甘国宝应该既威武又儒雅，相貌堂堂一汉子也。

其实甘国宝的一生不仅仅具有金戈铁马、气吞万里如虎的一面，他还是一位文化功底颇深厚的儒将。他十四岁参加文童试名列全县第一，应该具备秀才资格了，即便后来武试科举中，也要面对诸如策论兵书之类的理论课，所以，正是因为"文武兼备"，乾隆皇帝才会视他"才干优良、见识明彻"。

最能体现甘国宝文化修养的当然是他的指虎画。《福建通志》记载他"雅好文墨，每下车必访其地知名人士，尊礼之"。清朝蔡新所著《甘国宝行状》记述他"铃辕余暇，则轻裘缓带，雅歌投壶"，"尤长指头画，酒酣耳热，顾曲泼墨"。看来赫赫虎威的将军十分尊重文化，还遍访名士，乐意和文化人交往，并懂音律，会唱歌，同样是个性情中人，经常搞些沙龙，开怀畅饮，投壶打赌，吟诗放歌。当然他最感兴趣的还是五指醮墨，画出形态各异的指墨虎。

据不完全统计，甘国宝指墨所画虎姿有奔走虎、蹲虎、卧虎、上山虎、下山虎、过河虎、飞涧虎、咆哮虎、相亲虎、争斗虎、爱抚虎等

鸳鸯溪栈道　（彭文海　摄）

等。国家一级美术师、东方书画社社长梁桂元把甘国宝的指虎画定位为"文人画"，他认为专业画家画的作品要求比较逼真，比较细腻，色彩比较准确，而文人画不求这个，它更以笔墨为主，淡雅有韵味，而且有内涵、有意境，不注重形象，更重于神似。甘国宝的指虎画很粗犷、很简练、很概括、很古朴。至于指头画的历史，他认为汉唐就有，但只是尝试，真正的指画是乾隆初期，浙江的高奇佩是创始人，甘国宝比他晚几十年。

甘国宝的指虎画在他的故乡似乎被神化了。福州和古田的民间传说，只要在房屋里挂一张指虎画，就会避免火灾，挂在厅堂，一天也不能取下来。漈下村有则传说更有意思：有人将一幅上山虎挂于大厅上，不久就发现狗一见画虎，便夹起尾巴，瑟瑟发抖，终至小便失禁。漈下村与小梨洋村的村民们对甘国宝的指虎画十分虔诚，几乎家家户户的厅堂都挂着它的复制品，大都与那幅并不能让人恭维的甘国宝画像挂在一起，村主任告诉我，这是传统也是爱好。

三百年的光阴漫长，三百年的历史短暂，漫长又短暂的岁月让两度戎台总兵甘国宝虽在历史长河中只是雪泥鸿爪，但却深深地在他的故乡留下了永不磨灭的印迹，而故乡就如白水洋畔那株奇特的四季杜鹃，月月开花，常年不断，仿佛只能用这种奇妙的方式昭示世人什么是永远的绚丽和荣光。

"兰社"领军林滋秀

林滋秀就是以这样的才情和诗心赢得了身边文友的推崇，于是在他左右集结了当时闽浙两省一大批饱学之士。他们以福鼎为中心，以林滋秀为领军人物成立了闽浙边界文学团体"兰社"。其实他们的影响远远超过闽浙两省……

清乾隆嘉庆年间，福鼎的文学在全国占一席之地，因为当时异军突起的闽浙边界文学团体——"兰社"的落脚点在福鼎。其领军人物就是福鼎桐山流美人氏林滋秀。

林滋秀绝对是个神童，福鼎坊间至今还在盛传着他少儿时让人惊叹的故事。

林滋秀九岁时，夏日雨过天晴，他舅舅给他出了一上联"雨打竹林林滋秀"，他立即对出"风吹荷叶叶向高"。好家伙，这副对联无论是修辞、寓意，还是对仗、平仄都是一副工对、巧对；更难得的是一股抱负与豪情从九岁小儿胸中脱口而出。叶向高乃明朝万历年间的首辅，德高望重。也是同一年，清军福鼎桐山营、烽火营镇压"台变"（台湾林爽文所领导的一七八七年天地会反清复明起义）回师，八千兵旅拥入流美村，村人皆惊惶失措，幸亏小滋秀能说"官话"，与官兵们从容周旋，流美村全境安然无犯。

林滋秀十岁那年，父亲带他参加童子试，门禁见其稚弱，责其父曰："考试怎能带小孩进场？"小滋秀昂然作答："童子试，童子为何不能应试？"门禁语塞，及时引领入考棚。林滋秀试罢，交了头卷，主考官县令李其沛评卷惊文章之奇好，疑有作弊，面试时令其背诵，小滋秀从容应试，一字不漏。十六岁，林滋秀以《兰花赋》府试夺冠，十八岁福州城乡试中举。有道是"榕城望榜，菊苑看花"（林滋秀《三十自序》）。

神童的发展，大都不尽如人意，林滋秀的"春风得意马蹄疾"，终不能"一日看尽长安花"，而后三年一考，历经九年的京城会试，他均名落孙山。

或许命运的安排自有它的道理，这样反而造就了林滋秀不凡的阅历和扎实的功底、浓郁的才情与脱俗的诗心。这九年，他主要做两件事：行万里路和读万卷书，他在《三十自序》中回忆："只愿观光上国，见宫室城池府库，而后知天下大观；看经史子集文章，而后知文人聚薮。燕齐吴越，饱穷两戒山河；草木风烟，想到六朝人物。此际诗肠激荡，酒垒淋漓。"值得一提的是，这期间，他被相国梁蕉林应聘为相府教席，坐馆六年。梁相国乃朝中重臣，且家藏图书宏富，林滋秀游历于书海之中，同时结交天下鸿儒硕士，为他日后领军"兰社"奠定了厚实的学识和人脉基础。此时的文坛泰斗、国子监祭酒法式善亲为林滋秀文集《快轩试帖》作序，并诗赞："古人不可见，作者厚相期。"

在家人的催促下，二十七岁的林滋秀终于下决心回到福鼎，先后在泰顺罗阳书院、福鼎桐山书院教书，这一教就是二十四年。当然，教书是职业，是养家糊口的需要，但林滋秀的心思却更多地放在文学事业上，嘉庆十八年（一八〇九），仁宗皇帝五旬寿诞，命天下各省贡书以祝，林滋秀撰《集古》《集姓》两篇千字文，广征博引，无一字无来历，帝览毕，赞叹曰："不意闽海之滨，竟有此博学之佳士。"于是林滋秀名播海内。浙江玉环县进士林芷生读罢奇文，叹曰："此奇才也，非访之不可！"特地从杭州乘轿到福鼎拜见，两人一见如故，在桐山书院促膝谈诗论文，流连七八日方作别，终成莫逆之交。林滋秀特作《送家芷生进士归玉环序》："神交弗隔，朋至斯孚。欣一面之始谋，信两心之久惬……名同香草，久必相思；地隔玉环，连而不绝。"

浙江苍南县蒲门拔贡华文漪，性耿介，文脱俗，他与林滋秀是从未谋面的深交文友。华文漪英年早逝，临终时将其一生心血结晶《逢原斋诗文集》手稿嘱家人务必专程送到福鼎林滋秀手里，拜托他帮助整理付梓。林滋秀接文稿，声泪俱下，如失手足，作《哭华文漪文》："二十年兰社,弟有神交;一百里蒲门,从无面晤。""呜呼,往来简牍,各藏数百余笺;规劝箴言,讵等寻常泛札?"哀痛之余,遂变卖部分财产,帮助出版华氏遗著,并亲自作序、跋,极力推崇其"才学识"三长。《逢原斋诗文集》刊印于华氏辞世之翌年即道光六年(一八二六),时过近两百年,二十世纪八十年代末,浙江苍南县政协文史委还重刊了《逢原斋诗文集》。

林滋秀就是以这样的才情和诗心赢得了身边文友的推崇,在他左右集结了当时闽浙两省一大批饱学之士。他们以福鼎为中心,以林滋秀为领军人物,成立了闽浙边界文学团体"兰社"。其实他们的影响远远超过闽浙两省,在长长的兰社成员名单中,笔者还看到山东高密的单柳桥、湖南衡山的毛南垣、江苏长州的王芑孙、江西南康的卢蔗香、广东合浦的李载园以及云南昆明的文望卢等等。

大家虽"计程在百里千里而遥,观面或五年十年不定"(林滋秀《兰社诗略序》),但他们"神交梦访,平时无偲偲握手之欢;可欣者,牍往笺来,到处有娓娓知心之话。"他们以为:"兰,善气迎人,幽香入操,庭芝可爱,沉芷相思。"于是"兰畹结同心之契"。(林滋秀《兰社诗略序》)并且把他们的社团组织取名"兰社"。

"兰社"的文学实践,有力地促进了闽浙边界文化的交流,提供了宋元以来闽学与永嘉学派竞相交融的平台。

林滋秀自己也是个高产作家,著有《双桂堂文集》《双桂堂经文》

兰社风采浮雕 (彭登笋 摄)

福鼎桐山溪 （施永平 摄）

《快轩诗存》《腐子脍传奇》等诗文集，同时还主编兰社诗人的合集和闽浙边区诸名家代表作。

过了知天命的林滋秀，有两次当官的机会，一次他自己放弃了，另一次却没有真正当成。按清制，举人不能直接做官，需取得进士功名之后才有资格，但对于连续考三次未中进士的举人，朝廷每六年从中挑选一批出仕者，谓之"大挑"，应该说，这种政策还是充分体现了对知识分子的人文关怀。道光十年（一八三〇），遇上朝廷"大挑"，召林滋秀赴京待选，此时，林滋秀正在家中编选《逢原斋诗文集》，不知道他是因为尚友敦谊，受人之托，一诺重千金之故，还是对朝廷这种似乎"安慰奖"的出仕捷径不屑，总之，他是放弃了，以"父疾"的借口坚辞不赴。

又过了两年，林滋秀五十四岁，承吏部尚书潘芝轩推荐，朝廷任命他为湖北荆门州知州，择日到任。

"楚寒三湘接，荆门九派通"，湖北的荆门素有"荆楚门户"之称，历来为兵家和商家必争之地，朝廷一下子把五品的地方官重任交付给一个毫无仕途经验的读书人，不可谓不器重。不知道，这一纸诏书是否又唤起林滋秀沉睡了二十六年的仕途壮志豪情。

于是，那年春天，老举人林滋秀带上刚二十岁出头、自小深得他疼爱和器重的外甥张永德，越过闽浙边界的分水关，沿着古官道北上。作为当时闽浙边界名噪一时的文学团体兰社的领军人物，林滋秀结交的诗友文人太多了，沿途逐一探访，每每诗酒唱和，频繁滞留不亦乐乎。他似乎更热衷于这种文人生活和文化氛围，不急于走马上任。但造化弄人，这年中秋之后，五十四岁的林滋秀患上了鼓胀之疾，十月初二不治而亡于京都。

张永德只好孤身一人护送舅舅灵柩还乡，一路上以林滋秀"荆门州知州"的身份拜访州县长官和告知他生前的旧交文友，得到大家的盘缠资助，沿京杭大运河南下，到达杭州，与北上接应的林滋秀长子相会，终于把林滋秀的棺椁护送到福鼎安葬。

此后，张永德依靠福鼎得天独厚的茶叶资源，北上做起了以白茶为主的茶叶的贸易，取商号"张元记"，越做越大，成了一家大商号。原来年轻的外甥跟随舅舅北上一游，不仅开阔了眼界，而且认识结交了舅舅大量文坛诗友，为日后的生意奠定了广泛的人脉基础。"张元记"在二十世纪中期走向衰落，听说近几年，随着福鼎茶产业全面振兴，白茶越来越红火之际，张家后人重新启用老字号"张元记"，以图复兴。这是林滋秀在生命终结之际"无意而为之"的一件传奇。

福鼎有一条美丽的桐山溪穿城而过，每年夏天，每天有成百上千的市民在溪里游泳；多年来的春节，都在这里举办闽浙两地冬泳比赛，近千名冬泳精英齐聚福鼎，他们"亲水"之后，对一个城市居然还有一条这么清澈的溪水赞叹不绝。桐山溪的西岸，有一个漂亮的福鼎文化公园，在一个巨大的青铜鼎背面的岸壁上，镌刻着十面大型浮雕，以福鼎十个标志性、代表性场景为载体，以场景所承载的人物与事件为主要内容，以点串线，反映福鼎的历史人文和自然地理，以林滋秀为代表的"兰社风采"就位列其中。

林滋秀先生儒雅地站在桐山溪畔，看到眼前的潺潺溪水和更远处漫山遍野的绿色茶园，他的目光显得从容淡定。

情　在　历　史　云　深　处

琴　歌
〔清〕林滋秀
君弦一断臣弦绝，文山忠烈叠山节。
各留一砚还一琴，五百年后在闽浙。

魏敬中的韧劲与功底

读魏敬中老先生，最使人感动和钦佩的是，他二十一年七折七考的科举之路的韧劲和一生严谨治学的宽广与厚重的功底。

这韧劲还是有共性的，连自然风光也如此。周宁有个著名的瀑布群，俗名"九龙漈"，由形态各异的九级瀑布组成，一瀑连一瀑，首尾流程一千米，落差三百多米。伫立在对岸山顶，九级瀑布尽收眼底；千军万马，气势磅礴，百折不回，一泻到底，真有一种"奔流到海不复回"的坚韧之劲。

深厚的学问功底是靠一生的勤勉造就的，而这功底留与后人的便是古风、国粹、深厚的人文底蕴。所以，有着八百年历史的古风悠悠的鲤鱼溪流淌在魏敬中的家乡，不就诠释了她的悠远绵长吗！

读魏敬中老先生，最使人感动和钦佩的是，他二十一年七折七考的科举之路的韧劲和一生严谨治学的宽广与厚重的功底。

魏敬中，清乾隆四十三年（一七七八）生于今宁德市周宁县咸村镇樟源村。他幼年聪敏好学，五岁入私塾启蒙，有人问他："独不恋母乎？"答之："恋学即恋母也。"读《易·乾象》，立言："欲为君子宜法天。"要祖父替他书"天"字贴在书房墙壁上，以自励。十一岁能下笔成文，文章跌宕有奇气，不同凡响。当时，福安名儒郑英山视之为奇才，曾留之在家中读书，福宁知府秋涛亦常招之入府厚待，面授诗文。嘉庆六年（一八○一），魏敬中二十三岁便考选拔贡，并为本科乡试经魁。但之后考进士之途却十分坎坷，曾接连七次赴京应试不中，长达二十一载，直到四十四岁那年，参加嘉庆皇帝的殿试，获二甲第六名，赐进士出身，钦点翰林院庶吉士，散馆后，授编修，任国史馆总纂，加七级诰授奉政大夫，晋封朝议大夫。

魏敬中年幼时，简直是在一片赞扬声中成长的"神童"，年纪轻轻就考中举人，可谓"春风得意马蹄疾"，但随后却是三年一次的苦读、希望、幻灭，周而复始，七折七考，屡败屡战。试想，如果没有超乎常人的坚韧不拔的意志，怎么能苦守寒窗成就辉煌？

这说明周宁人的韧劲还是有传统的。一个不到二十万人口的高山小县，改革开放以来，竟有六七万人到上海创业。这些年，上海钢材市场排行榜的前十位，有一半是周宁人执牛耳。每逢春节，上万辆小车从上海鱼贯驶回山城，多有"宝马""奔驰"，相伴"拜年"之声络绎不绝。上海滩的创业史没有百折不回的韧劲就不会有如此的风光亮丽。周宁籍大企业家陈翔闭先生曾对我说：刚到上海打拼的头几年，没有盘缠回家过年，有一年，实在想回家，只好去卖血，换来返乡的车票。

看来这韧劲还是有共性的，连自然风光也如此。周宁有个著名的瀑布群，俗名"九龙漈"，由形态各异的九级瀑布组成，一瀑连一瀑，首尾流程一千米，落差三百多米。第一级瀑布高四十六米，宽七十六米，最为壮观。老省长胡平曾赞之"八闽之最，华东无双"。伫立在对岸山顶，九级瀑布尽收眼底，千军万马，气势磅礴，百折不回，一泻到底，真有

浦源村 （彭文海 摄）

九龙漈瀑布 （彭文海 摄）

情 在 历 史 云 深 处

　　魏敬中，周宁县樟源人，清嘉庆二十四年(一八一九)进士，录选翰林院庶吉士，散馆后授编修，任国史馆总纂，著述为同僚所推重。先后主讲浦城南浦书院、福州凤池书院。道光十五年(一八三五)，闽浙总督程祖洛聘任魏敬中续纂《福建通志》。魏敬中接任后边在书院教学，边修纂志书，勤慎持事，整集残篇，核实资料。将原稿四百卷缩为二百七十八卷，经籍志由十六册缩为六册，山川志删繁就简，道学复立传，儒林传中删除林一桂，万世美、谢震，补入郑光策、陈寿祺。其间，通志局经费曾一度支绌，他还捐献自己的束脩以资修志费用。至道光十九年(一八三九)终于完成《福建通志》的总纂任务。同治七年(一八六八)始刻印成书。

一种"奔流到海不复回"的坚韧之劲。每每沿着悬崖峭壁上的栈道，伴着峡谷间争先恐后的狂野之水走到九级后，总有一种酣畅淋漓的感觉。那是一种力量的角逐，那是一种精神的引导。

如果说九折不回的瀑布汇入江河，最终融入了大海的宽广与厚重，那魏敬中七败七战的经历也造就了他一生严谨治学、学富五车的文化功底。他出仕后，为史官忠于职守，勤于笔耕，敢于直笔，以文载道，不少纂述都为同仁所推崇。更难得的是，他从不钻营名位利禄，赢得官场德文双馨的美誉。时任直隶总督的那彦成曾赞赏他说："此他日上书房选也。"清朝的上书房乃皇子皇孙读书的地方，是封建王朝培养接班人的根基所在皇脉所系，可见其重要性。

但仕途总是坎坷的，魏敬中当京官十多年后，因一次大考笔误，被降为一般京官，他深感宦途艰难，便辞职回福州。不久，接受闽浙总督程祖洛之聘任《福建通志》总纂。这是一项棘手的工作，由于当年达官名士对原总纂陈寿祺的志稿里的一些观点存在两派纷争，难以调和，陈寿祺病故后，纷争更趋复杂激烈。但魏敬中迎难而上，以其过人的胆识和敬业精神，花费四年时间，于道光十九年（一八三九）终于完成了总纂任务。《福建通志》内容翔实、观点鲜明、体例完备，平息了困扰福建编志多年的两派纷争，赢得了史学界的认可。此事在当时影响颇大，直到二十世纪初，著名画家陈子奋与徐悲鸿曾慕名联袂前往福州井楼门街访其后裔，绘制了《炳烛轩修志图》，画中魏敬中夜以继日修志的情状跃然纸上。

说来十分有趣，林则徐和魏敬中是同时代的人，而且前半生的经历惊人的相似，林则徐于嘉庆三年（一七九八）中秀才后，历九年中举人，经十六年中进士，之后选为庶吉士，授编修。林则徐的科举之路也是屡败屡战，入仕后也一样以做文字工作为主。也正是这个原因，林则徐认为地方志是地方官的《资治通鉴》，十分重视修志工作。他对魏敬中的胆识、史识、学问功底甚为钦佩。在书赠魏敬中的一副对联中写道："大乐正教崇四术，太史公言成一家。"上款"和斋文史大人正之"，下署"少穆弟林则徐"。从此联可见魏敬中在林则徐心目中的地位之高。

　　看来深厚的学问功底是靠一生的勤勉造就的，而这功底留与后人的便是古风、国粹、深厚的人文底蕴。所以，有着八百年历史的古风悠悠的鲤鱼溪流淌在魏敬中的家乡，不就诠释了她的悠远绵长吗！

　　周宁县浦源村的鲤鱼溪长六百余米，宽五六米，鹅卵石垒砌的溪岸爬满苍苔，溪岸两旁的青石板街道被岁月打磨得凹凸锃亮，而两旁明清时期的木板连家店斑斑驳驳，古香古色。溪里的鲤鱼，见人影而聚，闻人声而戏，人谐鱼性，鱼钟人情。老太太们抱着竹火笼岸边叙旧，鲤鱼喋喋相聚，似为听众；村姑们溪里洗菜，鲤鱼款款而来，衔走菜叶，吮住村姑的指头，顽皮如孩童……溪下游的小丘上有一座据说是全国乃至全世界唯一的鱼冢，鹅卵石垒砌，鱼冢两旁守立着两株千年的柳杉，根

相缠枝连理，缠绵悱恻。若有鲤鱼死亡，村人便将鱼置于木盘，捧至鱼冢前，由德高望重的长者主持葬礼，其仪式如葬亲人，庄严肃穆，令人动容。这里"护鱼文化"的习俗被列为福建省首批非物质文化遗产。

　　溪畔还有一幢有八百年历史的郑氏祠堂，造型独特，形同一艘古帆船，船中桅杆，乃一株千年柳杉。据载，南宋嘉定二年（一二〇九），河南开封郑氏始祖朝奉大夫，避战乱举家迁徙于此，在柳杉下小憩，梦见乘一帆船，从者众多，财宝盈舱，醒后以为吉兆，遂以此树为桅，建成船形祠堂。如今的祠堂内，陈列有一百零七尊历代珍藏的龙头祖牌，梁上高悬着六十多块匾额，它是华东地区保存最为完整的古宗祠之一。浦源村前些年被评为"福建省最美的十大乡村"之一。

　　我经常认为，自然与人文实际上是融会贯通的，如果说自然是经，那么人文便是纬，经纬交织处哪里分得出彼此，于是历史就是这么编织过来的。是故，编撰此文。

全国各地畲族都认同畲族祖居广东潮州凤凰山。从唐朝开始，畲族陆续迁入闽东，逐渐形成了"大分散小聚居"的分布格局。宁德市现有一个畲族经济开发区，九个畲族乡，两百三十个畲族村。前两年，宁德市在两千一百三十四个行政村中评选十大最美乡村，富达、上金贝、白露坑三个畲族村榜上有名。

畲族·畲家村·畲歌王

畲家村

按二十一世纪初的全国人口统计，全国畲族人口共计七十万九千人，分布在闽、浙、赣、粤、皖、黔、湘、鄂八个省，以闽东为主要聚居地的福建畲族人口有三十七万五千人，占畲族总人口百分之五十，而闽东（宁德市）畲族人口十八万人，占全国畲族人口的四分之一，占福建省畲族人口二分之一。数字当然是枯燥的，但有一个很典型的事例，就是一九五六年中央人民政府正式定名畲族以来，特别是改革开放之后，无论是中央党的代表大会的代表，还是全国人大代表大会的代表，闽东的代表二至三人中，畲族代表必有一名，可见其的代表性和重要性。

一个人口未过百万，分布于八个省区的畲族，历经千年，仍然保持强烈的民族认同感和凝聚力，确实是一个令人瞩目的民族文化现象。

畲族的鲜明特征在闽东全国唯一的中华畲族宫里得到充分展现。该宫位于距宁德市区两千米处的蕉城区金涵畲族乡，建于二十世纪九十年代，是畲族历史记忆和民族文化的集中体现。宫名由全国人大原副委

中华畲族宫　（卢雄　摄）

员长费孝通题写，先后接待了李鹏、尉健行、田纪云、布赫、陈宗兴、杨汝岱等党和国家领导人。当你踏入这座仿汉代的建筑群大门时，门前有一柱参天的巨型龙头祖杖，大门的两侧是石雕麒麟，迎面而来的是太极祭坛。沿石阶而上，依次是祭祀平台、忠勇王殿，两侧则是展品陈列室。可以概括之，以纪念传说中的畲族始祖盘瓠即忠勇王为核心，以畲族历史、文化和实物展示为主体内容，构成荟萃畲族文化的殿堂。

盘瓠既是畲族传说中的始祖，也是畲族先民远古图腾崇拜的象征，盘瓠崇拜是图腾崇拜与祖先崇拜的结合，伴随着历史传说歌谣《高皇歌》（《盘瓠王歌》）的传唱，祖图的传承和祭祖仪式的举行，盘瓠越来越形象地被描绘成为神奇、机智、勇敢、英勇杀敌的民族英雄，尊称为"忠勇王"。传说中，盘瓠为高辛帝远征犬戎立功封为驸马，三公主是畲族的女性始祖。

畲族完好保存了许多令人称奇的祭祀仪式，有时令祭迎祖、祭祠堂等，祭祖是最隆重、最虔诚的信仰习俗活动。祭祀活动的主持者是族长、房长，操作者是法师，法师是颇具神秘的"高人"，他掌握着一套系统的巫术经典，行罡作法，祈求人茂谷丰，卜吉兆凶，去邪治病，令参与者肃然而敬；而法师表演的"奶娘踩罡""上仙""下火海""起九层洪楼"更是令参观者叹为观止。

忠勇，是盘瓠最本质的人格特征，也是自古以来畲族人民引为自豪的人生取向。历史上，畲族人民反抗封建统治阶级的压迫中所表现出的大无畏斗争精神，震撼人心，永垂青史，其忠勇精神在新民主主义革命时期再度升华。据统计，闽东畲族聚居的两千三百多个自然村中，有百分七十的村庄是属苏区或红军游击队活动区。闽东畲族曾流传一首革命歌谣："敢做木头不怕钉，敢做笊篱不怕淋，火烧黄茅心不死，杀头也要干革命。"当年在闽东打游击的叶飞有着刻骨铭心的体验，他曾于一九八六年十二月提笔写下："在三年游击战争最艰苦的年代，畲族同胞对革命的贡献是很大的。他们具有两大特点：第一，最保守秘密，对党很忠诚；第二，最团结，在最困难的一九三五到一九三七年，对党支持最大，我们在山上依靠畲族群众掩护，才能坚持。"

豁达率真同样是畲族人民的显著特征，优美的畲族山歌突出地表现了这一特点。长期以来，在劳动强度极大、物质生活贫乏的情况下，畲族男女老少依然歌声不断。民歌在畲族中又称"歌言"，即以歌代言，由此可见歌唱是何等普遍。艰苦中未忘审美，豁达率真如涧水清冽。盘歌是畲民家庭社会生活的重要内容，融汇在生产和生活习俗中，畲歌云："歌是山哈传家宝""肚里歌饱人相敬，肚里无歌出门难"，畲族要唱歌的节日太多了：二月二、三月三、四月八、六月六、九月九都有歌会，元宵节、封龙节也必唱歌。

畲家风情　（郭建平　摄）

畲族传统服饰色彩斑斓，图案绚丽，散发着浓郁的民族文化气息，尽管畲族妇女服饰由于居住地区的不同呈现出许多个体差异，但她们都称自己的服饰为"凤凰衣"，称发式为"凤凰头"，称头冠为"凤凰冠"。凤凰装以黑红色为主色调，色彩对比强烈，鲜艳夺目，辅以丝绒扣绣，绣凤描花，裙带则以各种颜色的丝绒用手工编织而成，织有许多象形文字和纹样。畲族妇女发髻称凤凰髻，或盘或立，形式多样。畲族姑娘佩戴的首饰以银饰为主，做工精细，尤以畲族新娘所戴凤凰冠最为精美。

凤凰装的由来有个美丽的传说：它是高辛帝皇后给三公主的嫁妆，后来三公主生下三男一女，她把女儿从小打扮成凤凰模样，女儿长大出嫁时，美丽的凤凰从广东凤凰山衔来五彩斑斓的凤凰装以示祝贺，从此，畲族妇女便穿起凤凰装。

爬刀山 （薛卫群 摄）

畲族婚礼别具情趣。迎亲的伴郎称为赤郎，在亲家伯带领下到女方接亲，就开始了没完没了的对歌、饮酒、被刁难。新娘的哭嫁、梳妆更是有声有色，有章有节。最奇特的是拜堂，男拜女不拜，新郎三叩九拜，新娘只微微作揖即可，这种独特的习俗便是缘于传说中畲族祖先三公主是高辛皇帝的女儿，地位尊贵不行跪拜礼，也保留了母系氏族社会尊重女性的鲜明特点。

畲族美食最具风味的算"乌米饭"。相传畲族首领蓝奉高率军反抗外来侵略者，被敌人围困在山上，粮食断绝，只好采乌稔果充饥，渡过难关，取得胜利。后来每年的三月初三全族人吃乌饭，拜祖宗，庆胜利，世代相传，便形成"乌饭节"。乌饭用乌稔果的汁染糯米制成的，风味独特，畲乡的美食还有糍粑、管叶粽等，当然，还有自家酿制的水酒，酿酒多在农历十月，又称"十月酒"。用糯米酿的叫"米酒"，加红粬的是"红酒"，加白粬的是"白酒"，酒甜而可口，用番薯酿的叫"番薯烧"，味香而浓烈。畲民爱饮酒，自然更好客，畲谚云："无灰莫包麦，无酒莫请客。"

畲 家 村

全国各地畲族都认同畲族祖居广东潮州凤凰山。从唐朝开始，畲族陆续迁入闽东，逐渐形成了"大分散小聚居"的分布格局。宁德市现有一个畲族经济开发区，九个畲族乡，两百三十个畲族村。前两年，宁德市在两千一百三十四个行政村中开展评选十大最美乡村，就有富达、上金贝、白露坑三个畲族村榜上有名。

古田县平湖镇富达村现有人口两千三百多人，是闽东最大的少数民族聚居村，也是在闽东最早落户的畲族。唐乾符三年（八七六），蓝姓始祖文卿公把巨额家产全部捐给了侯宫（今福州闽侯县）雪峰禅寺，该寺直觉大师知蓝文卿资财施尽，指一白牛嘱咐其父子："长者自有福地，第乘之，视以憩处。"那牛竟驮着这位蓝长者走出百余里之遥，到一块群山怀抱，中间一片草地和长满水竹的地方才肯歇脚。于是他们定居这块风光秀丽、水甜土肥的风水之地，并将之定名为富达村，寓"耕者富，读者达"之意。如今，始祖骑来的石牛依然安详地躺在村口，它的背上有模糊不清的诗句，据说，谁只要念全诗句，石牛便会复活，随时听候你的差遣。

富达村畲族风情浓郁，最具代表性的民俗活动应是迎祖祭祖、祈雨抗灾和盘诗对歌。每年农历正月初四为祭祖日，全村蓝姓男女老少共同参与，巡游、祭祀、演戏，直到正月十五方告结束。更奇特的是，每年农历九月十五日，全村青壮男女组成几百人的祭祖团，旌旗飘舞，声势浩大，前往千年古刹雪峰寺，吃住于此，开展隆重的祭祖活动。而每当富达村遇大旱，祈雨也是必往雪峰寺，寺院长者更大力支持，有求必应。

畲族姑娘　（薛卫群　摄）

富达村名胜古迹颇多，最为著名的是被清乾隆版《古田县志》列入"玉田（古田县旧名）八景"之一的"蓝洞归云"，南宋大理学家朱熹曾到此游历，写下了一篇约四百五十字的短文《蓝洞记》，对蓝洞及其四周景物写得十分形象具体。而矗立在村东头的两座石牌坊是古田境内保存最好的石坊古迹，分别建于清道光元年（一八二一）和光绪十二年（一八八六），为表彰两位蓝氏贞女而立。那精美的石雕，典雅的造型，给人留下深刻的印象。还有重修后的蓝公庙、蓝氏宗祠以及明清时代的古街、古厝都会带你走进千年古村的岁月之中。

富达村二十一世纪初被评为福建省"省级园林式村"，二〇〇七年被提名为"福建最美的乡村"，获入围奖。

上金贝村近些年成了闽东最时髦最神秘的畲村旅游景区。该村距宁德市区两三千米路，全村三百多人，小巧而精致。前些年，因列入社会主义新农村建设的试点村，在中共宁德市委组织部等单位的帮扶指导下，益发秀美。民居鳞次栉比，一色白墙黛瓦，村前有个大池塘，夏来，接天莲叶别样红；几里长的村道之上搭建葡萄架，秋至，串串葡萄如翡翠。村后，一片"风水林"，乃原始次生林，已辟为森林公园，踏着蜿蜒而上的石阶小径，可直抵千年古刹上金贝寺。这座始建于唐大中八年（八五六）的禅寺，虽已破败，但周遭散布的石柱、石础、基石仍诉说着当年的繁华。值得称奇的是，唐宋以来，上金贝就有十大美景之说。当然还有"一景"吸引了许多游客，那就是可以在畲家寨的饭馆里品尝到风味独特的畲家宴，可以吃到只有"三月三"畲家乌饭节才能吃到的乌米饭，还可开怀畅饮香甜的米酒。上金贝村被评为国家AA级旅游景区。

　　上金贝更吸引人的是一座古墓，这座古墓的主人引起人们种种猜测，蒙上了一层神秘色彩。几年前，在新农村建设的规划和开发中，发现了这座古墓，它的形制十分特别，墓中建塔，塔墓合一，墓前有高耸的石圆柱，墓栏还有龙形石脊。整座石墓精致中透着豪华，引起人们的惊奇和考古学者的关注，各路专家纷至沓来，据考证：古墓建于元末明初，距今六百多年。至于墓主人是谁，则有三说：一是一位高僧，二是一位出家的太监，三是一位了不得的人物——大明王朝第二位皇帝朱允炆。朱允炆"靖难之役"后，流亡至此。这就引发了破解明王朝六百年第一谜案，建文帝最终出亡福建宁德之说的热议。古老而秀美的上金贝村又多了一轮神秘的光圈。

　　蕉城区的猴盾村堪称闽东茶园第一村。漫山遍野的茶园在参天古树、茂密竹林的掩映下，如逢春雨蒙蒙，一定恍若仙境一般，该村距一〇四国道才三千米路，近些年，不少人慕名前往，领略这"世外茶园"的美景。

　　该村茶产业在清朝就十分发达。咸丰年间，福建省大兴茶叶出口，村民雷志波带动一批村民种茶，并在村里开办茶庄，取名"雷震昌"号，与福州、古田等地茶庄挂钩，异地经销。后来，该村的雷志满也办起了"雷泰盛"号茶庄。每逢茶季，山村茶市热闹非凡，卖茶者列队如长龙，据说每百斤茶叶均价二十五块银圆。如今，村中路两旁仍遗留清末茶叶一条街的古建筑，村口有一块光绪二十年（一八九四）立的石

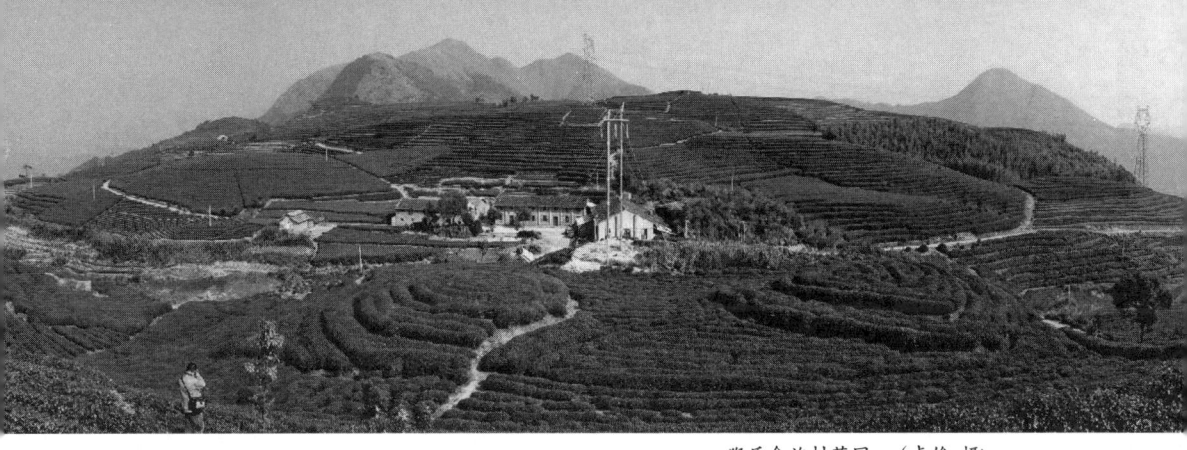

猴盾畲族村茶园　（卢雄 摄）

碑，上书"官禁乞丐告示"，据说是为了维持繁华茶市秩序的。

猴盾村系闽东雷氏聚居始祖地，乃明朝万历元年（一六〇六）迁徙至此的，故闽东雷姓畲族古老的宗祠就建于此，有四百多年历史了，重建于道光年间，祠堂里珍藏着"畲家三宝"：古宗谱、祖图、龙头杖三件文物，其中，畲族祖图被认为是民族史研究中一部难得的历史"连环画"，具有相当高的文献价值。

那年春天，我们去茶园，看到采茶的妇女都穿着畲族特有的红黑相间的"凤凰装"，头上盘绕着高高的"凤凰髻"，我好奇地问村支部雷书记，为何猴盾村畲民会如此自觉地保持着传统的服饰。雷书记笑了，说这是秘密，但后来他才告诉我，十多年前，村里就做出决定，凡是生产生活中坚持穿戴畲族服饰的，每年给予一定的经济补贴。他说畲村就要有畲村的样子。我想，这是一位有见地的村干部，他致力的不就是畲族文化的保护与传承吗？

福安市的溪塔村有条著名的葡萄沟，一条清澈的溪流绕村而过，村民们喜种刺葡萄，他们舍不得占用耕地，便沿溪而种，在溪面上搭起葡萄架，多年的经营构建一条绵延五千米的"南国刺葡萄沟"。从高处俯瞰，沟面青翠欲滴，如一条青龙出海，沟下则流水潺潺，凉风袭人，溪两旁有石铺小径可供游人漫步。二〇〇六年五月，全国第十二届葡萄学术研究会在福安市召开，与会专家学者参观溪塔"刺葡萄沟"后认为，它是"全国第三大葡萄沟"，比吐鲁番葡萄沟更具特色。前些年，它还被评为国家AA级景区。

溪塔村是福安市蓝氏畲民的主要发源地之一，建有蓝氏宗祠，藏有蓝氏族谱，畲族风情浓郁。前两年，在由中央电视台等联合组织拍摄的大型电视系列直播节目《海峡两岸行》中，溪塔村将传统的《抢担舞》《吃糍粑》《畲歌对唱》《畲族祭祀巫舞》《畲族传统婚俗》等畲族风情以及与之相得益彰的"南国刺葡萄沟"风采——向世人展示。

值得推荐的是，溪塔村还是通往世界地质公园白云山景区的入口之一，当游客花费几个小时走过以石臼群和奇峰异石著称的白云山之后，畲家村实在是个休憩的好去处。

太姥山下的瑞云村有一座千年古刹瑞云寺。该寺始建于后晋天福元年（九三六），有意思的是它打破了一般寺院以中轴线布局的常规，而呈现出自由灵动的园林格局，寺院内有长达五十多米的长廊相接各建筑，让你踏入其中，便能感觉到礼佛的亲近与亲切。

与古刹相伴的自然有古树名木，寺前有参天古枫，寺后有千年银杏、霜叶红透，黄叶迎风，那风景如一幅油画。寺里还有一株树，僧人们称为之"感触树"，它十分奇特，以手触之，所有树叶都会颤动。寺院周遭，尚有山峦起伏，绿树葱茏，号称"凤山十六景"。

瑞云村以每年四月八的"牛歇节"最为热闹，这一天，男男女女着斑斓绚丽的传统服饰，云集在瑞云寺周围，对歌盘歌，通宵达旦。"牛歇节"已被列入福建省非物质文化遗产。

霞浦县的半月里村是省级历史文化名村，现在属白露坑村的一个自然村，以雷姓聚居为主。村落布局典型体现了中国传统的"风水学"。

村落坐西北朝东南，背靠的主山如一弯半月围拱着村落，由此得名为半月里村，主山背后又有祖山，"来龙去脉"连绵起伏，村落两侧的山体矮小，恰似龙椅的护手，村落前有龙溪蜿蜒流过，如玉带缠腰，溪流前是一片宽阔的田野作为明堂，明堂前又是小山拱卫，形成前抱形式，村落正好位于山环水抱的"龙气会聚"之点上。登高俯视，村落是一个半月形，而隔溪的农田也被山体环抱成另一个半月形，合成一个"圆"，而龙溪在圆里的一个弯曲，便成为阴阳太极图了。

村口有一座砖木结构的龙溪宫，为省级文物保护单位，建于清雍正八年（一七三〇），建筑面积五百多平方米，颇有气势，在百年大榕树的荫覆下更显得古朴端肃。此外，保存尚好的还有雷氏祠堂和十多座古民居，但当年门楼的飞檐翘角，梁柱的精雕细刻，门壁的工笔彩画却逐渐地残破在斜阳里了。

十分难得的是，半月里村专门设立了畲族文物展览馆，馆里现珍藏有三百七十多件传统文物，其中一百多本畲族歌谣、小说歌。

此外，霞浦县境内最偏僻的山区，有一座大房子，住着一村人，这个村叫樟坑村，樟坑村唯一的房子叫蓝氏大厝，此大厝占地约三千两百多平方米，建在险峻的鹰嘴崖边，建于清道光三十年（一八五〇），厝内有九个厅，六个天井，九十九根大柱。大厝不仅规模之大让人咋舌，雕件之精细也让人叹为观止。樟坑大厝世代居住的都是蓝姓畲民，人丁兴旺时多达一百五十多人，现在还住着六十几人。

闽东还有许许多多畲家村还盖着神秘的面纱，等着你去撩开。

畲 歌 王

霞浦县溪南镇白露坑村是闽东距离大海最近的畲村，站在村后的红山顶上，可眺望东冲港点点渔帆，倾听三都澳阵阵浪涛声，在这钟灵毓秀之地，清咸丰六年（一八五六），诞生了一位让畲族人民引以为豪的歌王钟学吉。

钟学吉的父亲是白露坑村的族长。家境殷实，又出自书香门第，学吉七岁时，就入本村私塾求学，受业于他的堂伯父。这位堂伯父钟延吉既是一位学养深厚的塾师，又是十里八乡远近闻名的歌手。聪颖灵慧的钟学吉深受其熏染，从小既受到中国传统儒学的正规教育，又受到畲族传统民间文化的滋养，打牢了结实的国学童子功。少年的学吉，天性活泼，对畲家每年诸如"三月三""六月六""九月九"等传统的歌会更是十分热衷。钟延吉见侄儿对歌会如此入迷，也就刻意培养，毫无保留地将自己几十年搜集与创作的歌词传授给他。小学吉一字不漏地抄录下来。如今，流传于世的钟延吉使用的一根竹戒尺，上面刻书"一片无情竹，专打书不熟，父母若怜子，何必送来读"，这端正娟秀的小楷字，据说出自小学吉之手。六年私塾结业，钟学吉已成为远近出名的"小秀才"和"小歌王"了。

在同治十年（一八七一）的畲族"封龙节"上，白露坑村举行了一场庄严肃穆的"盘护忠勇王"正式传人的授权典礼，年仅十五岁的钟学吉成为白露坑村"盘护忠勇王"的第十代正式传人。史料记载，年轻的钟学吉第一次主持白露坑村长老会，就提议把村名"白虎坑"改为"白露坑"，认为原名恶俗不雅，与人文荟萃的畲村不相和谐，"虎"改成"露"，虽一字之差，读音也相近，但实质与意境则完全不同也。从此白露坑就拥有这个富有诗意的名字。

钟学吉二十岁时，在白露坑开设私塾从事教育，深受欢迎，吸引了不少远近村庄的孩童。这一教，就是二十二年，钟学吉认为，要使民族兴旺发达，就要奋发图强；要使畲族不被别人歧视压迫，就必须竭力兴办教育，教化民众。这二十二年，也是钟学吉畲歌收集与创作最为丰盛的时期。他一方面采集编写了大量畲民生产生活中的口头歌谣，这些歌谣属于原生态的，口口相传的民谣，畲族人民称之为"下山溜"或"嘴头歌"。由于畲族有自己的语言却没有文字，钟学吉用汉字谐音记录下歌谣，以尽量保持畲族口头语言的原汁原味。这也是保护与传承畲族文化遗产的一种创举。如今保留下来的《花名歌》《鸟名歌》《十贤歌》《十女歌》《起书堂》《大读书》等，读起来清新隽永，如：穷寮莫穷路，穷人莫穷田。/克勤克俭谷满仓，大手大脚缸底光。/冬吃萝卜夏吃姜，何用医生开药方。/立夏立夏，锄头莫放下。//寮里不烧火，寮外不冒烟。/歌不唱肚内忧，刀不磨要生锈。

另一方面，钟学吉编写和创作了许多小说歌本。由于畲族没有本民族的原始傩戏，小说歌相当于戏剧，所以，在开展大型的集体对歌活动时，大都用小说歌做开场。这些小说歌不仅是一般的历史故事和神话传说的演绎，而是经过众多畲族歌手的口头再创作。可以说，它是畲族民众与历史"对话"的特有形式，体现了畲族民族文化的厚重。小说歌流传至今深受畲族人民喜爱的至少有两三百种，而钟学吉创作与编写的就有一百多种，其中被《中国大百科全书·中国文学·畲族文学》收录的就有《九节金龙鞭》《钟良弼》《白蛇传》《梁山伯与祝英台》等。

最能代表钟学吉小说歌成就的是《高辛氏》。这部根据畲族民间传说改编而成的历史小说歌，其地位仅次于畲族的传宗歌《盘瓠王歌》，它追溯了畲族的起源及其族群艰难的迁徙过程，被誉为畲族历史叙事史诗，具有划时代的意义，许多专家学者把它与藏族史诗《格萨尔王》相媲美。畲族人民对此十分崇敬，一般不对外族人演唱，即使在族内，非正规肃穆的场合也不轻易演唱。畲族的一位朋友告诉我，每当同族的人怀着虔诚的心，一起听演唱《高辛氏》时，歌者和听者会一同进入一种冥想世界。特节录《高辛氏》开篇一段：

　　高辛皇帝坐龙廷，天下太平笑盈盈。
　　未养子儿传后代，只养三个女千金。
　　高辛叹气二三声，千求万求无男生。
　　皇后听后多无奈，说出真情亲夫听。
　　凤凰来此百鸟珍，勤劳女子比男贤。
　　世上要男也要女，男男女女都莫嫌。

光绪二十四年（一八九八），钟学吉四十二岁，清朝刑部主事钟大煜到福宁府主修《福建福宁府颍川钟氏宗谱》，亲自点名要他编修霞浦一带"钟氏支谱"。钟学吉欣然应允，并抓住此契机，带头筹建"山民会馆"。他认为，畲族之所以遭歧视，除生存环境多在偏僻山村隔绝闭塞外，还因为缺少一个开展联谊活动的场所，不能临大事，共同协商运筹。在他努力下，终于筹款在县城购一大宅作为畲族会馆，并在大门上书之"福宁三明会馆"。这是闽浙一带唯一的畲族会馆，在当时是个创举。此后，钟学吉被推选为首位董事，住进会馆，为畲民的权益鼓与呼。

此间，钟学吉创作了一部以真人真事为原型的历史小说歌《钟良弼》，其现实意义和艺术成就达到一个新的高度。《钟良弼》小说歌叙说的是清嘉庆七年（一八〇二），福鼎前岐童生钟良弼赴福宁府应考，当时县书王万年歧视畲族，串通生监，诬蔑"五姓禽养"（五姓为蓝、雷、钟、吴、李），把畲族考生赶出考场，钟良弼不服，回家后与姐姐变卖财产，在乡民的资助下上告，诉状历经县、府、省署，幸得福建按察使李殿图明察，得以申冤，王万年被责打三十大板，赶出衙门，钟良弼第二年再考，取得生员第二十名，成为闽东畲族的第一个秀才。《钟良弼》的小说歌虽然情节并不曲折，但它叙说的是一场与世俗偏见、民族歧视作挑战的无畏而正义的抗争。抗争的结果，不仅使畲族考生获得考试的权力，还使畲族的地位得到认可，更促进了民族融合和文化共同发展。难怪畲族民众在演唱这部小说歌时，会情不自禁手舞足蹈，扬眉吐气。专家学者给予这部作品以高度的评价。

钟学吉晚年还创作了一部批判现实主义的扛鼎之作《末朝歌》，这位老人经历了清朝末年的政治腐败和民间初年的军阀混战，直面满目疮痍的社会，发出"当今末朝个样生"（叫百姓如何活下去）的呐喊。一九二四年，这位畲族歌王满怀忧愤病逝于家乡的白露坑村。

"有山哈（畲民）处，就有钟学吉歌"，这是畲族民众对歌王的永久纪念。

圆瑛法师和八闽古刹

福州的雪峰崇圣寺、鼓山涌泉寺、法海寺、林阳寺，泉州的开元寺等八闽的这几座千年古刹在圆瑛法师主持期间都得以中兴。前几年阅读了季羡林大师主编的《中国禅林》一书，收录和介绍了全国二十二个省市区（包括台湾和港澳）七十二座古刹名寺，福建省只列入两座：崇圣寺和涌泉寺。如今，这些千年古刹成了一座座历史博物馆，也成了一处处旅游胜地。

圆瑛法师是从宁德古田县走出的一位世界级的名人。他从一九二八年当选中国佛教会会长起，蝉联七届，新中国佛教协会成立后，又被选为首任会长。

圆瑛，俗姓吴，名亨春。清光绪四年（一八七八）生于福建省古田县平湖镇端上村。五岁那年父母离世，由叔父吴元吉抚养长大，幼时聪慧过人，是乡人眼中的"神童"，叔父为让他静心读书，曾送他到县城寄居关帝庙研读四书五经，打下了坚实的儒学功底，十七岁那年考中秀才，且名列全县前茅。按常理，少年得志的吴亨春，应继续走科举之路，求得仕途腾达。但令人惊奇的是，就是这年夏天，他前往福州府贡院科场时，却突然折道上了福州鼓山涌泉寺，次日剃度出家。第三日，叔父从古田赶来，在经堂将他强拉回家。据圆瑛法师自己回忆，回家没有多久，就患上伤寒，病情日益加重，一晚，冥冥之中梦见文殊菩萨和四大天王，醒后发愿病愈出家。一年后，叔父只好送他再上鼓山。这一拉一送，叔叔竟把自己也送进了寺院，于是叔侄两人同时剃度，同礼增西上人为师，成了同门弟子。

圆瑛法师自十九岁出家到七十六岁圆寂，他的自述十分谦逊："十九岁出家，始修禅学八载，后研究教理及天台宗。三十一岁开座讲经，并学贤首。到三十六岁，阅永明、莲池大师著述，始信净土宗为无上法门。由是禅净双修，至六十岁，乃专修净土，自号三求堂主人，求福求慧求净土。"自述只是客观叙述了自己佛学造诣。其实，圆瑛法师对中国佛教的贡献和影响远远不止于此，他一生爱国爱教爱护和平，他的弟子赵朴初先生曾说："圆瑛老法师一生功行中，最值得我们学习的却是他的爱国精神。"尤其是抗日战争期间，他号召全国佛教徒和信众不畏强暴，坚持抗日，还组织僧侣救护队，成立佛教医院，并亲赴南洋演讲筹款抗日，为此法师曾被日本宪兵关押南京大牢一个月，但日本人却奈何不了他，慑于当时国内外的强大舆论，不得不释放了他。

新中国成立前夕，国民党政府和东南亚一些国家邀请他离开大陆，他说："我是中国人，决不他往。"新中国成立后，他大力宣传中国政府的宗教政策，带领佛教界人士积极参加爱国运动，致力世界和平事业。就如他诗中所言："出世犹垂忧国泪，居山恒作感时诗。"

纵观圆瑛法师一生，他就如这两句诗一样，以出世的精神来做入世的事业，意志坚忍。为了护教，清朝末年，他就是为寺产权益而开罪宁波官府而遭拘禁。一九二八年，民国政府召开全国教育会议，提倡以寺产兴学，改寺庙为学校，以寺产充教育基金。这思路当年可谓深得人心，赢得一片叫好声，但在具体执行中走了样，这政策不严密，于是不少地方官吏、士绅趁机侵吞寺庙财产，毁像逐僧，僧界大为震惊。圆瑛法师挺身护教，以民国约法中人民有宗教信仰之自由、有保有财产之自由等依据，率代表请愿，据理力争，终获胜利。

圆瑛法师慈悲爱世，他三次发起为全国性大水灾成立赈救会，亲自奔走呼号赈救灾民。他顺应时代潮流，致力佛教振兴。他积极参与发起成立中国佛教会，兴办佛教教育，从事佛教研究，可谓慈悲坚忍，德隆功高。特别是一九五三年六月，中国佛教协会在北京成立，圆瑛法师虽因病未能出席，但因其德高望重，仍被选为新中国首任佛教协会会长。这在新中国成立初期意义尤为重大，实现了全国汉、蒙、藏等七个民族三大语系佛教界空前团结。

秀才出身的圆瑛法师有很深的国学功底，投身佛门后，又精心钻研佛学，深得其中三昧，他倡导出家入世，济世报国，赋予佛教以积极意义。此外，他掌握了高超的演讲艺术，人们称之口吐莲花，顽石点头；他有精湛的书法艺术，作品庄重不失清雅，浑厚不乏飘逸，多有上乘之作；留下的许多格律诗与对联，充满禅意，品读起来，韵味无穷。有趣的是，他从二十岁到七十岁，每逢度十，都做七律一首，披露心路，每首饱含禅学的智慧。

圆瑛法师一生所住持的寺院，有宁波的接待讲寺、永宁寺、七塔寺、天童寺，福州的崇圣寺、涌泉寺、法海寺、林阳寺，泉州的开元寺，上海的圆明讲堂以及马来西亚的槟城极乐寺。其中几座尤为著名，我有幸拜谒过八闽的几座千年古刹，真应了"天下美景僧占多，佛寺常驻深山处"的名句。

圆瑛法师对自己削发出家受戒之地，自然有很深的情结，四十年后，也就是一九三七年，法师辞去宁波天童寺方丈之职，此时，全国有六个大寺院争相迎请他当住持，法师独独接受了涌泉寺之请。二月十二日，法师在萨镇冰等福建名流和长老僧众簇拥下进院典礼。

同年农历五月十二日，正是法师六十寿庆，这天，中国佛教会在上海召集三千多人为他祝寿，但身为中国佛教会连任七届会长的法师却留在涌泉寺为僧众举办了一场传戒大法会，并交代佛教会将所收礼仪全部作为筹建中国佛教会会址资金。

涌泉寺素有"闽刹之冠"的称誉，鼓山属国家级风景名胜区，离福州市区又近，是市民登山休闲游览的好去处。

一九二四年三月，圆瑛法师应邀出任开元寺住持，在这之前和之后，他几次赴南洋募捐重修开元寺。虽然重修工程宏大，但圆瑛法师筹划有方，管理到位，工程进展顺利，陆续修复了东西塔、大殿、山门等，重现庄严道场。此次重修，原开元寺土地证也以圆瑛名字进行登记。

次年，圆瑛法师担任开元寺住持任期已满，他力辞继任，而专心筹办开元慈儿院，亲任院长，经艰苦筹划，多方奔波，陆续收养孤儿两百多名，此善举感动了当时福建政界元老萨镇冰上将，他专门为圆瑛法师题匾"婆心法乳"。主持重修开元寺，创办开元慈儿院，这是圆瑛法师对福建的一个贡献。

涌泉寺

如今，开元寺为全国重点文物保护单位，全国重点佛教寺院，曾被评为福建省十佳风景区之一。古寺的门联让人肃然起敬："此地古称佛国，满街都是圣人"。该联由朱熹撰，弘一法师书。

圆瑛法师少年时就听到许多关于达本法师的故事，对达本法师崇拜之至。当年，二十岁的圆瑛法师在涌泉寺受戒后，即往雪峰崇圣寺拜达本为师，达本法师让他先当六个月的"菜头""饭头"，也就是伙房的管理工作，见他不仅吃苦耐劳，而且聪慧过人，有心培养他。让他前往江浙一带参学苦修，对此，圆瑛法师终生难忘达本法师的师恩。

一九二八年，达本法师自知去日无多，乃选高徒圆瑛法师继任崇圣寺住持，并将曹洞宗心印传授给他，圆瑛法师遂成曹洞宗第四十六代传人。两年后，达本法师圆寂于涌泉寺方丈室，遗骨迎归雪峰狮子岩下。

宁德市古田县极乐寺始建于唐天宝元年（七四二），吉祥寺始建于北宋太平兴国年间。民国初年，达本法师重兴雪峰崇圣寺时，接纳了古田县极乐寺、吉祥寺、保福寺为雪峰崇圣寺下院，由是崇圣寺住持也兼任古田县这三寺的住持。《古田县志》记载，古刹有三奇：一是古钟一口，重逾千斤，声闻百里，宋时，朝廷认为声威太大，下旨锯去钟唇三寸，以减弱钟声；二是法堂上插一古箭镞，经久不掉；三是藏经殿上的雕龙

跃跃欲飞。如今，古刹门前乃碧波万顷的翠屏湖，湖光潋滟，岛屿叠翠，云影徘徊。景区里游人如织，寺庙内香火鼎盛，抬头仰望寺前圆瑛法师撰写的门联："得到此处真极乐，不知何处是西天"。放眼湖光山色，别有一番滋味在心头。

法海寺（吴国群 摄）

林阳寺（吴国群 摄）

八闽的这几座千年古刹在圆瑛法师主持期间都得以中兴。前几年阅读了季羡林大师主编的《中国禅林》一书，收录和介绍了全国二十二个省市区（包括台湾和港澳）七十二座古刹名寺，福建省只列入两座：崇圣寺和涌泉寺。如今，这些千年古刹成了一座座历史博物馆，也成了一处处旅游胜地。

美学家朱光潜先生说："人要以出世的精神才可以做入世的事业。"从圆瑛法师一生的追求和他住持过的古刹名寺的中兴过程，莫不诠释了朱先生的名言。

情　在　历　史　云　深　处

千年古刹——古田极乐寺

坐落于古田翠屏湖畔的极乐寺，始建于唐天宝元年（七四二），明天顺年间重修，嘉靖四十一年（一五六二）毁于倭寇。隆庆四年（一五七〇）建法堂山门，天启五年（一六二五）建方丈室。这里曾经是历史上"福建兵变"十九路军抵御蒋军的指挥部，一九三二年毁于战火，1937年经爱国高僧圆瑛法师募缘重建。寺内有放生池、大雄宝殿、藏经阁、斋堂、地藏殿、方丈室和新建的圆瑛法师纪念堂等。大殿为重檐歇山顶木结构建筑，寺门有国民政府主席林森题的"极乐寺"三字，两旁有"得到此中真极乐，不知何处是西天"对联，为圆瑛法师墨迹。大殿门顶悬挂当代中国佛教协会会长赵朴初手书"极乐寺"牌匾，寺内藏有阿弥陀佛、观世音、大势至三尊佛门中罕见的古铜佛像和一尊由缅甸佛教届领袖于21世纪初赠送的白玉释迦牟尼佛像，镌刻精致，保存完好。

杭州湾畔访大师

两位法师是同时代人，在佛教界都有着高行大德，一位才气超然，一位学养深厚，我想他们的心一定是息息相通的。

如今，三十六千米长的跨海大桥飞架南北，从李叔同纪念馆到天童寺，不过一个多小时的车程，我们此行，似乎有幸担任两位大师间互相问候致意的信使。

李叔同纪念馆

　　周末，到杭州湾北岸，本是探望一位朋友，却意外得知，此地乃李叔同（弘一法师）的故里，并建有颇具特色的纪念馆，便恭然前往拜谒。

　　浙江省的平湖市，是典型的江南水乡，就在市区内，有个国家AAAA级风景旅游区——东湖（当湖），近百万平方米亩的湖水碧波荡漾，环湖风景秀丽，名胜古迹林立。二〇〇四年建成的李叔同纪念馆坐落在当湖之畔，如浮在水面上七瓣莲花，远远望见此独特造型，便会眼睛一亮。创意者确实很有水平，那亭亭玉立、莹白如玉的莲花象征着李叔同先生的超然与静穆、弘一法师塑像的圣洁与安详，为湖光山色的当湖平添了一道文化风景。

　　纪念馆为两层楼建筑，入门后，抬头便看到石屏风上刻着"悲欣交集"四个大字，那是弘一法师的绝笔之作，当你久久地凝神注目，便会从中读出，什么是绝尘的气定神闲和超凡脱俗。楼下正中间，圆形的石亭里，立有弘一法师的石像，一个清癯、慈祥的老僧人。二楼向湖面升延的七瓣莲花乃七个陈列室，展示了李叔同先生从绚丽归于平淡的人生轨迹、从世俗到佛门的心路历程。难得的是，馆内收藏了李叔同先生书法真迹一百五十多件和一批珍贵藏书，那是先生形如父子的高足刘质平曾舍命护宝保存下的，这批镇馆之宝更使得当湖纪念馆在全国十多个李叔同纪念馆（室）中独领风骚。

李叔同虽然生于天津，但对祖籍地却一往情深，他有一方印章，刻"当湖息霜"，当湖是平湖的别称，息霜是他的别署，大约人生短暂有如停息的霜露吧。这位我国近现代著名的书画篆刻家、音乐家、戏剧家、教育家、诗人和学者高僧的大师级人物，为世人留下众多的精神财富，大师故里平湖，三生有幸。

弘一法师与福建的缘分很深，他一九三六年离开浙江到闽南，从此一直在泉州、厦门一带，一九四二年，圆寂在泉州。著名的清源山国家级风景区和开元寺都建有大师的纪念亭和纪念馆。与平湖市遥遥相对的杭州湾南岸，有一座千年古刹天童寺。一九五三年，一位同样大师级的高僧圆瑛法师圆寂在此。两位法师是同时代人，在佛教界都有着高行大德，一位才气超然，一位学养深厚，我想他们的心一定是息息相通的。

如今，三十六千米长的跨海大桥飞架南北，从李叔同纪念馆到天童寺，不过一个多小时的车程，我们此行，似乎有幸担任两位大师间互相问候致意的信使。

对照两位大师的年谱，有许多很有意思的地方：吴亨春早李叔同两年出生，李叔同先生三十九岁那年虎跑受戒，灵隐剃度，而圆瑛法师这一年担任宁波佛教会会长，而这之前的近二十年，圆瑛法师大都在江浙上海一带，或潜心习佛，或担任寺院住持，或创办僧立国民学校和佛教讲习所，或为护教和讲经奔走。李叔同在同期的近二十年，从才华横溢的翩翩公子成为东渡扶桑、学贯中西的洋学生，从名满天下的文艺奇才到致力音乐美术的一代名师，却突然告别滚滚红尘步入佛门，其转换过程，令世人深感其人生的幽深与神秘。这期间，两位大师大多数时间同在江浙上海一带，尽管没有史料证明他们曾经会晤过，但我相信他们一定是相识与相知的。

在爱国爱教爱和平言行上，两位大师何其相似。抗日战争期间，圆瑛法师号召全国佛教徒和信众不畏强暴，坚持抗日，组织僧侣救护队，成立佛教医院，并亲赴南洋演讲筹款抗日。抗战爆发时弘一法师在泉州开元寺，弟子们担心日寇飞机轰炸，劝他离开，他却在居室贴上

"殉教室",决心与这座十三年前圆瑛法师所任住持时重修中兴的千年古刹共存亡,并在此写下了著名的"念佛不忘救国,救国必须念佛"的偈子。

两位大师都有慈悲爱世的大胸襟,圆瑛法师三次发起为全国性大水灾成立赈救会,四处奔走呼号赈救灾民,并致力兴办佛教教育和孤儿院。弘一法师五十岁那年以他自己题词,丰子恺作画,出版了《护生画集》,以画说法,反对杀生、提倡护生,是佛教道义与文化艺术美好结合的一部精品,在国人中影响极大,至今仍闪烁着人与自然和谐相处的思想之光。

两位大师意志坚忍,致力佛教传承与振兴,更是德劭功高。圆瑛法师住持天童寺时当众宣誓恪守"十二不",即不贪名、不图利、不营私、不舞弊、不苟安、不放逸、不畏难、不欺弱、不居功、不卸责、不徇情、不背理,一生如此,最终成了临济宗第四十代和曹洞宗第四十六代传人。弘一法师则一双芒鞋,一袭袈裟,抛却半生风月与繁华,做一个地道的苦行僧,谓自出家以来,一向不受人施,朋友夏丏尊赠白金水晶眼镜一架,他认为太奢华,送开元寺卖之为斋粮,青灯经卷之下,终成一代律宗之传人。他的高足丰子恺认为李叔同先生的出家是必然的,丰子恺把人的生活分为三层,一层是物质生活(衣食),二层是精神生活

（学术文艺），三层是灵魂生活（宗教）。住在第三层楼的人，做人做事很认真，满足了物质欲、精神欲还不够，子孙财产身外之物，学术文艺暂时美景，连自身身体都是暂时存在的，必须追求人生的究竟，宇宙的根本，才能满足人生欲。我看丰子恺的概括比西方马斯洛"人生五个层次的需要"（即生理、安全、情感、受人尊重，自身价值实现）更加精辟。两位大师用一生诠释了这精辟的理论。

在有一千七百多年历史的"东南佛国"天童寺里，我们处处领略到圆瑛法师所留下的踪迹和影响，这里是他幼年参学、中年住持和最后圆寂的道场。一九三二年十二月，天童寺不幸发生火灾，烧毁了天王殿、钟楼等九处五十余间房屋，大家认为没有二十年难以修复，但圆瑛法师誓言重兴，不到三年全部复原，他撰写的楹联"溯晋代开山历唐宋元明清太白法灯辉海外，从佛门稽古计汉满蒙回藏天童僧史耀人间"，镌刻在天王殿两边的石柱上。

生归丛林死归塔，圆瑛法师自知病重难愈，一九五三年八月十五日致书弟子赵朴初居士，决意归老天童寺，之后，由他的弟子明旸法师一行从杭州护送到天童寺，九月十九日在此圆寂，安葬于寺前青凤岗上。

那日，我们在寺院僧人的指点下，找到了一条长满青苔蜿蜒而上计一百六十九级石阶的青凤岗，四周青砖围墙的圆公塔院坐落在葱郁的林木中。凑巧得很，看护塔院的僧人是闽东蕉城人，一位四十多岁的敦厚汉子，我询问之，知他是慕法师之名，自己要求前来看护塔院的。他得知我们是老乡后，十分高兴，虔诚地引领我们进院拜谒。室中间立着六面三层"天童圆瑛悟禅师之塔"，背书"传临济宗四十世，传曹洞宗四十六世"，左右墙壁上嵌有《圆公师尊传略碑》、圆瑛法师八首禅诗石刻，塔后立有赵朴初会长撰书的《圆瑛法师塔铭》石碑。原中国佛教协会副会长、曹洞宗第四十七世传人、福州人氏的明旸法师灵塔也在室中与老师相伴。看得出，塔院虽寂寂孑立，但得到了悉心管护。

返程途中，李叔同先生谱写的《送别》宛若天籁之音，不知不觉地在我心中反复吟咏："长亭外，古道边，芳草碧连天，晚风拂柳笛声残，夕阳山外山；天之涯，地之角，知交半零落，一觚浊酒尽余欢，今宵别梦寒。"惜别之意，凄凉之美，顿时涌入心头，两位大师似乎已化作天际的流云，已融入送别的歌声。今晚，纯净的夜色中，一定月满天心。

嵊山岛开发一奇人

"地处东南，却有西北高山草甸的风光；身是海岛，更有天湖清澈如镜。"这是二〇〇五年《中国国家地理》杂志主持评选"中国最美十大海岛"，对位列第八名的大嵊山岛所给的专家评语。直到二十世纪二十年代，璞玉一样的大嵊山岛才真正被一位奇特之人慧眼所识，经过开发建设，渐为世人所知。

此奇特之人名曰朱腾芬。朱君乃辛亥革命之一勇猛斗士，在日本东京法政大学留学时结识了孙中山，并加入同盟会，从此将生死置之度外，投身于推翻帝制、振兴中华大业，后来不满于段祺瑞军阀独裁，拂袖而去，回乡致力开发大嵊山岛，直至一九三二年病逝于岛上。

崳山岛　（彭文海　摄）

"地处东南，却有西北高山草甸的风光；身是海岛，更有天湖清澈如镜。"这是二〇〇五年《中国国家地理》杂志主持评选"中国最美十大海岛"，对位列第八名的大崳山岛所给的专家评语。

大崳山岛虽然在北宋初期即有人居住，但长期海上不宁，人烟稀少。明朝因抗击倭寇，在岛上建立戍卒屯兵哨所，民众迁入者为数甚少。清朝则实行严格"海禁"，所以海岛基本保持"原生态"。直到二十世纪二十年代，璞玉一样的大崳山岛才真正被一位奇特之人慧眼所识，经过开发建设，渐为世人所知。

此奇特之人名曰朱腾芬。朱腾芬，字馨梓，福鼎果阳人，十八岁就考取福宁府头名秀才。朱君乃辛亥革命之一勇猛斗士，在日本东京法政大学留学时结识了孙中山，并加入同盟会，从此将生死置之度外，投身于推翻帝制、振兴中华大业，后来不满于段祺瑞的军阀独裁，拂袖而去，回乡致力开发大崳山岛，直至一九三二年病逝于岛上。

福鼎朱氏后人珍藏有朱腾芬摄于一九一三年的一张免冠半身照，照片上的朱君天庭饱满，眼神刚毅，眉宇间凝结着一种执著和豪放之气，看得出来是一位能干大事而又不失古道热肠之汉子。

朱君一生充满传奇，他曾奉同盟会之命，从国外赶回参加广州起义，因起义提前而未赶上，便在上海等地谋划革命大业。民国元年（一九一二），福建军政大权被旧官僚军阀彭寿松等攫取，彭欺压百姓，任意杀戮革命党人，群情激奋，推举朱君等五人为代表，上京请求平乱，朱君奔走京沪间，慷慨陈词，揭露彭罪恶，促使当局不得不派军南下，彭寿松见兵临城下，仓皇出逃。"兵不血刃而巨憝去，深孚民望"，这便是当时闽报对"五议员驱彭事件"的赞语。

一九一二年，中华民国国会成立，朱君被推选为众议院议员，与林森、宋渊源代表福建联袂北上，并提交《地方自治议案》，得到孙中山首肯后获参众两院通过，可惜后来袁世凯窃国，此议案被束之高阁。朱君在担任国会议员期间，积极参加"二次革命""护国运动"，曾几次慷慨陈词，驳斥段祺瑞政府蔑视与胁迫国会行径。段祺瑞恨之入骨，曾派人暗杀朱君未果，后又以高官厚禄拉拢，朱君不为所动。一九一七年八月，孙中山到广州，号召成立军政府和护法国会，电告朱君回粤参加护法会议，他即动身前往，如期参加非常国会第一次会议。会议选举孙中山为大元帅，委任朱君为大元帅顾问。之后，朱君又被委任福建省民军宣抚使。

为谋划北伐，收复闽省，朱君不顾个人安危，赶赴福州，当探知福建督军李厚基离府之际，深入虎穴，冒险策反督军府要员，不料李厚基突然回城，以致未能如期起义。李得知朱君寓居福鼎会馆，派卫队荷枪实弹，明持名帖相邀，实欲拘捕加害，朱君临危不惧，镇定自若，对侍从说："快看茶赐赏，把我礼帽拿来，我要去督军府。"侍从张欢喜，拳术枪法精通，长期跟随朱君左右，十分灵活，悉知用意，便上楼取银圆和手枪放在茶盘上，朱君笑曰："李督军是我好友，赴宴何必带枪？"又问："怎不拿礼帽来？"张答："到处找不到。"朱君佯怒："你真笨，我自己去拿。"并以拳击桌，银圆震落满地，卫队之初被朱君神威所摄，继而争捡大洋，朱君则稳步上楼，即从会馆阳台顺着侍从事先绑好的绳梯，跳入邻屋脱险而去。事后，乡人问朱君何以无所畏惧，他说："革命党人

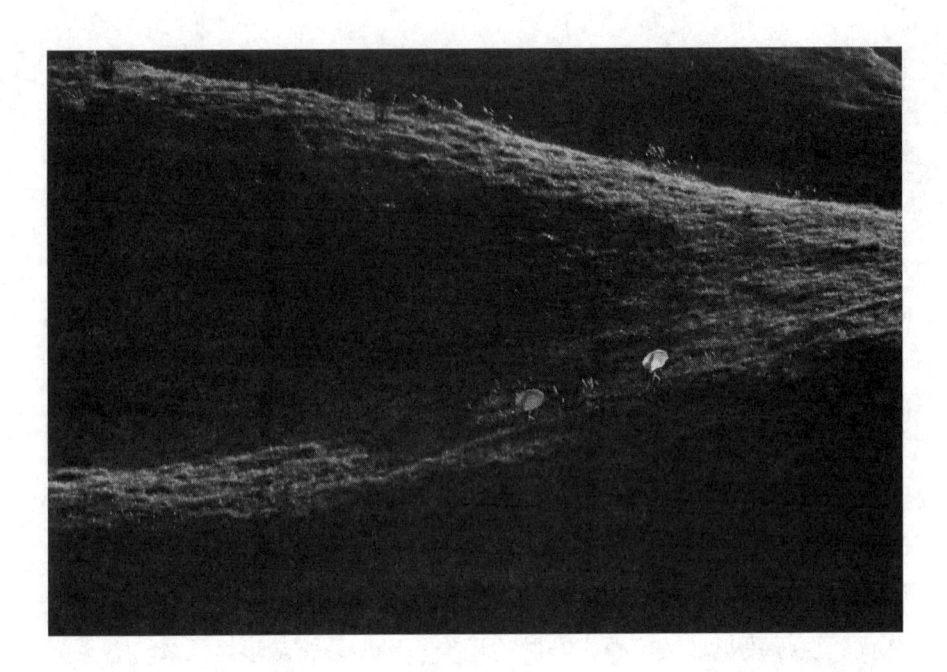

视死如归，不怕死则能镇定，我平生历险无数，此区区何足道也。"此事乡人至今传为佳话。

一九二一年四月，孙中山在广州就任非常大总统，委朱君为政务院参议，奖给二等大绶嘉和勋章。一九二二年六月，段祺瑞倒台，朱君进京任国会法典委员会副主任，一九二四年十月，段祺瑞复任临时执政，朱君素来厌恶段祺瑞，决计不与其事，于一九二五年携眷返回福鼎老家。

朱君与美丽的崳山岛结缘，始于一九二四年秋。他当时回福鼎为母营葬，送客乘船赴榕，途中遇台风，船寄泊于崳山芦竹村港湾。大家上岸见当地番薯大如汤罐，客人中有台湾实业家蔡厚华、杨华惠，一起考察后惊闻此岛鱼丰土肥，植被良好，又有淡水天湖，实乃海上桃花源。但因盗匪猖獗，导致崳山岛十分荒凉。第二年，朱君返乡，又约杨、蔡两人重到崳山岛考察，三人一拍即合，当即成立公司，朱君任总经理，两位实业家投入十万银圆，呈经省政府和中央农垦部批准，取得开发权和自治权。随后，三人募集民工，垦荒造林，一九二六到一九三二的七年间，开垦农地数千亩，种植松树数十万株，种植橡胶树、果树、茶叶和甘蔗等经济作物，建造房屋数十间，购置拖网渔轮两艘，引进良种猪羊几百只，大力发展渔盐、商业和交通运输。从此，嵛山岛人烟大集，昌盛一时，岛民至今犹感念不忘。

北伐成功，国民政府在南京成立，朱君当年的老同事林森、居政、邹鲁等均致电他，请他重新出山共谋大业，但朱君此时已眷恋其苦心经营的嵛山岛，便赋诗婉谢："孤山浮海海浮天，四顾茫然懒着鞭。已把余生付荒岛，何时再结酒杯缘？"他又以"莫道弹丸难为武，且看实业益斯民"明其晚年实业救国、建设乡土的夙愿。一九三二年冬，朱君病入膏肓，犹乘轿环视岛山一周，勉励垦民艰苦创业，并立下遗书："嵛山财产，悉为侨资托余经营，尔等切不可变卖，日后受益应以扩大生产造福岛民为主……唯能爱国爱民始为中华儿女，中山先生遗言：'努力奋斗救中国，亦余之寄望于尔等也。'"

朱君病重时，家人力主在内地建墓并请高官名流为之树碑立传。朱君说："我一生淡泊名利，只领酒无数，仅书'醉人朱馨梓之墓'即可，我做事，志在必成，如今嵛山事业未竟，是所遗憾，死后我也要看到嵛山繁荣景象，就让我葬在公司后门山吧！"朱君死后，家人遵嘱把遗体安葬在他生前选择的嵛山岛马祖岙后山上。

近二十年，我因工作关系上嵛山岛不下十趟，对这座东海上神奇小岛自以为了解比较全面：曾乘机帆船贴着海岸线绕岛一周三十二千米，考察了三十六个大小澳口，惊叹于沿岸因海水冲刷风化，基岩裸露、礁石林立，海蚀地貌突出的奇特景观；曾登上海拔五百四十一米的福建省最高海岛之巅峰，极目环顾，刹那时似乎迷失于海蓝蓝空远远的海空间；曾赤足走在岙口海滩上，和晒得黝黑的渔家小孩，用双手拨开潮水刚退去的细沙，找出一个个彩石般的沙蛤；曾踏着被脚印磨得光亮的石板路，走进花岗岩垒砌的石屋，探访朴实的岛民，直到如今仍回味那弥漫村庄温暖的海腥味……

然而，大嵛山岛最能使你魂牵梦绕的还是万亩草场和清澈湖泊，这两者浑然一体、密不可分。在其海拔两百米处，镶嵌着大小两个天然湖泊。大天湖面积一千多亩，可泛舟畅游；小天湖两百多亩。两湖泊相隔一千多米，各有泉眼，常年不竭，水质甜美，水清如镜。二〇〇三年大

走向天湖　（宋春晖　摄）

旱，隔海相望的霞浦三沙古镇缺水，人们竞渡海取天湖之水，以解饮水之忧。湖畔多有野生乌龟出没，湖四周山势平缓，茫茫草场一望无际，被誉为"南国天山"。游人置身其中，恍若到了"天苍苍、野茫茫，风吹草低见牛羊"的大西北草原。你很难想象，在碧波万顷的东海之上竟有如此神奇境地。

我的一个文友这么描写春天嵛山岛："看到嵛山岛天湖和草场的刹那，我想到一个词：羽化成仙。所有的草都是羽毛，成千上万绿色羽毛，在风中舞动，辽阔地绵展到远方。""漫山的青草，遍野的绿，纤尘不染，在天湖四周随山势蜿蜒倾泻，酽酽地流向湖心，碧草在柔波里荡漾，玫红或明黄的余晖在柔波里荡漾，天湖和草场微曛中有了缱绻之意，天湖醉了，也碎了，只留下一波波酡红的心事。"那年春天，我陪一批内地的客人上嵛山岛，遇上漫天大雾，看到的却是另一番景象。雾是从海上漫上来的，快速而清晰，顷刻间，山岚飘忽，云海苍茫，若隐若现中的草场与湖泊仿佛也在腾云驾雾，眼前的一切都缥缈神秘起来，同样有文友笔下羽化成仙之感受，我抱歉地对客人说：南方的云雾就是如此好客，抢尽风头，不让你对岛上景物一览无余。客人却也兴致不减，说这才是名副其实的海上仙都。

其实，金秋季节的草场与湖泊更能摄人魂魄，当你登临山顶，在和煦阳光下，眼前是淋漓尽致的金黄草场，一尺多高的柔草，随风摇曳，那丰茂层叠、厚重浓烈的金黄正众星捧月般围绕着大小天湖，湖水剔透晶莹，一阵涟漪，将秋阳碎成片片金鳞，极容易让你产生幻觉，似乎置身于异国他乡的景致中。那年，看了张艺谋到乌克兰取金秋旷野外景拍的《英雄》大片，心想：不如到嵛山岛，何必舍近取远。还有那只隔一道山梁的两个湖泊，虽然近在咫尺，却从不相见，总让你猜想，他们是一对情侣还是一对母女、姊妹？想来泉脉应该是相通的。

嵛山岛古称福瑶列岛，意即"福地、美玉"，列岛由大嵛山、小嵛山、鸳鸯岛、银屿、乌屿十一个岛屿和九个礁组成，仅岛屿的名称就让人耳目为之一新，这些岛屿植被茂密，都是无人岛，栖息着成千上万只海鸥和其他候鸟。有一年，我们乘船经过乌屿，想登岛看看，不料乍然飞起上千只鸥鸟,遮天蔽日,在一阵凌厉的鸣叫声中,鸟粪枪林弹雨似的向不速之客们泻下,我们只好掉转船头落荒而逃。神奇的福瑶列岛,俗人难以攀之为伍。

那年冬,我参加大嵛山岛慰问活动,在一石屋里,老渔民请我们喝一碗番薯烧酒,并告之,此酒制作技艺乃朱腾芬带进岛内,用本地"大如汤罐"的番薯酿制而成。我询问朱君墓址今安在?老人家说,墓地"文革"期间被"红卫兵"毁坏,一九八一年,福鼎县政府拨款迁葬于其老家果阳蕉坑。我们听罢默然良久,便提议大家一起敬朱公一碗番薯烧酒。心想,对一生"领酒无数"的朱君,这应该是最好的祭奠。遗憾的是,为何要将他的尸骨迁葬老家呢?其实,一生豪放的朱君早已把嵛山岛视为故乡了。如今,能否在岛上再立一块碑,刻上当年国民党元老邹鲁悼念朱君挽轴上的四言诗:

> 八闽五虎,太姥万仞,地灵笃钟,人豪天挺。学以经世,志在康民,亦儒亦侠,有武有文。革命之艰,开国之盛,武协戎机,文张国论。晚司风窗,二十有年,扬清激浊,救弊补偏。巍然元老,齿德并尊,人伦之表,邦家之光。孤岛垦荒,自治示范。一夕骑箕,忽归天上。大名不朽,远播维馨,云宵万古,怆想仪型。

后记（原版）

我生于闽东，长于闽东，除上大学四年在省城，近六十年几乎没有离开过这片热土。闽东的九个县（市、区），其中有六个我曾工作与生活过，是闽东这一方山水哺育了我，滋养了我。为此，我虽然祖籍福州，但我一直把自己当做闽东人，对这里的山水深怀感激之情。

提起闽东，给人最深的感受当属自然风光奇特优美，山海川岛湖林洞一应齐全，这里许多地方较为完美地保持了原生态品质，为世人所青睐。地灵必人杰。我想，人们常说闽东历史悠久，文化源远悠长，绝对不应该只是个符号，应该对我们如今生活的这片土地进行一番追寻：在这里曾经生活过什么样的人，蕴涵着怎样的心理结构，他们做了哪些事，有哪些影响……于是我把目光聚焦在闽东先贤身上。对于这些先贤，闽东这方山水曾经同是他们一时或一世的家园，如今他们已是闽东历史星空不同的星宿，各有各的位置，各有各的光彩。"探寻"之旅开始后我才感到，了解掌握先贤们的履历和贡献是轻而易举的，但参悟他们的灵魂深处与精神高度，实在是件辛苦的事。这一琢磨就是许多年，直到两年前动笔，内心仍然充满忐忑。

两年的写作，有畅快淋漓时，而更多的是惆怅和迷茫。虽然我很努力，但还是生怕自己这枝拙笔亵渎了为这片山水留下辉煌的先贤；也怕误导了对这片土充满期望的人们。好在读者是热情而极其宽容的。当一篇篇文章见诸报刊时，我得到不少鼓励，也收获了不少意见建议，使得目前结成的集子少了几分遗憾，多了几分宽慰。

由于情结，我写了这些文章；由于忐忑，我不敢妄对尚未参悟到一定程度的先贤下笔。因此，这个集子只能是《二十八个人的闽东》，且尽量把这些先贤与这方山水联系起来，毕竟这方山水曾经养育过他们。当然在这二十八个先贤之外，还有许许多多的先贤，也包括为中国革命将一腔热血倾注在闽东大地的革命先辈。他们对于闽东乃至对于中华民族的历史同样重要。好在我决心继续"忐忑"下去，以敬畏之心走近他们，力争把闽东更多先贤光辉照人的一面展现给读者。当然，对于这个集子写到的二十八位闽东先贤，更多的是自己的理解，纯属个人主观意识，很难做到全面与深刻。如今，当我看到或在故土劳碌、或在外打拼的闽东人，还有原籍并非闽东却把自己的血液乃至生命融入这片土地的人，我总是觉得他们身上有着闽东这个或那个先贤的影子，他们正成就着成千上万人的闽东。

感谢老领导何少川先生为该书作序，感谢老同学周安林先生撰写评论，缪华、白荣敏、蓝强、谢红都、章金明、彭文海等同事、朋友为该书查找资料，校对文字，提供或收集照片。特别是有些照片的作者一时难以联系上，还望相知者拨冗转告，一并致谢。

唐　颐
二〇一一年五月于宁德

附录

情在历史云深处
——读唐颐闽东历史名人系列散文

周安林

  这实在是一件很辛苦的事。当唐颐先生告诉我想把闽东历史名人和名胜古迹结合起来写系列散文宣传闽东的时候，我便这么想。在繁杂的公务之余，从那浩如烟海的典籍史料中摸索出些灵感，然后揣着这些灵感冥思苦想、细心考据，甚至于实地求证。像我这样贪图舒适的懒散人是断然不为也。但唐颐是一个执著而专注的人，也是个"有心人"，平日里对闽东的历史掌故、名人轶事、民间传说等均颇为留意，有相当的积累。因而他既言之，必为之，且能为之有效。

  果然，不几天第一篇作品便出现在我的案头，且不出我之所料，写的是陆游！除了因为陆游在与宁德相关联的历史名人中名气为甚，更有一种读书人的偏爱和心灵上的默契，或许还有与那位陆游爱情悲剧女主角一笔写不出两个"唐"字的潜意识吧。

  其实选择陆游作为系列散文的开篇是挺冒险的，一者陆游在宁德的时间太短，二者陆游的故事太为人们所熟知了，把握不好便可能影响整体创作。但我认为《陆游在宁德的那段日子》为系列散文开了个好头。作者的聪明之处在于能从司空见惯处发常人之未见，一曲《钗头凤》让人们对陆游与唐婉凄婉的爱情故事耳熟能详，然而很少有人将之与陆游在宁德的生活联系起来。作者则巧妙地以此为切入点去探访陆游在宁德的行迹和心路。于是诗人流连宁德山水、娱情遣兴，与同僚诗酒相乐的行迹；客居临海小县天潮雨湿的春日、风瑟月冷的秋天的悲情愁绪便跃然纸上矣。不仅如此，陆游唐婉的爱情悲剧如丝线串珠般将陆游生平的点点滴滴连接在一起。于是文章走出了宁德，思绪越过了千年。这是为文的技巧，更是一种散文的智慧。

应当说作者对这种为文技巧的运用是相当娴熟的。选取人物最富个性特征的言行、举止、轶闻趣事等乃写人、叙事类散文之基本套路，不足奇也。然则倘能所选亦奇，用之亦奇，便可出奇矣。如《恸哭的谢翱》，一看题目便十分抢眼。谢翱者，福安名士也。宋末元初诗人，有诗文两百余篇传世，且以毁家纾难追随文天祥抗元而为妇孺皆知。但作者既不突出他的诗文成就，也不着力表现他抗元的英勇。而是从"恸哭"落笔，以因何"恸哭"、为谁"恸哭""恸哭"何以闻名天下为悬疑引人入胜，自然引出全文之精魄《登西山恸哭记》，上衔谢翱诗文，下接与文天祥的渊源。文章便如行云流水、水到渠成，又顺手牵出富春江胜景和毛主席、柳亚子诗歌唱和的佳话，真可谓上下勾连、左右逢源、文气沛然也。读之让人回肠荡气又唏嘘不已。

而《魏敬中的韧劲与功底》一文则以清朝议大夫周宁人氏魏敬中年轻中举而后七折七考，二十一年终于进士及第的故事，赞其不折不挠的韧劲和一生严谨治学的深厚功底，从而引出周宁籍友人六折六考经历和周宁数万人闯荡上海创业百折不回的精神。行之中又以鲤鱼溪的形成演绎出浓厚人文底蕴的遗风流韵。尤为出奇的是作者竟然由此联想到"九龙漈"的九级瀑布"百折不回、一泻到底"的坚韧之劲而得出"韧性还是共性的，连自然风光也如此"的结论。其中对文化传统的传承与积累，对人文精神与自然环境的关系的思考显然是深刻的，然而却写得不动声色而风光无限。

寻微探胜，追本溯源，发思古之幽情乃此类文章本色。然而在唐颐文中则表现得别有风味。读他的系列散文时常让我吃惊，惊讶于他对典籍、史料、典故、轶闻的了解如此丰富、具体、翔实，耳熟能详且信手拈来，皆成文章。甚至于一些十分冷僻、边缘的东西他也能挖掘出来且用得其所。如果说先前他的树文化系列散文《树犹如此》是借树为题作一种文化价值的追寻和探访的话,那么闽东历史名人系列散文就是直截了当挖掘、弘扬传统的历史文化了。这就意味着那种任凭联想与想象纵横驰骋的空间较之于前者萎缩了,那种通过借喻、隐喻、象征,借景抒情、借物咏志而获得浑厚意蕴、隽永韵味的表现手法也受到了限制。而如何在纷繁庞杂的资料中去伪存真、去粗取精、求同存异;如何化腐朽为神奇,变枯燥乏味的史料典籍为趣味盎然之美文;如何从强大的历史感中发掘现实的意义等等,都对作者的文思才情和思辨能力提出新的考验。

纵观已完成的二十余篇文章,我感觉应该说作者巧妙地避开了这类文体比较容易犯的堆砌史料的通病。用史料而不为之所困,将文献、传说、趣闻,乃至于揣测有机地融为一体。天文地理、风土人情、古往今来挥洒自如、不拘一格,端是把原本枯燥乏味的东西写得万途竞萌、云蒸霞蔚。《古风寿宁,寻找冯梦龙的行迹》,在这方面颇有代表性,文章以古官道、古廊桥、古县邑、古村落、南山古迹、梦龙古酒记述了冯梦龙知寿宁四年的业绩修为。在这条主线下,古官道的今昔、古廊桥的渊源、古县邑的沿革、古村落的变迁、南山古迹的毓秀,无不写得精彩纷呈让人目不暇接,尤其以《梦龙古酒》一节更是意味隽永,仿佛让人闻到"梦龙春"酒的醇香清洌,令人沉醉不已。

在民族传统文化的大背景下彰显区域文化的个性,使作者的视野更为开阔,思路更为流畅,为笔墨的挥洒拓展出新的空间,从而收获了思接千载、视通万里的果实,也让整个系列散文获得更高的品位。《杭州湾畔访大师》本意是写闽东籍的圆瑛法师,而作者却将笔荡开去,从著名的弘一法师(李叔同)落墨。以杭州湾畔遥遥相对的李叔同纪念馆和圆瑛法师圆寂的天童寺为文脉,在对比映衬中突显两位大师才气超然、学养深厚的高行大德和慈悲爱世的大胸襟。圆瑛法师的形象十分鲜明,也让读者了解中国佛学文化的博大精深和宽广。在《灵祐法师与建善寺》中,作者对佛学文化的理解和悟性不由得我不佩服。对于禅宗这样高深莫测的学问,我向来以其深奥玄妙而不敢问津,更别说如何如何理解了。而他则以"通俗地理解为两个方面的内容：定和慧。即通过安定的手段，达到智慧的目的"便将问题化繁为简，深入浅出了。且不论这样的理解是否"以其昏昏，使人昭昭"，就其以石窟为"定"的首选而留下"灿烂辉煌的石窟成为世界文化遗产"以及关于"万物有情，皆具佛性，人若明心见性，即可成佛"的"慧"的认识而言，还是相当有说服力的。至于结尾"春天，不是季节，而是内心；生命不是躯体，而是心性；人生，不是岁月，而是永恒；云水，不是景色，而是襟怀；日出，不是早晨，而是朝气；风雨，不是天象，而是锤炼；沧桑，不是自然，而是经历；幸福，不是状态，而是感受……"的短信，便是顿悟了！而《江南孔裔第一村》则融入了对中国传统文化源与流的思辨。文章以"江南孔裔第一村"福鼎管阳西昆村的一次祭孔活动为线索，介绍孔子后裔的迁徙、繁衍，孔子文化的传承和影响的深远，写出中国传统文化的源远流长而特色纷呈。

唐颐的历史名人系列散文让人感受到一种强烈的文化自觉，这种文化自觉不仅表现在对既定的文化现实的深入开掘和积极张扬上，也表现为对一些不确定的甚至于带有虚幻性的文化现象进行理性的反思，科学的梳理和精心的萃取，从而挖掘和提炼有益的思想价值。《六百年的眺望》和《陈靖姑的前世今生》当属这方面的代表作，前者以明代建文帝出亡及归属之谜案为题材，对近年来宁德掀起的建文帝最终出亡福建宁德并魂归上金贝南山上的考证热进行梳理和思考。作者既不纠缠于细枝末节，也不拘于对史料、轶闻、传说真伪的辨析，而是从建文帝谜案的渊薮、各家异见，近年来宁德研究的新突破等大处落墨，于关键节点作适度点染和深度点化，并间以对宁德建文帝研究小组执著精神和艰苦细致工作评判与赞赏，把原本属于枯燥的考古领域的内容抒写得饶有趣味、引人入胜，从而获得令人信服的力量。后者则是对陈靖姑这一民俗信仰文化的产生、绵延、勃兴作深入的探究和科学的评析。我以为这是一种值得倡导的科学态度。中华文化源远流长、博大精深，积淀着中华民族最深层的精神追求，包含着中华民族最根本的精神基因，代表着中华民族独特的精神标志,并以其巨大的包容性和恢宏的丰富性为中华民族生生不息,发展壮大提供了取之不竭的滋养。信俗文化作为中华传统文化的重要组成部分,自有其产生的历史的、时代的、社会的、自然环境的乃至于人的心理的等诸多因素,简单的肯定或否定都无助于对它的理解和认知。许是基于这样的认识,作者对陈靖姑信仰产生和发展着重从中国封建社会人口发展的历史,唐代安史之乱的时代背景和当时较为宽松的政治环境,古代医疗保健条件和心理需求等进行多方面的考察,我认为无论作者有意无意,也无论其见解深刻与否,就其着眼点而言,已是触及了信俗文化的内核,这便是作品的意义所在。实际上在其他一些篇章中作者对文化的反思也是相当有真知灼见的。如《风云柏柱洋》一文作者深刻分析了郑虎臣诛杀贾似道时面临两难抉择的心理矛盾,从而得出这样的结论:"当郑虎臣大声地喊出'吾为天下杀似道,虽死何憾',刀起而贾似道头落之际,我们所看到的不仅仅是惩奸除恶的'快意恩仇'!更是一种孟子所谓'舍生取义'的儒家精神!后人尊崇和敬重郑虎臣更多的应是这种凛然大义。"其见解显然超越了前人的评价。

为宣传闽东计,唐颐历史名人系列散文的总体思路是将历史名人、人文流脉、自然风光有机结合起来,让人们对闽东认识进入更深的层次——从深厚的文化底蕴的层面上了解闽东。从旅游的角度看其意义重大。旅游最基本的资源无非两个方面,历史文化资源和自然景观的。闽东自然风光之美自不待说了,然而却往往因为缺少文化内涵的挖掘而显得单薄。从这个意义上说唐颐的历史名人系列散文为闽东旅游宣传提供了新的内涵。但我想说的是从文学创作的角度,从审美价值的意义上看,可以说其创作扩展闽东散文创作的领域和审美空间。作品中所表现出的对文化历史意蕴的开掘,对人文流脉与自然环境关系的思考,对风光景致生动而精妙的描写,以及让人触手可摸的对这片土地深深的眷恋和挚爱的情怀等等都产生了强大的艺术魅力,而获得读者的审美认同感。

尤其那些直接以名人与景致为题的篇章,在已完成的作品中占了将近一半。这些作品大都能熔叙事、写景、抒情、议论于一炉,将名士风流与江山胜景联系起来，把历史文化与生态文化结合起来，在强烈的历史感中楔入现实的思考，从而精心构思为一个统一的整体。我尤为欣赏其中的《张以宁·翠屏湖·水下城》《黄鞠和霍童溪》《戚继光和闽东古城堡》等篇什，笔墨挥洒而繁简得当，思绪悠远而收放自如，达到一种古风与美景交融、遐思共逸兴齐飞的境界，让人赏心悦目而又回味无穷。在这类作品中《陈桷慧眼识雁溪》可算是别具一格。文章不仅描绘出雁溪的奇特景观，而且通过《陈氏宗谱》考证了陈桷的生平以及与雁溪的渊源，发现陈桷乃"雁溪陈氏鼻祖"是发现这块宝地第一人。文章颇有"考古新发现"的味道。

当然，这种形式用多了便难免有单调与重复之嫌。唐颐对此亦心中耿耿。文者娱情、遣兴、咏志耳，兴之所至，思之所至而笔之所至也。然以其公务之繁忙，能在一年多时间里有二十多篇十余万字的文章见诸报端杂志，已实属不易，足令吾辈汗颜矣。若无一片冰心在玉壶般的真情和精卫填沧海式的执著，何能如此！如果要求其篇篇有创新，篇篇为精品那是苛求了。但毕竟文章千古事，当精益求精。唐颐先生的写作仍将持续，创新和突破是一道必迈之坎。我想以其聪敏和智慧，假以时日，作细嚼慢咽之品味和消化，在他的新作中我们一定能读出新的创意。

二〇一〇年十月于宁德

图书在版编目(CIP)数据

情在历史云深处/唐颐著. — 福州:海峡文艺出版社,2022.7
("大榕树"原创文库)
ISBN 978-7-5550-3077-5

Ⅰ.①情… Ⅱ.①唐… Ⅲ.①散文集－中国－当代 Ⅳ.①I267

中国版本图书馆 CIP 数据核字(2022)第 128138 号

情在历史云深处

唐　颐　著	
出 版 人	林滨
责任编辑	朱墨山　林颖
出版发行	海峡文艺出版社
经　　销	福建新华发行(集团)有限责任公司
社　　址	福州市东水路 76 号 14 层
发 行 部	0591－87536797
印　　刷	福州印团网印刷有限公司
厂　　址	福州市仓山区十字亭路 4 号金山街道燎原村厂房 4 号楼
开　　本	720 毫米×1010 毫米　1/16
字　　数	240 千字
印　　张	16.5
版　　次	2022 年 7 月第 1 版
印　　次	2022 年 7 月第 1 次印刷
书　　号	ISBN 978-7-5550-3077-5
定　　价	79.00 元

如发现印装质量问题,请寄承印厂调换